СЕНСАЦИЯ

«ВКУСНАЯ» книга от звезды иронического детектива!

Представляем всем поклонникам творчества

Дарьи Донцовой

уникальное подарочное издание:

«Кулинарная книга лентяйки»

Дорогие читатели!

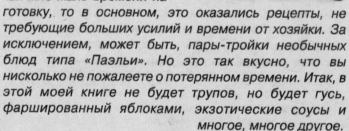

Не удивляйтесь, что я, Дарья Донцова, вместо детектива написала кулинарную книгу. Я давно собирала рецепты, а так как мне жаль времени на готовку, то в основном, это оказались рецепты, не требующие больших усилий и времени от хозяйки. За исключением, может быть, пары-тройки необычных блюд типа «Паэльи». Но это так вкусно, что вы нисколько не пожалеете о потерянном времени. Итак, в этой моей книге не будет трупов, но будет гусь, фаршированный яблоками, экзотические соусы и многое, многое другое.

Приятного аппетита!

В продаже с декабря

Читайте романы примадонны иронического детектива Дарьи Донцовой

Дарья Донцова

Хобби
гадкого
утенка

Москва

ЭКСМО

2003

ИРОНИЧЕСКИЙ ДЕТЕКТИВ

УДК 882
ББК 84(2Рос-Рус)6-4
Д 67

Разработка серийного оформления
художника *В. Щербакова*

Донцова Д. А.

Д 67   Хобби гадкого утенка: Роман. — М.: Изд-во Эксмо,
2003.— 384 с. (Серия «Иронический детектив»).

ISBN 5-04-007038-1

Фатальная невезуха в семье Даши Васильевой началась после уик-
энда, который они все провели на конезаводе своих знакомых Верещагиных. Там была еще одна респектабельная пара — Лена и Миша
Каюровы, владельцы двух лошадей. Правда, полгода назад, когда Даша
познакомилась с Каюровыми, они были просто нищие. А Лена, сбросив-
шая тогда из окна на Дашину машину тряпичную куклу, была абсолютно невменяемой. Сейчас она казалась совершенно здоровой... Потом
Дарья подслушала ссору Каюровых, а позднее Лену нашли мертвой в
деннике ее коня Лорда. Верещагина не верит, что Лорд мог убить свою
хозяйку, и просит Дашу найти убийцу. Любительница частного сыска,
конечно же, взялась за дело. И тут началось такое! Все в ее семье летит
в тартарары...

УДК 882
ББК 84(2Рос-Рус)6-4

ISBN 5-04-007038-1

Глава 1

Я видела, как он умер. Тяжелое тело с ужасающим уханьем рухнуло откуда-то сверху на капот моего несчастного «Вольво». Раздался жуткий звук. Онемев, я смотрела, как от удара голова несчастного развернулась на 180 градусов... Страшное лицо, без носа, глаз, рта, сплошь белое, словно подушка, оказалось прямо перед моими глазами.

Не в силах заорать, я тихо опустилась на землю. С самого раннего детства мне снится иногда один и тот же кошмар. Стою на длинной, тесно застроенной домами улице. Мимо, торопясь, пробегают прохожие. Вдруг один поворачивается, и становится понятно, что у него нет лица. Просто белое пространство, окаймленное волосами. В страхе я принимаюсь хватать других людей за руки, незнакомцы покорно тормозят, но они все, как близнецы, без глаз, носов, ртов... В холодном поту я просыпаюсь и потом долго курю, пытаясь успокоиться. Может, следует сходить к психотерапевту и попытаться узнать, какие монстры в моей душе вызывают сей кошмар. Останавливает только воспоминание про одну мою подругу, которая отвела сына лечиться от энуреза. Именитый психоаналитик занимался с юношей целый год, эффект так и не был достигнут. Петька продолжает мочиться в кровать по ночам, но теперь он этого не стесняется. Психотерапевт объяснил ему, что этой привычкой следует гордиться.

По счастью, ужасающий сон навещает меня не чаще двух раз в год, но я никогда не могла предположить, что увижу наяву человека без лица. А как хорошо начинался день! У моего сына Аркадия, постоянно занятого молодого человека, образовалось свободное время, и он согласился поехать вместе с матерью в магазин. Причем не сел в свой джип, а влез в мой «Вольво» и всю дорогу терпеливо молчал, ни разу не покритиковав мою манеру водить автомобиль. И вообще, он сегодня вел себя странно приветливо: когда его младшая сестра Маша, у которой начался период подросткового обжорства, слопала за завтраком четыре пирожка, тарелочку каши, йогурт, запила все двумя стаканами какао и ушла в школьный автобус с мороженым в руках, добрый брат не стал орать, как всегда, что-то типа:

— Положи немедленно эскимо, мы тебя через год на тачке возить будем.

Нет, он только вздохнул и, когда Маруська уехала, весьма ласково спросил:

— Мать, может, проверить ее на глисты? Вдруг у нее солитер завелся?

А когда его жена Ольга, или, как мы зовем ее дома, Зайка, спустилась к завтраку в полной боевой раскраске, муженек сделал вид, что занят поглощением кофе. Кстати, он терпеть не может «намакияженную» Ольгу, и никакие аргументы супруги типа: «Я же работаю на телевидении» — на него не действуют.

Вчера, например, Зайка «принесла» к завтраку напудренное личико с ярко намазанными губами и, сев за стол, весело сказала:

— Всем привет!

Добрый супруг буркнул:

— Здравствуйте.

— Ты зовешь Ольгу на «вы»? — удивилась я.

Кеша оторвался от чашки и противным голосом поинтересовался:

— А где здесь Оля?

— Вот, — ткнула я пальцем в Зайку.

— Кто? — идиотничал сын. — Это? Ну, мать, ты ошиблась, я с этой девицей незнаком. Здравствуйте, любезнейшая, впрочем, где-то я вас видел! А! Вспомнил, проезжал вчера у трех вокзалов, не вы там стояли на углу?..

Зайка вспыхнула, и разразился скандал.

Но сегодня Кешка не сказал ничего, и завтрак закончился самым мирным образом.

И вот, пожалуйста. Ну зачем мне захотелось пить? Ну почему я решила купить бутылочку минеральной воды в этом киоске? Отчего несчастный самоубийца выбрал именно этот момент, чтобы свести счеты с жизнью...

Сидя у переднего колеса и трясясь крупной дружью: все-таки первое марта на улице, — я тупо наблюдала за разворачивающимися событиями.

Вот Аркадий, выскочивший из машины, кричит что-то в трубку мобильного телефона, начинают останавливаться люди, подъезжает «Скорая помощь», следом, словно чертик из коробочки, возникает милиционер. Синяя форма и белый халат наклоняются над несчастным и... рывком сбрасывают тело на землю. Обозленный мент со всего размаха бьет труп ботинком по затылку, голова отрывается... Это было уж слишком. Последнее, что я помню, — Кеша, быстрым шагом двигающийся в мою сторону.

В нос ударил тошнотворный «букет» из запахов кошачьей мочи, кислых щей и плохо постиранного белья.

— Эй, мать, — донеслось до слуха, — ты как? Жива?

Я села, разлепила глаза и прошептала:

— Можно кофейку?

— Сейчас, сейчас, — послышался тоненький голосок.

Какая-то тень метнулась к порогу.

— Где я?

— Не знаю, — сообщил Кеша, сидевший на диване.

— Как?

— Так. Ты упала в обморок, а эта женщина предложила внести тебя в ее квартиру, кстати, под номером один, что я и проделал, — спокойно пояснил Аркадий.

Мои глаза оглядели комнату. Потертый диван, два кресла, комод, круглый стол и кровать, на которой лежу я. На полу — палас, на стене — ковер. Окно... Я вскрикнула.

— Какой ужас! Несчастный мужик, ну зачем он выбросился из окна!

Аркадий хмыкнул.

— Не расстраивайся.

— Ну ничего себе! Человек погиб...

— Все живы.

— Он жив? Упав на капот «Вольво»? Да у него голова оторвалась! Я видела, как милиционер пнул ногой труп! Какой ужас, я обязательно узнаю фамилию этого стража порядка и напишу жалобу! Разве можно так обходиться с мертвым телом?!

— Вот, — раздалось над ухом, и перед носом оказалась чашка с гадким растворимым кофе, — выпейте и в себя придете.

Я машинально глотнула пойло и чуть не выплюнула его назад. Терпеть не могу растворимый кофе, даже такой дорогой, как «Черная карта» или «Амбассадор», и уж совершенно неспособна употреблять его с сахаром. Сейчас же мне подсовывают самый дешевый индийский кофе, щедро сдобренный рафинадом.

— Вкусно? — спросил над ухом тот же голосок.

Я слегка повернула голову и увидела тощую, какую-то бестелесную бабульку. Абсолютно седые волосы старушки были сколоты гребнем, ярко-синие, совсем не блеклые глаза смотрели радостно и совершенно бесхитростно.

— Вкусно? — повторила она и, не дожидаясь ответа, сообщила: — Для гостей держу, сама-то не пью, дорогой очень. И посладила тебе больше, чтобы совсем хорошо стало. Пей, детка, представляю, как ты перепугалась.

Я мужественно опустошила чашечку и с чувством произнесла:

— Спасибо, просто замечательно, давно такой не пила!

Что было абсолютной правдой, лет пять как я употребляю только настоящую арабику.

— Хочешь еще? — оживилась бабушка.

— Нет, нет, — испугалась я.

Второй порции «амброзии» я могу не выдержать!

— Ну не стесняйся, — улыбалась бабулька, — ей-богу, кофе есть, мне в радость угостить.

— Ей нельзя много кофеина, — пришел на выручку Кеша, — доктор запретил из-за сердца.

— Вот жалость, — пригорюнилась старушка, — вот сволочь, так человека напугать! Виданное ли дело! Правда, говорят, она сумасшедшая. Михаила жаль, возится с бабой, будто с куриным яйцом. На днях Ленка выскочила и по лестнице побежала. Я-то как раз дверь запирала, гляжу, она несется, глазищи бешеные, в халате, босиком. Увидела меня и кричит:

— Бабушка, спасите, убьет сейчас!

А Михаил за ней прыжком, догнал и говорит:

— Уж извините, Алевтина Марковна, недоглядел за женой, а она...

— Ничего не понимаю, — затрясла я головой.

Аркадий глубоко вздохнул и пустился в объяснения:

— На седьмом этаже, в 105-й квартире проживает Михаил Каюров с больной женой Леной. У бабы какая-то болезнь психики, может, шизофрения, а может, маниакально-депрессивный психоз — точно никто не знает. Денег у Миши на сиделку нет, а в обычную психиатрическую лечебницу он супругу помещать не хочет. Да и правильно, там такие условия, что бедная тетка живо на тот свет отъедет. Вот он и запирает несчастную в квартире, когда уходит. Квартира у них двухкомнатная. Чтобы сумасшедшая не лишила себя жизни, Миша заложил окно в ее спальне кирпичом... Но сегодня Лена каким-то образом ухитрилась попасть на кухню в отсутствие супруга...

— Господи, — всплеснула я руками, — я думала, мужчина упал!

— Да никто не сигал! — быстро влезла Алевтина Марковна. — Никто!

— Но...

— Лена сумасшедшая, — терпеливо пояснял Аркадий, — и в голову ей приходят больные мысли.

Я слушала сына, разинув рот. Утром несчастная психопатка, оставшись одна дома, невесть как выбралась из своей комнаты и отправилась бродить по квартире. Зашла в спальню к мужу, вытащила из шкафа его костюм, свернула одеяло, вернее, несколькими пледами набила штанины, полотенцами — пиджак, сформировала куклу, вместо головы приспособила подушку, на которую нацепила шапку... Причем проявила редкое мастерство, сшив вместе все части «тела». Зачем она мастерила куклу, непонятно, потому что, завершив работу, женщина оттащила довольно тяжелого «мужчину» в кухню и столкнула вниз, как раз в тот момент, когда я, припарковав «Вольво», собралась купить бутылочку минеральной воды.

— Так это была кукла, — с облегчением выдохнула я.

— Ага, — подтвердил Аркадий.

— Вот почему милиционер пнул ногой «труп»!

— Конечно, мы, как подошли, сразу поняли, что на капоте лежит не человек, — сообщил Кеша, — честно говоря, я решил — дети балуются. Помнишь, как мы с Петькой Коростылевым арбуз вниз кинули?

Очень хорошо помню. Жили мы тогда в Медведкове, в «распашонке», на пятом этаже. Семилетний Кеша и его друг-одногодок вышли на балкон и обнаружили там надрезанный, скисший арбуз. Я собиралась выбросить испорченный плод в мусорный контейнер, да забыла, выставив его на воздух. Мальчишки затеяли спор, на сколько кусков разлетится арбуз, если швырнуть его вниз. Петька уверял, что он превратится в кашу, а Кеша утверждал, что треснет пополам. Поспорив минут десять, они подрались, а потом решили выяснить истину эмпирическим путем и швырнули арбузище на тротуар. Раздался звук, больше похожий на взрыв. Липкая, сладкая масса перемазала с головы до ног двух малышей, упоенно лепивших куличики. Их матери, гневно сверкая глазами, явились ко мне выяснять отношения.

— А если бы арбуз упал на голову нашим детям? — негодовали они. — Тогда что?

Я чуть не лишилась чувств, представив, какое несчастье могло бы произойти, и пообещала задать Аркадию хорошую порку. Впрочем, до ремня дело не дошло. Мне никогда не хватало духа довести до конца «воспитательные методы».

— И что теперь будет? — спросила я, чувствуя, как липкий ужас уходит из души.

Жуткая трагедия превратилась в дурной фарс. Кеша пожал плечами.

— Скорей всего ничего. Пока милиция глазела на куклу, явился Михаил и сообщил, что жена больна психически.

— А «Вольво»?

— В жутком виде, — вздохнул Кешка, — считай, капота нет. Менты посоветовали на ущерб подать, только денег у этого парня, мужа бедняги, никаких нет, он из-за своей Лены на приличное место устроиться не может, боится ее дома одну оставить. Перебивается случайными заработками.

— Ладно, — вздохнула я, — поехали домой.

— Вернее, пошли, — хмыкнул Аркадий.

— Сейчас такси поймаем, — пробормотала я, вставая на ноги.

— Посидели бы еще, — сказала Алевтина Марковна.

Старушка явно жила одна, и ей было скучно.

— Спасибо, но нам пора, — ответила я и, вытащив из кошелька стодолларовую бумажку, положила ее на стол, — очень вам благодарна, это за кофе.

Бабуся вспыхнула огнем и резко ответила:

— Экая ты, деточка, гадкая. Я от чистого сердца угощала...

Мне стало стыдно. Быстро спрятав купюру, я постаралась загладить неловкость.

— Извините, и впрямь отвратительно вышло. Вы завтра никуда не уходите?

— Нет, — проронила Алевтина Марковна, — и куда мне ходить? Только в магазин или в поликлинику, на анализы. К чему интересуешься?

— Если около двух я заскочу к вам чайку попить?

— Давай, — повеселела бабуська, — я одна живу, никому не нужная. Спасибо, руки-ноги работают, сама себя обслужить могу, а иначе кранты, проси бабка жалости у государства!

На следующий день я, сев в «Жигули» нашего садовника Ивана, прикатила к Алевтине Марковне. После комфортабельного «Вольво» с антистрессовым креслом переход к отечественной марке оказался болезненным. Во-первых, от неудобного сиденья дико заломило спину, во-вторых, на педаль тормоза приходилось нажимать всем телом, в-третьих, растрясло из-за жутких амортизаторов.

Ругаясь сквозь зубы, я дорулила до магазина «Седьмой континент» и отправилась крушить прилавки. Так, купим такие продукты, которые по душе бабушкам. Геркулес, рис, гречка, масло, конфеты, торт, колбаса, йогурты, кефир, сахар... А еще овощи, фрукты и соки...

Словом, когда «Жигули» подкатили к нужному дому, они напоминали передвижной продмаг. Возле подъезда, выходящего прямо на проспект, неподалеку от ларьков, стояли несколько подростков. Я высунулась в окошко:

— Мальчики, на пиво заработать хотите?

— Не вопрос, — откликнулись они хором, — делать чего?

— Продукты в первую квартиру отнесите.

Ребята споро перетащили ящики и кульки. Алевтина Марковна всплескивала руками.

— Как же так, не надо, ой, сколько! Зачем ты, детка, потратилась!

Я вошла в прихожую, скинула ботинки и заявила:

— Всегда мечтала иметь бабушку.

Старушка прослезилась и бросилась кипятить воду. Через минут пятнадцать мы сели к столу. Я глянула в кружку, где плескалась чуть желтоватая жидкость. Да, десяти пачек чая «Ахмад», купленных мной, хватит бабуське до скончания века. Похоже, она кладет по одной чаинке на стакан.

— Не крепко? — заботливо поинтересовалась Алевтина Марковна, занося длинный нож над беззащитным тортом «Птичье молоко».

Я подавила ухмылку.

— В самый раз.

— Хорошо, — удовлетворенно заметила бабуся и, шмякнув мне на тарелочку кусок нежного суфле, обмазанного шоколадом, пустилась в воспоминания. Память завела ее в тридцать пятый год.

Глава 2

Я размеренно кивала головой, изредка поглядывая на часы. Впрочем, спешить мне, Дарье Васильевне, некуда. Честно говоря, я провожу дни в праздности. Только не подумайте, что так было всегда. Долгие годы я, имея на руках сначала одного Аркадия, а потом и Маню (разница между детьми составляет 14 лет), преподавала французский язык в заштатном институте и носилась задрав хвост по частным ученикам. Уходила из дома в восемь, возвращалась в десять, шатаясь от усталости. Маленький Аркашка все время рвал брюки и вырастал из ботинок. Постоянная покупка обуви пробивала зияющие бреши в бюджете. К тому же Аркадий всегда любил одеться и с большой неохотой натягивал брючата, сшитые трудолюбивыми работниками фабрики «Смена». В 12 лет он влюбился, но дама сердца с презрением отвергла его, облаченного в скромную курточку, предпочтя Колю Родионова, упакованного в самые настоящие американские «Левисы». Это сейчас джинсы превратились в нашей стране в то, чем они являются по сути: удобную одежду для дома и отдыха, а в 1984 году то, какой ярлык красовался у тебя на поясе, было вопросом престижа...

Видя, что ребенок едва сдерживает слезы, я вытащила заветные триста рублей, скопленные на «черный» день, и рванула в общежитие для иностранных студентов университета имени Патриса Лумумбы, где можно было купить абсолютно все, — от жвачки до дубленки.

Надев синие штаны, Кеша повертелся у зеркала, а потом бросился мне на шею со словами:

— Когда вырасту — все тебе куплю!

Я только вздохнула. Одно хорошо, на еду мы почти ничего не тратили. Аркадий ел меньше котенка, да и мне много не требовалось. Но потом у нас появилась Машка, обладающая аппетитом здорового щенка, и пришлось набрать еще учеников. Следом к нашему берегу прибило Наташку, мою близкую подругу, которая после развода оказалась буквально на улице... Так мы и жили, вместе поднимая детей и пересчитывая копейки.

Но однажды кто-то из богов глянул на землю и решил, что нам не хватает приключений. И тут же произошел каскад невероятных событий. Наталья вышла замуж за француза, укатила в Париж, мы поехали к ней в гости... Словом, не буду пересказывать всех приключений, скажу только, что в результате мы стали обладателями огромного состояния. Теперь наша жизнь проходит между Парижем и Москвой. Впрочем, Наташка почти безвыездно проживает в предместье французской столицы, мы же — Аркадий, Маня, Зайка и я — предпочитаем пригород Москвы. Живем в поселке Ложкино, где построили себе дом.

Материальная обеспеченность дала возможность всем домочадцам заниматься тем, чем хочется. Аркадий стал адвокатом, Зайка работает на телевидении, она ведет спортивные новости, и Кеша жалуется, что видит жену на экране чаще, чем в жизни. У них двое детей-близнецов: Анька и Ванька. Мои внуки еще не умеют самостоятельно ходить и разговаривать. Маша ходит в школу, а вечерами ездит в Ветеринарную академию, хочет стать кинологом. Словом, все заняты под завязку. Только я провожу дни в счастливом ничегонеделанье. Честно говоря, преподавательский труд надоел мне до зубовного скрежета, вид французской грамматики вызывает судороги, а студенты, тупо повторяющие текст «Моя комната», доводят меня до нервных корчей. Наверное, я не создана для того, чтобы впихивать в неподатливые головы знания. Если быть уж совсем откровенной, то мне нравится только одно занятие: чтение детективных романов.

Вот тут я ас и смело могу претендовать на звание «Мастер спорта по разряду криминальных историй». Прочла, наверное, все, что написано соответствующими авторами. Причем имейте в виду, что я абсолютно свободно владею французским и привожу из Парижа кофры, забитые томиками в ярких обложках...

— Ну так как, — прервала нить моих воспоминаний Алевтина Марковна, — сделаешь?

— Что? — вынырнула я из пучины прошлого в настоящее. — Что надо делать?

Старушка тяжело вздохнула.

— Сходить к Мише.

— Какому?

— Каюрову, ну тому, чья жена сумасшедшая, Лена, тебе на капот куклу сбросила!

— Зачем?

— Говорю же, очень вчера убивался, говорил, что ты обязательно на него в суд подашь и ущерб стребуешь, а где ему деньги брать? Ленке пенсию платят четыреста рублей, а у самого небось жалкие копейки...

— Да не буду я ничего требовать!

— Вот и поднимись наверх, сделай милость, успокой парня.

Я распрощалась со старушкой и, пообещав приходить в гости, поехала в лифте на последний этаж.

Дверь распахнул мужчина с цветущим, каким-то детским лицом.

— Вы Михаил Каюров?

— Да, — настороженно кивнул хозяин, не приглашая меня внутрь.

— Меня зовут Даша...

— И что?

— Это на мой «Вольво» свалился муляж, который выбросила в окно ваша жена.

— Ага, — забормотал мужчина, — простите, бога ради, но она больная, не понимает, что творит. Впрочем, можете подавать в суд, только денег все равно заплатить не смогу, нет их у меня, впроголодь живем.

— Не надо ничего, — прервала я его. — В суд я не пойду, никакого возмещения требовать не стану. Наоборот, хотите, привезу к вашей жене доктора Соловцова? Он мировая величина в области психиатрии. Понимаю, конечно, что вылечить Лену нельзя, но облегчить состояние, снять агрессию...

— Нету у нас средств на профессоров, — отрезал Михаил, — в районном диспансере лечимся или мучаемся...

— Соловцов — наш приятель и ничего с вас не возьмет!

— Не надо, — отрезал Михаил, — спасибо, не нуждаемся.

— Вы не поняли, он...

— Не надо.

— Но ваша жена...

— Не надо, — бубнил мужик, тупо глядя в пол.

Я перевела взгляд на его продранные домашние тапки. Что ж, раз не хочет, то и впрямь, наверное, не надо.

Вдруг из квартиры донеслись стук и высокий, нервный голос:

— Помогите, помогите, Мишка, сволочь, дай укольчик, дай скорей, не могу, ломает, дай, гнида...

— Уходите, — бросил Михаил и, весьма грубо толкнув меня, захлопнул дверь.

Я глубоко вздохнула и вызвала лифт. Что ж, все понятно, жена Каюрова — наркоманка. Вот почему Михаил отказывается от визита к психиатру. Никакая Лена не сумасшедшая, хотя нормальной даму, употребляющую героин, тоже не назовешь. Значит, мужик запер женщину дома и пытается снять ее с иглы. Дай бог ему сил, несчастному, но я ничем не помогу в этой печальной ситуации...

...Прошло полгода, пролетело лето, проведенное на природе, наступила осень. Маня пошла в школу, Зайка и Аркадий впряглись в работу.

«Вольво» чинить я не стала. Честно говоря, эта большая машина с агрессивным дизайном мне не слишком нравилась, во всяком случае, внешне. Да и большая она слишком для женщины, весящей сорок девять килограммов. Теперь у меня другой автомобиль, маленький, юркий «фордик» ярко-синего цвета, похожий на каплю. Правда, у него только две двери, но в нашей семье, где у всех, кроме Манюни, собственные кабриолеты, объемистая тачка мне ни к чему.

28 сентября, в пятницу, Зайка влетела ко мне в спальню с воплем:

— Собирайся.

— Куда? — лениво поинтересовалась я, откладывая очередную Полякову.

— К Верещагиным.

— К кому? — удивилась я.

— К Верещагиным, — повторила Ольга, крутясь у зеркала, пытаясь оглядеть себя со всех сторон. — Тебе не кажется, что вельветовые брюки меня полнят?

Я оглядела ее стройную фигурку с тонкой, осиной талией и вздохнула. У всех есть свои фобии, у Зайки — это лишний вес. Почти каждое утро начинается у нас с ее крика:

— Все. Сажусь на диету, снова триста граммов прибавила.

У меня давно растет желание выкинуть из ванной комнаты суперточные электронные весы, которые Зайка, нежно прижимая их к тому месту, где у нормальных женщин расположен живот, приволокла из Парижа.

— Кто такие Верещагины? — попробовала я отвлечь ее внимание от собственной особы.

— Определенно начинается целлюлит, — вздохнула Ольга, — стану старой, жирной, некрасивой коровой, выгонят меня с телевидения взашей.

— А вот и нет, — влезла в разговор Машка, до сих пор сосредоточенно рывшаяся в моем шкафу, — тебя на экране выше пояса показывают, а то, на чем ты сидишь, никого не волнует, пусть хоть семьдесят пятого размера будет.

— Как семьдесят пятого? — взвилась Зайка. — У меня сорок четвертый!

— Так я про старость говорю, — бубнила Манюня, — после тридцати у всех задницу разносит!

Зайка, собирающаяся справлять в ноябре двадцатишестилетие, побагровела, но я, боясь, что сейчас они начнут драться, быстренько спросила:

— Так кто такие Верещагины и зачем к ним собираться?

— Галю с Лешей забыла? — удивилась Зайка. — Ну наших прежних соседей по старой квартире.

— А-а-а, — протянула я, — и что?

— А ты ничего не знаешь?

— Нет, — покачала я головой.

— Они теперь живут тут, недалеко от Ложкина, в деревне Зыбино, у них конезавод.

— Что? — искренно удивилась я. — Какой завод?

— Лошадей разводят на продажу, — пояснила Ольга и, плюхнувшись в кресло, велела: — Собирайся скорей. Нас всех пригласили на уик-энд, вместе с собаками!

— Ура, — завопила Манюня, кидаясь с ужасающим топотом к себе, — лошадки! Супер! Покататься дадут! Класс!

— Ну давай, — торопила Зайка, — Кешка уже в джипе сидит.

Я быстро покидала в сумку необходимые мелочи и, подавив тяжелый вздох, пошла к машине. Если моим домочадцам что-то взбрело в голову, спорить бесполезно. Хотя, честно говоря, не слишком-то я люблю ходить в гости, в особенности если предстоит еще и ночевка. Мало того, что я никогда не могу заснуть в чужой квартире, так еще и испытываю чувство неудобства, когда хозяева, мило улыбаясь, говорят:

— А на ночлег устроим в комнате для гостей.

Все дело в том, что вместе с богатством в нашу семью пришли и проблемы. Одна из них — постоянные визитеры, едущие к нам со всех концов необъятной России. И я сама, нацепив на лицо сладкую мину, сообщаю «оккупантам»:

— Ну что вы, какие проблемы, дом большой, места полным-полно. Велю кухарке Катерине готовить побольше, а домработнице Ирке поставить на стол лишние приборы, вот и вся забота.

Но в глубине души я костерю гостей на все корки и только мечтаю о том, когда они наконец уберутся от нас. Несмотря на два этажа, обилие комнат и санузлов, посторонние люди мне дико мешают. Утром приходится спускаться к завтраку не в халате, а одевшись по полной программе, да еще нужно постоянно улыбаться и изображать невероятную радость от общения. Не говоря уже о том, что, когда я крадусь ночью на кухню, чтобы вытащить из холодильника что-нибудь вкусненькое, грешна, люблю есть в кровати, мне совсем не нравится, когда из гостиной доносится чужой голос.

— Дашута, не спится? Давай посидим вместе, поболтаем.

Если я чего и не люблю, так это трепаться с гостями, вместо того чтобы спокойно сидеть в уютной кроватке, подпихнув под спину тройку пуховых подушечек, сжимая в правой руке очередную Маринину, а в левой — кусок пиццы с грибами.

Поэтому, когда я вижу, как при моем появлении с небольшой сумкой у хозяйки начинает играть на лице широкая, невероятно счастливая улыбка и она с неподдельной надеждой восклицает: «О, Дарья, на несколько дней, надеюсь?!» — я понимаю, что больше всего она хочет услышать ответ: «Нет, моя дорогая, увы, вечером должна уехать».

И очень неприятно разочаровывать хозяев, восклицая: «Конечно, поживу недельку-другую, вместе с детьми и собаками, поговорим, пообщаемся!»

— Сколько можно собираться? — заорал Аркадий, высовываясь из джипа. — Жвачки! Я тут уже час сижу!

— Подумаешь, — фыркнула Ольга и, распахнув дверцу «Фольксвагена», подтолкнула меня к водительскому месту, — садись!

— Лучше я поеду на «Форде», — отбивалась я. — Каждый раз, когда беру твой «фолькс», что-то происходит. И потом, отчего бы нам не поехать каждому в своем автомобиле?

— В кои-то веки, — воскликнула Ольга, — выпал свободный уик-энд, и я хочу оттянуться по полной программе, выпить, расслабиться давай, не спорь, заводи и поехали!

— Лучше в «Форде», — ныла я.

— Мы туда с Машей не влезем!

— Садись к Кешке, в джип!

— Ну уж нет, — взвилась Зайка, — твой сыночек летит так, будто собрался выиграть приз на ралли в Монте-Карло, и мне всегда кажется, что сейчас мы врежемся во все столбы. Нет уж!

— Долго еще? — завопил Аркадий.

— Готовы, — ответила Зайка, — сажай собак!

— Банди, Снаппи, Хуч, сюда, — приказал хозяин.

Вообще в нашем доме живут пять псов. Питбуль Банди, ротвейлер Снап, английский мопс Хуч, пудель Черри и йоркширская терьериха Жюли. Впрочем, есть еще две кошки, несколько хомячков, попугай и жаба Эльвира. Но кошки никуда не выезжают из дома, хомячков, попугая и жабу мы прихватываем только тогда, когда собираемся в Париж, а вот собак частенько берем с собой. Но не всех. Пуделиха Черри уже довольно пожилая особа, плохо слышит и с бельмами на обоих глазах. Правда, слепота не мешает ей резво находить миску с вкусной едой и кровать с горой пледов. Но мы теперь предпочитаем оставлять ее дома. А Жюли, обладательницу роскошной золотистой шерсти, нам не дают. Дело в том, что Жюли на самом деле принадлежит Серафиме Ивановне, няне близнецов. Как-то раз Маня со своим лучшим приятелем Денисом отправилась на прогулку за грибами и прихватила Жюли. Естественно, никаких грибов дети не нашли, зато привели Жюли назад в таком виде, что Серафима

Ивановна, потратившая неделю на вычесывание репьев из шерсти любимицы, твердо сказала:

— Все. Жюли больше никуда не ходит, только гуляет во дворе!

Вот и сейчас няня, выйдя на крыльцо, крикнула:

— Аркадий Константинович, оставьте Хуча! Еще простудится!

— Ничего с ним не сделается, — возразил Кеша, — под слой жира, который его покрывает, ни один мороз не проберется. Эй, Снап, Банди, Хуч, вам что, письменное приглашение прислать!

Услышав, что обожаемый хозяин изволит гневаться, питбуль и ротвейлер, в два прыжка преодолев расстояние от входной двери до машины, легко взлетели в джип. Толстенький коротколапый Хучик медленно заковылял по двору. Кеша захлопнул дверцу джипа.

— Эй, эй, — закричала я, — Хуча забыл.

Сынок ответил:

— Берите его к себе!

— Почему? — удивилась я. — Собаки-то у тебя.

— Хуча тошнит в машине, — спокойно пояснил Кеша и, на второй скорости стартовав с места, исчез за поворотом. Последнее, что я увидела, — это мелькнувшие красным огнем задние фонари его тачки и две собачьи морды, прижавшиеся к стеклу. Кипя от негодования, я забубнила:

— Хучик, Хучик, иди сюда.

Мопс тяжело вздохнул и посеменил на зов, его и впрямь тошнит в машине, и Кеша решил, что пусть лучше процесс обратной перистальтики произойдет в «Фольксвагене», а не в его «Линкольне-Навигаторе».

— Ты знаешь дорогу? — поинтересовалась я у Зайки.

— Подумаешь, — пожала та плечами, — прямиком до Зыбина, а дальше спросим.

Но действительность оказалась сурова. В Зыбине, куда мы прибыли около десяти вечера, во всех избах было темно. Деревенские жители привыкли укладываться с курами, впрочем, и вставать вместе с ними, в двадцать два часа на селе глубокая ночь.

Стучать в спящие дома мы постеснялись и, приуныв, решили ехать вперед по бетонной дороге. Но не успели преодолеть и пятисот метров, как возник ларек с водкой и жвачкой, из окон которого неслась разухабистая музыка. Уж почему эта торговая точка расположилась посередине леса и кто, кроме ворон и зайцев, мог там отовариваться, осталось непонятным.

— Эй, — завопила я, — хозяин!

Высунулся всклокоченный парень:

— Чаво?

— Где тут конезавод?

— Я не справочное бюро, — ответил грубиян, отчаянно зевая.

— Дай-ка, я спрошу, — отпихнула меня Зайка, привыкшая к тому, что при виде ведущей «Мира новостей» у представителей противоположного пола начинается усиленное потоотделение. — Молодой человек, подскажите, где у вас тут лошадки живут?

Но продавец, очевидно, не смотрел никогда телевизор или не любил передачу про футбол, потому что сообщил:

— Даю сведения только покупателям.

— Чипсы «Принглс», бутылку воды и жвачку, — не растерялась Маня.

Юноша ловко отпустил товар и сменил гнев на милость:

— Конезавод в Зыбкине, ехайте туда.

— Но мы уже там были, — удивилась я, — и ничего не нашли!

— Так то Зыбино, — ухмыльнулся торговец, — Зыбкино дальше.

— Зыбино, Зыбкино, идиотство, — пыхтела Зайка.

Я не буду в деталях описывать, как мы мыкались по окрестностям, разыскивая мост, неведомое Зыбкино оказалось на другой стороне довольно широкой реки. В результате переправа нашлась, но пришлось делать крюк примерно в сорок километров. Потом Хуча стошнило, а Марусе срочно понадобилось пописать. Отойдя в лес, дочь с визгом принеслась назад, выяснилось, что, не разобравшись в темноте что к чему, Манюня села голой попой на крапиву. Да еще Аркадий без конца вздыхал и приговаривал:

— С милыми родственничками любой отдых превращается в ужас.

Где-то около полуночи, голодные, искусанные комарами (и откуда они только взялись в октябре), мы подрулили к большому щиту «Конезавод «Леонида». Стоит ли упоминать о том, что отличные железные ворота были заперты? Но Кеша быстро отыскал домофон. Послышалось попискиванье, потом сонный голос пробубнил:

— Кто?

— Мы, — радостно ответил сын, — открывай, Лешка.

— Кто мы? — настаивал хозяин.

— Аркадий.

— Какой Аркадий?

Я решила вмешаться.

— Леша, это Даша Васильева с детьми, соседка твоя бывшая, помнишь? Ну, учительница французского языка, я еще твоей Кате уроки делать помогала!

Раздался щелчок, калитка приоткрылась, и появился Леша, облаченный в теплый бордовый халат. За те годы, что я его не видела, мужик не слишком изменился. Такая же сухощавая фигура и быстрые голубые глаза. Было только одно отличие. В то время, когда мы проживали дверь в дверь на одной лестничной клетке, Лешка всегда был пьян, а его несчастная жена Галя вечно сшибала у меня рубли до зарплаты... Сейчас же Алексей стоял совершенно трезвый, а за его спиной возвышался отличный трехэтажный дом из красного кирпича, похожий на наш, как брат-близнец. Верещагин прищурился, потом в его глазах мелькнуло легкое удивление, и он пробасил:

— Дашка? Какими судьбами? Откуда взялась?

Я растерялась, а Ольга воскликнула:

— Ну ничего себе! Сегодня утром мы встретили в магазине «Ветеринария» Галку, и она пригласила нас всех погостить, вместе с собаками!

— С собаками так с собаками, — покладисто отозвался Лешка и загремел воротами, — паркуйтесь у забора.

Чувствуя себя отвратительно, я загнала машину на указанное место.

— Галька спит, — пояснил Лешка, — уж извини, будить не стану, встаем в шесть. Устраивайтесь пока в комнатах, а с утра разберемся.

Ощущая ужасную неловкость, я прилегла на жесткую кровать и мигом заснула.

Глава 3

Утром кто-то распахнул дверь и завопил:

— Эй, собачки, гулять!

Я села и увидела Галку. Рыжие волосы торчали дыбом, лицо светилось улыбкой.

— Это ты?

— А что, так постарела, и узнать нельзя, — хихикнула Галя.

Я покачала головой. Парадоксальным образом она помолодела. Впрочем, у той Галки, которую я знала раньше, были бледная кожа, больная печень и постоянно плохое настроение женщины, понявшей, что жизнь безвозвратно уходит...

Сейчас же передо мной стояла загорелая, веселая тетка, которой дать больше тридцати было просто невозможно. Только волосы были прежними — огненно-рыжими, полыхающими, как костер.

— Уж извини, — пробормотала я, — свалились тебе на голову всем табором...

— Лешка — дурак, — констатировала Галя, хватая Хучика, — ой, какой жирненький, а ты почему гулять не идешь? Давай топай, ну! Я ему, Лешке, вчера сказала: Дарья приедет, а он и забыл! Ну а я спать легла, думала, сегодня с утра появитесь. Пошли на кухню чай пить. Может, в столовой накрывать не будем, вы же свои?

На просторной кухне подпрыгивал чайник.

Галка распахнула огромный, четырехкамерный «Филипс» и принялась метать на стол еду, приговаривая:

— Творог деревенский, у вас такого нет, сметанки побольше налей...

— Как твоя печень? — не выдержала я, глядя, как бывшая соседка столовой ложкой наворачивает упругую нежно-желтую сметану. — Небось жирность у этого деликатеса 100%.

— Что? — переспросила Галка с набитым ртом.

— Печень!

— Да я про нее забыла, — засмеялась Верещагина, — честно говорю, и не помню, где находится, справа или слева! Ешь, ешь, от хороших продуктов плохо не станет!

Я послушно положила на тарелку доверху нежный, тающий на языке творог и бесцеремонно ляпнула:

— Слушай, а откуда у вас это все? Дом, конезавод...

Галка расхохоталась и вытащила «Вог».

— Будешь, под кофеек?

— Ты куришь?! А аллергия? Да стоило мне в прежние годы вытащить пачку, как у тебя коклюш начинался!

Галина глянула на меня и серьезно сказала:

— Мы теперь другие. Считай, те Верещагины умерли.

— Но...

— Помнишь, как мы жили? — перебила Галя.

Я осторожно протянула:

— Ну...

— Ладно, не деликатничай, — отмахнулась она, — сама скажу. Лешка, ирод, пил, прямо вод-копровод какой-то был, со всех работ погнали, жуть. Лежал весь день на диване да ханку жрал, урод. И ведь чего только я не делала, похмельщи-ка вызывала, в наркологию клала, все по фигу. Ребенок заикаться начал. А тут еще ты съехала, совсем кранты пришли. В подъезде одни жабы живут, денег в долг никто, кроме тебя, не давал, на работе просить стыдно, а этот, живой труп, бу-тылки требует, драться начал! Словом, не жизнь, а Рио-де-Жанейро, чистый бразильский карна-вал, с песней и пляской. И деть его некуда, «хру-щобу» нашу, сама знаешь, разменять без шансов. Не поверишь, я руки на себя наложить хотела, только на Катьку гляну и останавливаюсь: ну кому мой ребенок нужен?

— Где твоя дочь?

— В Англии, — выпуская дым, сообщила Гал-ка, — в Королевских конюшнях, она у меня вете-ринар, по лошадям специализируется, а муж ее англичанин, только не умри со смеху, лорд. Прав-да, не слишком богатый, но оно, может, и к лу-чшему, нам своих денег хватает. Отличный такой парень, рыжий, как я и Катька. Представляешь, какие дети пойдут!

Я только хлопала глазами.

— Словом, жизнь моя была беспросветная, — со вкусом прихлебывая кофе, пустилась в воспо-минания Галка, — а тут новая напасть. Узнала я случаем, что пятиэтажку нашу сносить собрались, а всех жителей отселять в какой-то район, уж и не помню, как называется, где-то на полпути к Киеву... И так мне кисло стало, что по-быстрому, пока не разнесся слух об отселении, я продала свою халупу и купила домик в деревне.

Рассуждала Галка просто. Муж все равно пьет, вылечить его нельзя. Но в крохотной «двушке», где поперек комнаты храпит пьяное тело, жизни нет никому, а на селе простор. Выкатила супружника в огород — и пусть себе валяется, авось тапки отбросит.

Вот так они и оказались в Зыбкине. А в придачу к дому получили сарай и лошадь Женю. Вот с этой Жени все и началось.

У горького пьяницы Алексея было одно положительное качество — любовь к животным. Я хорошо помню, как он постоянно целовал свою жуткую кошку, названную невесть почему Семирамидой. Оказалось, что всю жизнь Лешка мечтал иметь лошадь, и, когда ему перепала больная, старая и полуслепая Женя, Алексей кинулся рьяно ее выхаживать. Бедная кобыла, не привыкшая к заботе, разболелась совсем, и Лешка извелся, просиживая возле кашляющего животного день и ночь. Он даже накупил пособий по ветеринарии. Словом, когда через месяц окрепшая Женя вышла на луг, Верещагин с удивлением понял, что он целый месяц не пил, а главное, и не хочет пить!

Потом, ни на что не надеясь, Лешка дал объявление в газету: «Отличная конюшня для вашей лошади». И неожиданно получил двух рысаков. Хозяин элитных лошадей только хмыкнул, оглядев сарай, и собрался уехать со своими любимцами, но Лешка встал на колени, упрашивая мужика доверить ему животных. Вот так и завертелось их дело, дающее теперь не только отличный, стабильный доход, но и огромную радость.

И Галка, и Лешка закончили заочно Ветеринарную академию. Сейчас у них огромные конюшни, обслуживающий персонал: конюхи, тренеры, кузнец. Лешка не пьет совершенно.

— Да и когда ему нажираться? — объясняла Галка. — Встаем в шесть и пашем, присесть некогда. Знаешь, у него талант, с любой лошадью договорится...

Я только моргала. Бывает же такое! Не замечая произведенного впечатления, Галка тарахтела дальше:

— Значит, так, сейчас пойдем лошадок смотреть, потом клиент явится, затем пообедаем, ну, двигайся. — Она вытолкала меня во двор и, махнув рукой вдаль, крикнула: — Вон там выгон, а здесь денники.

Я перевела взгляд и увидела, что к нам во весь опор несутся две громадные собаки ровного черного цвета.

— Это твои? Как зовут?

— Это твои, — хмыкнула Галка, — вымазались в навозе, как свиньи, и довольны!

Два тела, состоящих из одних тугих мышц, подбежали вплотную, и я узнала Бандюшу и Снапушу, покрытых ровным слоем лошадиных фекалий. Выражая полный восторг от встречи, собаки хотели броситься мне на шею, но я отскочила с воплем в сторону.

— Вася, — кликнула Галка.

Из конюшни выглянул молодой парень в голубом комбинезоне.

— Вымой псов.

— Эй, — крикнул конюх, вытаскивая шланг, — пожалуйте купаться!

Заслышав знакомый глагол, Банди, обожающий воду, кинулся к шлангу и принялся радостно поскуливать. Снап же мгновенно бросился в дом, откуда слышались крики Зайки.

Поднялась суматоха. Сначала купали Банди, потом ловили всем миром Снапа, затем осуществили экскурсию по конезаводу и около часа дня сели за стол. Но не успел Лешка разрезать сочную, исходившую жиром утку, как закрякал домофон.

— Кто там? — спросила Галка.

— Каюровы, — донеслось с улицы.

Фамилия отчего-то показалась мне знакомой. Но, порывшись в памяти, я не вспомнила никого с такой фамилией. Однако когда худощавый мужчина с румяным, детским лицом вошел в столовую, я мигом сообразила, отчего я знаю его фамилию. На пороге стоял Михаил, тот самый, чья жена Лена, то ли наркоманка, то ли алкоголичка, сбросила на капот моего «Вольво» тряпичного «мужчину».

— Добрый день, — приветливо сказал Михаил.

Сейчас он совершенно не был похож на убогого, бедного, считающего медные копейки мужика. В тот единственный раз, когда я его видела, на Каюрове красовались продранные домашние тапки, вытянутые на коленях нитяные тренировочные брюки, именуемые в народе «трико», и бесформенная футболка, заляпанная краской. Сегодня же на нем были джинсы, да не какие-нибудь, а штучные «Ли», яркий, темно-синий пуловер, из-под которого выглядывал воротник светлой рубашки. Карманчик пуловера украшал скромный ярлычок «Марко Поло». По самым скромным подсчетам, свитерочек стоил около трехсот долларов, а ботинки же высокие, на толстой подметке, явно тянули на все пятьсот... Стоило ему переступить порог, как в воздухе разлился запах «Кензо», вернее, его последнего мужского аромата «Одицы мир», дорогой парфюм, слегка вызывающий, так пахнет богатство...

— Леночка, — воскликнула Галка, — а я уже думала, что вы не приедете, Лорд-то скучает, ждет тебя.

Вошедшая следом за Михаилом худенькая темноволосая дама, тоже в джинсах и пуловере, хриплым низким голосом сказала:

— Колесо прокололи, а мы сегодня без шофера, Миша сам за рулем...

— Бывает, — хмыкнул Лешка, — давайте садитесь и знакомьтесь.

Началось пожимание рук, и все зацвели улыбками. Михаил скользнул по мне взглядом и не узнал. Я же пребывала в глубочайшем удивлении. Лена? Но ведь она была совершенно социально не адаптирована, сидела в запертой комнате, несчастная безумная идиотка или наркоманка, потерявшая всякий человеческий облик... Может, это не она? И откуда взялось богатство? А оно просто било в глаза. Уши, пальцы и шея женщины переливались и блестели, у Михаила на запястье красовались часы «Филипп Патек». Сев к столу, гости небрежно швырнули на диван кожаные сумочки, она дамский ридикюльчик, он — барсетку, туда же полетели и сотовые телефоны. А когда подали кофе, Лена вытащила золотую зажигалку от Картье. У меня у самой есть похожая, и я великолепно знаю, что Лена заплатила за безделушку сумму, сравнимую с годовым бюджетом Албании...

Вообще богатый человек узнается по мелочам. Костюм, даже пальто, шляпа могут быть простыми... Но обувь, кошелек, зонт, сумка, перчатки, зажигалка и портсигар всегда окажутся первосортными. Если человек, назвавшийся преуспевающим бизнесменом и сидящий перед вами в костюме от Хуго Босс, достанет из кармана обычный «Ронсон», а часы у него окажутся электронной «Сейкой», немедленно насторожитесь. Ваш гость врет. По-настоящему обеспеченный мужик поступит иначе. Нацепит неприметный, но безукоризненно отглаженный прикид, и возьмет золотое или платиновое «огниво». Так откуда деньги у Каюрова? Хотя, если вспомнить метаморфозы, происшедшие с Верещагиными, то ничего удивительного. Может, он тоже успешно занялся бизнесом, вылечил жену...

После обеда гостей отвели к конюшням. Там уже ждали оседланные лошади и пони, приготовленный для Мани. Не успела я ахнуть, как Кеша и Зайка схватили поводья и исчезли, Маруська, покрикивая на толстозадого пони, потрусила за ними.

Такое поведение домашних неудивительно, в Париже у нас есть лошади, и все мои дети довольно ловко управляются с ними, все, но только не я. Честно говоря, я не сидела на коне ни разу и надеялась никогда этого не делать. Нет, я люблю животных, но вот скакунов слегка побаиваюсь... Но не падать же в грязь лицом перед всеми. Тем

более что кобыла, предназначенная мне, выглядела вполне мирно. Пришлось, сопя от напряже-
ния, влезать в седло.

Кое-как умостившись в довольно жестком кожаном седле, я погладила лошадку по голове и
сказала:

— Ну, давай, иди вперед.

Животное повернуло длинную морду с большими карими глазами, оглядело меня и шумно
вздохнуло. Может, лошади любят деликатное об-
ращение?

— Дорогая, пожалуйста!

Кобыла стояла как вкопанная, и тут появился
конюх.

— Хорошая лошадь, — кивнул он, — спокойная, а уж умная, сто очков собаке даст! Чего не
скачете?

— Простите, как ее завести?

Парень рассмеялся.

— Просто. Сожмите коленями бока, вперед
пойдет, натяните поводья, встанет.

Я обняла лошадь коленками. Внезапно сиденье подо мной заколыхалось, и кобыла тихонечко
пошлепала вперед.

— Только галопом не пускайте, — крикнул
конюх.

Я медленно двигалась по дорожке к лесу. Эх,
забыла спросить, а как она поворачивает, руля-то
нет.

Пошатавшись по лесу, я очень устала, когда
увидела у одной из елей двух привязанных коней.
Как хорошо, сейчас слезу и узнаю, как развернуть
своего «Буцефала» назад. Натянув поводья, я
крикнула:

— Тпру! Стой!

Лошадь прошла еще метров двести, замерла и мигом принялась выискивать что-то между корнями деревьев. Кое-как я сползла с седла и, чувствуя, как между ногами что-то мешается, пошла вниз, к оврагу, откуда доносились два голоса: мужской и женский.

Раздвинув кусты, я хотела уже с веселой миной выйти на полянку, но, глянув на залитую холодным октябрьским солнцем лужайку, мигом прикусила язык. Мише и Лене было явно не до посторонних.

Перед прогулкой супруги переоделись и сейчас были чрезвычайно похожи: оба в бриджах, коротеньких курточках и жокейских шапочках. Лена держала в руках хлыст, Миша стек. Даже сапожки у них были идентичны: красные, блестящие, наверно, лаковые. Муж с женой смотрелись очень красиво на фоне увядающего, осеннего леса, словно яркие, экзотические птицы, севшие на лужайку. Но то, что вырывалось из их ртов, было ужасно.

Глава 4

— Имей в виду, — почти кричала Лена, — я теперь знаю все! Больше тебе не удастся обманывать, подонок, альфонс, негодяй! Да, теперь я понимаю, какого дурака сваляла!

Я удивилась, как злоба меняет человека. Какой-то час назад Лена выглядела симпатичной, молодой, вернее, моложавой дамой, довольной собой и окружающими. Теперь же на поляне бесновалась тетка с нездорово-бледным цветом лица и растрепанной прической. Негативные эмоции не красят, милая Леночка разом растеряла элегантность и респектабельность.

— Сволочь, ну, погоди, — налетала она на Михаила.

Тот весьма раздраженно ответил:

— Прекрати, дорогая, что за базар? Возьми себя в руки, и давай продолжим прогулку! Не знаю, кто тебе наболтал глупостей, но...

— Рита Назарова, — спокойно сообщила Лена, — Ритусенька, твоя ненаглядная Маргариточка!

На лице Михаила промелькнуло плохо скрытое беспокойство, но он нашел в себе силы засмеяться.

— Господи, родная, да у Ритки климакс в мозгах, и потом, ну зачем мне эта старая калоша, когда рядом такая красавица, как ты!

— Нет уж, — взвизгнула Лена, — больше ты меня не обманешь. Говорю же, я все знаю. У Ритки денег немерено, вот и все объяснение ее популярности. И потом...

— Ну, милая, — забормотал Миша, — не нервничай так.

Лена недовольно рассмеялась.

— Только без ля-ля, чего задергался, а? Нет, помни, ты у меня в руках и теперь будешь унижаться передо мной, как я раньше перед тобой. И знай, завтра с утра я еду к нотариусу и сделаю новое завещание, понял, хмырюга! Ишь чего придумал, меня надуть.

— Леночка, — спокойно ответил Миша, — возьми себя в руки, пойдем, дам тебе рудотель, в машине лежит. Выпьешь, успокоишься, тогда и поговорим. Ну кому ты можешь завещать деньги? К чему эти мысли? Ты молода, проживешь еще много лет... И ведь мы уже все обсудили, договорились!

— Если я не буду брать из твоих рук никакие лекарства, то точно столетний юбилей отмечу, — прошипела Лена, — а насчет завещания не волнуйся. Отпишу деньги первому встречному. Вернее, нет, вот сейчас вернусь к ужину и первый, кто ко мне обратится, и получит состояние!

— Дура, — бросил Михаил, очевидно, у мужика наконец лопнуло терпение, — идиотка, только попробуй и...

— Что и? — неожиданно усмехнулась Лена. — Что будет-то?

Выплюнув последнюю фразу, госпожа Каюрова взмахнула хлыстом и попыталась ударить мужа. Михаил успел увернуться, но тонкий ремень все же задел край его лица, кожа мигом лопнула, и из тонкого пореза быстро-быстро потекла струйка яркой крови.

— Так тебе и надо, — припечатала Лена, — теперь сама буду музыку заказывать!

Быстро повернувшись, она двинулась в сторону большой ели. Пригнувшись, я скользнула ужом в кустарник. Знаю, какую неловкость испытывают люди, когда понимают, что чьи-то жадные глаза и уши были свидетелями их семейной сцены. Лена пролетела в нескольких сантиметрах от меня, дернула Лорда за кожаные ремешки, свисавшие под мордой коня, ловко вскочила в седло и умчалась. Следом выбрался Михаил, похлопал свою лошадь по крупу и, промокая белейшим носовым платком довольно длинную рану, громко и злобно сказал:

— Ну блядь! Ну сука!

Лошадь тревожно заржала. Миша погладил ее между ушами:

— Спокойно, это не про тебя.

В тот же момент раздалось ответное ржание — это кобыла, на которой «приковыляла» я, привязанная за полосой высокого кустарника, отвечала своей подруге.

— Давай, — взлетел Миша в седло, — домой! Только идиотов мне тут не хватает!

Когда мягкий стук копыт замер вдали, я вылезла из кустарника и с наслаждением распрямила ноющую спину. Хорошо, что моя лошадь была привязана за кустами. Ни Лена, ни Миша не заметили ее, впрочем, оба супруга находились в таком взвинченном состоянии, что скорей всего не увидели бы кобылу, даже если б она оказалась прямо у них под носом. Однако какая неприятная сцена развернулась тут только что! Жизнь научила меня, что даже у самых ближайших приятелей не следует интересоваться чистотой их белья и уж совсем не нужно выведывать тайны, можно ненароком такое узнать!

Я подошла к «Буцефалу» и, ухватив, как Лена, за кожаные ремешки под подбородком, потянула кобылу. Та покорно пошла. Развернув ее лицом к конюшням, я кое-как вскарабкалась на нее и, сжав коленями гладкие, упругие бока, велела:

— Ну, хорошая, иди домой!

Умное животное тихонько побрело назад. Я мерно покачивалась в седле. Езда успокаивала, и, уже подходя к знакомому забору, я подумала:

«Скорей всего Лена просто приревновала Мишу к даме по имени Маргарита Назарова».

Чай подали в шесть. Я успела как раз в тот момент, когда улыбающаяся Галка водрузила на стол блюдо с блинами:

— Налетайте! Только испекла!

— Ты сама готовишь? — удивилась я.

— Нет, держу домработницу, но блинчики — это святое, — пояснила Верещагина, — Лешка только мои ест!

Блины и впрямь удались. Легкие, прозрачные, ажурные, похожие на крохотные оренбургские платки. Таких двадцать штук слопаешь и не заметишь. Маруся, Зайка и Кеша быстро расхватали угощенье. Лена, спокойная, улыбающаяся, отказалась:

— Мне лучше просто чай.

— Что так? — спросила Галя.

— Да панкреатит замучил, — пояснила она, — желудок болит, и фигуру беречь надо!

Зайка тяжело вздохнула.

— Мне тоже, но удержаться я не могу.

— А я за талию не боюсь, — радостно воскликнула Маня, пододвигая к себе тарелку, где горой высились ароматные блины.

— Тебе и не надо, — ласково сказал Кеша.

— Почему? — насторожилась сестра.

— Нельзя лишиться того, чего нет, талии, например. И потом, какая разница, какой у тебя объем самого узкого места на теле — сто два или сто три сантиметра!

— Ах ты... — начала Манюня.

Зная, что сейчас она закончит фразу словами

«глиста в скафандре», я мигом пнула дочь ногой под столом и постаралась перевести разговор на иную тему:

— Галка, можно дать Банди блинчик?

— А он станет их есть? — изумилась хозяйка.

Питбуль замел по ковру длинным тонким хвостом и жалобно заскулил. Наш клыкастый Бандюша обожает все продукты, но блинчики вне конкуренции. С превеликим удовольствием пит сожрал бы все три блюда с блинами, но ему достался только один кусочек.

— Где Миша? — спросил Лешка, незаметно подсовывая Банди еще один блинок.

— Отдохнуть решил, — совершенно спокойно ответила Лена.

Но тут дверь распахнулась и вошел Каюров. Он вновь надел джинсы и пуловер, правда, другой, бордово-вишневого оттенка, а щеку мужика украшал пластырь телесного цвета.

— Что случилось? — спросила Галка, показывая на наклейку.

— Веткой поцарапался, — улыбнулся Миша и сказал: — Ленуся, тебе нельзя блинчики, да и кофе, пожалуй, тоже.

— Я приняла фестал, милый, — нежно проворковала Лена, — а от блинов удержалась.

— Молодец, — похвалил Миша, — плесни мне чайку, а запах какой, вы, Галочка, изумительно печете.

— Вы еще ее компоты не пробовали, — засмеялся Лешка, — фирма! Живой витамин. И вообще, у меня не жена, а клад! Умница, красавица, хозяйка, за что мне такое сокровище досталось?

И он ущипнул Галку за бок. Та отмахнулась полотенцем.

— Ешь лучше, комплиментщик.

Я тихонько наблюдала за ними. Вовсе это неправда, что богатство портит человека. Нет, большие деньги делают людей свободными, добрыми и щедрыми. Просто в коммунистические времена материальное благополучие не поощрялось, вот и придумали расхожую истину: богач злобен и неприятен. А на самом деле нет никого злее, чем бедняк, вынужденный каждый день сражаться за кусок хлеба. Как ему быть добрым, если на лавках сидят голодные дети, а у пустой кастрюли стоит в истерике жена. А уж как нищета портит женский характер! Невозможность покупки лишней пары колготок или тюбика крема может довести до нервного срыва. В материально неблагополучных семьях часто вспыхивают скандалы... Вот раньше Лешка Галку иначе, как «бензопила «Дружба», не называл, а она величала его «урод» или «ирод», в зависимости от настроения. И еще, Верещагин никогда не хвалил жену, используя любую возможность, чтобы унизить ее и показать, кто в доме хозяин. Впрочем, Галка попрекала его куском хлеба и, помнится, навесила на холодильник замок... Теперь же у них совет да любовь. Да, не зря попугай капитана Флинта беспрестанно кричал: «Пиастры, пиастры». Хотя смотря что считать богатством. Одному тысяча рублей кажется состоянием, другому и миллиона мало...

— Дашка, — тронула меня за плечо Галка, — еще чаю?

Я выпала из дум и увидела, что за столом нет никого, кроме меня.

— А где все?

— Твои пошли на котят смотреть, — пояснила хозяйка, — у нас разом две кошки с приплодом. Лешка конюхам перцу на хвост сыплет, недоглядели за Маркизой, у нее воспаление копыта началось. Лена, по-моему, пошла Лорда сахаром угостить.

— Лошади любят сладкое?

— Как дети, — улыбнулась Галя, — и потом, они ценят ласку, им приятно, когда человек внимание проявляет и угощение приносит. Не поверишь, сколько раз я замечала: похвалишь одного коня, погладишь, а другой завидует.

— Можно угостить лошадку, на которой я каталась днем?

— Каролину? Конечно. Только возьми ей лучше кусок «Бородинского» хлеба и посыпь солью, она у нас такой бутерброд обожает.

Я приготовила лакомство и двинулась к конюшням. Банди и Снап, набегавшись весь день по конезаводу, остались спать в гостиной на мягком ковре. За мной увязался только Хучик. Сначала песик бодро трусил по асфальтовой дорожке, но, когда перед конюшней она сменилась на тропинку с гравийным покрытием, мопс сел на зад. Мелкие камушки, очевидно, доставляли боль его нежным лапкам. Я подхватила Хуча под мышку.

— Ну, дорогой, и бока же ты отъел! Сидел бы уж дома, зачем за мной пошел?

Хучик только сосредоточенно сопел. Под гладкой шерсткой и толстым слоем жирка бьется храброе сердце. Очевидно, мопс решил, что в незнакомом месте, да еще среди диковинных, огромных животных хозяйке потребуется охрана.

Войдя в конюшню, я опустила Хуча на утрамбованный пол и пошла вдоль ряда денников. Над дощатыми воротцами виднелись сверху головы, а снизу лошадиные ноги. Каждую «квартиру» украшала табличка с именем животного и фамилией хозяина. Я прошла мимо Ральфа, принадлежащего Михаилу, потом увидела Лорда Лены, а рядом с его стойлом было другое, на котором значилось: «Каролина, собственность Галины Верещагиной».

— Каролиночка, — позвала я, открывая дверки.

Лошадь шумно вздохнула. Я протянула ей бутерброд. Нежные шелковые губы осторожно взяли с ладони угощение, широкие, коричневые ноздри вздрогнули. Прожевав, Каролина коротко всхрапнула и положила голову мне на плечо, она явно говорила «спасибо». Я обратила внимание, как аккуратно Каролина переступила тонкими мускулистыми ногами, боясь задеть вертящегося под копытами Хуча. Никогда до этого я не имела дела с лошадьми. Скакуны Ольги и Аркадия, вместе с Машкиным пони, стоят в конюшне у Жана Вильруа, и я туда никогда не езжу. Но сейчас первый раз пожалела об этом. Интересно, это только у Верещагиных такие милые, деликатные лошадки или они все столь приветливы?

Внезапно послышался глухой удар. Я вздрогнула. В соседнем деннике нервничал Лорд. У него была красивая морда, по бокам носа виднелось два белых пятна, словно очки. Вспомнив Галкин рассказ о лошадиной ревности, я вытащила из кармана несколько кусков рафинада и протянула жеребцу:

— Не расстраивайся так, съешь.

Но Лорд отвернул морду от заманчивого сахара. Он нервно дергал головой и вдруг громко заржал. В звуке, вылетевшем из его горла, была настоящая боль, даже мука, так кричат люди от невыносимых страданий. Я испугалась:

— Что с тобой? Заболел?

Из-под коричневого века выползла слеза и скатилась по морде. Лорд плакал. Я еще не успела среагировать, как Хуч завыл и кинулся в денник к жеребцу. Толстенькое тельце мопса шмыгнуло в пространство между воротцами и полом. Через секунду послышался отчаянный визг. Испугавшись окончательно, я распахнула дверки и заорала.

В самом углу довольно узкого помещения, на соломе, устилавшей пол, словно гигантская запятая, лежала Лена. Ноги ее были согнуты в коленях и подтянуты к подбородку, нежно-розовый свитер стал местами темно-бордовым, лицо... Нет, лица не было. Красиво подстриженные волосы окаймляли разверстую рану, в которой виднелось что-то серовато-желтое, тошнотворное и ужасное. Возле тела метался с визгом Хуч, а Лорд, поджимая правую заднюю ногу, копыто которой было перемазано кровью, нервно дрожал.

— Хучик, — севшим голосом позвала я, — Хучик, немедленно сюда!

Нужно было пройти внутрь и подхватить обезумевшую от ужаса собачку. Но ноги отчего-то стали каменно-тяжелыми, а тело неповоротливым. Ни за какие сокровища мира я не сумела бы сделать несколько шагов, отделявших меня от тела несчастной.

— Хучик, ко мне!

Мопс упал на живот и, поскуливая, пополз к

выходу. Я ухватила его за бока и быстрее молнии понеслась в дом, оглашая окрестности криком.

Не успела я ворваться в просторный холл, как из гостиной вылетела Маня.

— Мама! Ой, Хучик! Он разбил голову...

Я перевела взгляд на окровавленную мордочку мопсика и, падая на диван, прошептала:

— Нет, это кровь Лены. Лорд ударил хозяйку в лицо копытом.

Дальнейшее почти не помнится. Сначала все кинулись в конюшню. Потом Зайка влетела назад и влила в меня стакан коньяка. Но отчего-то алкоголь не подействовал, я только оглохла и как-то отупела, глядя на мечущихся людей. Откуда ни возьмись появился врач, следом группа мужчин в штатском принялась заполнять бумаги. И тут, очевидно, сказалось действие на меня «Мартеля». На все вопросы оперативника я только нечленораздельно мычала, пока Аркадий не тронул милиционера за локоть.

— Я адвокат, вот визитная карточка. Видите, у матери шок, лучше приезжайте завтра в Ложкино, или она сама к вам в отделение явится. Полковника Дегтярева знаете?

Ответ сотрудника МВД оказался за кадром. Потому что я, подпихнув под голову вместо подушки Хуча, мигом заснула. Впрочем, это неудивительно, алкоголь вызывает у меня лишь одну реакцию — глубокий, беспробудный сон.

Обратной дороги я не помню. Смутно виделась Зайка, садящаяся за руль «Фольксвагена» и высыпающая в рот целую пачку «Стиморола», того, с голубыми кристаллами. Вроде меня вместе с мопсом уложили на заднее сиденье, и, кажется,

Хуча стошнило прямо на хозяйку, потому что наша домработница Ирка, распахнув дверцу, закричала:

— Ой, мамочка, Дарья Ивановна, на кого вы похожи!

Я на секунду открыла глаза и ответила:

— Незачем так орать! Ты что, заблеванных людей не видала?

Ирка заткнулась, и меня повели в дом. Дальше память отказывает. Кажется, нас с Хучем мыли, сунув вместе в ванну.

Глава 5

Утро принесло головную боль. Когда я, охая и хватаясь за виски, вползла в столовую, слабенькое октябрьское солнце лениво освещало комнату. Налив себе крепкого чая, я поинтересовалась у Ирки:

— Где все?

— Аркадий Константинович уехал на работу.

— Он же собирался провести выходные дома!

Ирка пожала плечами.

— Ничего не знаю, позвонил какой-то мужик, а Аркадий Константинович схватил машину — и привет!

— А Зайка?

— Ольга уехала в студию!

— Она же хотела два дня отдыхать.

Ирка хмыкнула:

— На ее телевидении вечно дурдом. Еще в восемь утра улетела, ворота чуть не сшибла, хорошо, машину не помяла...

Домработница продолжала недовольно бубнить. Я опустошила чашку и налила следующую. Наша прислуга, если не считать няню, состоит из трех человек. В саду и гараже хозяйничает Иван, он же следит за отоплением, электричеством, водопроводом и выполняет мелкие ремонтные работы типа устранения засоров канализации... Впрочем, он способен починить телевизор или утюг... В дом Ваня ходит редко, предпочитая проводить время в сторожке. На кухне хозяйничает Катерина. Женщина шумная, языкастая и ехидная. Я ее побаиваюсь. «Пищеблок» повариха считает своей вотчиной и крайне нервно реагирует, если Зайке приходит в голову идея испечь кекс. Впрочем, готовит Катерина восхитительно, а ее любовь к чистоте перешла в манию. Ей-богу, она бы с удовольствием выдавала всем, пересекающим порог кухни, белые халаты и бахилы. Единственная женщина, которой позволяется открывать крышки кастрюль и бесцеремонно обнюхивать готовящиеся кушанья, — это моя подруга Оксана, хирург по профессии, завоевавшая любовь кухарки после того, как удалила той щитовидную железу. И только от Оксаны Катерина терпит замечания типа: «Соли мало».

Если подобный совет попробую дать я, меня просто вытолкают взашей с громким заявлением: «Коли по-вашему сготовлю, отрава получится».

Стиркой, уборкой, глажкой, сменой постельного белья, равно как и покупкой продуктов, занимается Ирка. И вот ведь парадокс. Капризный Аркадий, стабильно отказывающийся от всех кушаний и требующий, чтобы ему с курицы всегда снимали кожу, а из какао удаляли пенку, ходит у

Катерины в любимчиках. Для него готовятся несъедобные, на мой взгляд, блюда: манный пудинг и протертый суп из зеленого горошка. Причем, если еда остается нетронутой, у Катерины на лице возникает тревога, и она потихоньку тащит угощение в кабинет или спальню к любимому хозяину и воркует:

— Аркадий Константинович, миленький, хоть ложечку проглотите! Вот крем из чернослива, только для вас старалась.

Никто из нас более не удостаивается такой заботы, и я могу целую неделю выпрашивать эклеры, получая в ответ категоричный ответ:

— Вам лучше их не есть, печень взбесится.

К слову сказать, с печенью у меня полный порядок, просто Кешка не любит пирожные.

Ирка тоже расцветает улыбкой при виде Кеши и буквально вылизывает его кабинет. Она ухитряется, протирая письменный стол, класть все документы, бумаги и бумажонки нашего адвоката в таком же порядке, вернее, беспорядке, в котором они находились до того, как домработница вкатила в помещение пылесос.

В моей комнате она не церемонится и, недолго сомневаясь, укладывает все ровными стопками, и я, скрипя зубами, отыскиваю нужные вещи часами. Между прочим, Ольгу никто из прислуги не величает по отчеству, а на меня они посматривают снисходительно, считая абсолютно бесполезной личностью.

Если выстроить иерархическую лестницу, то на самом верху, безусловно, окажутся Аркадий и Машка, затем пойдут наши собаки, кошки, хомячки, попугай и жаба. Прислуга обожает животных. Затем — место Ольги, и только потом с сильным отрывом иду я. Лишь один человек в доме, няня близнецов Серафима Ивановна, считает меня за хозяйку и прислушивается к моим указаниям. Все остальные искренне считают, что мое место в гостиной, в углу, в кресле, с книгой в руках, желательно с плотно закрытым ртом.

— Машенька завтракала?

— Маша ушла к Сыромятниковым, — пояснила Ирка, — у них кот заболел, Клаус.

— Значит, дома никого?

— Нет, — буркнула она, унося грязную посуду.

Вот и отлично, сейчас налью ванну, лягу в воду и... Во дворе раздался шум мотора, потом короткий звонок, затем Ирка, просунув голову в комнату, оповестила:

— Гостья приехала, впускать?

— Ты же, наверное, уже сказала, что хозяйка дома? — безнадежно спросила я, чувствуя, как перспектива принять водные процедуры быстро тает.

— Ага, — подтвердила Ира.

Дверь распахнулась, и вошла Галка Верещагина. Сегодня на ней был строгий серый костюм и нежно-розовая блузка, совсем не сочетавшаяся с ярко-рыжими волосами.

— Привет! — улыбнулась бывшая соседка и, окинув взглядом мой халат, спросила: — Надеюсь, не разбудила?

— Нет, нет, просто я шляюсь по дому чучелом. Впрочем, Ира, дайте кофе, Галя, ты выпей пока, а я оденусь.

— Мне плевать, как ты одета, — фыркнула

Галка, — в былые времена ты не слишком нас стеснялась.

Это правда, мы забегали друг к другу запросто, без церемоний, частенько в неглиже. Но прошло слишком много времени со дня нашей последней встречи, я уехала с детьми из Медведкова восемь лет назад, еще будучи бедной преподавательницей. Просто Аркашка женился на Зайке, а у той было собственное жилье. Мы и объединились, выменяв себе более просторную квартиру...

Поэтому сейчас, оставив Галку одну, я сгоняла наверх и быстренько натянула бриджи и пуловер.

— Как дела? — вежливо поинтересовалась я, вбегая в гостиную.

— Словно сажа бела, — хмыкнула Галя, — дом и двор полны милиции.

— Что говорят?

Галка одним махом опустошила чашку.

— Глупости в основном. Произошел несчастный случай. Якобы Лена за ужином водки под блины выпила и в конюшню отправилась, а Лорд нюхнул алкогольное амбре, обозлился, сшиб бабу, а потом копытом по голове...

— Ужасно, — прошептала я, — бедная Лена, жуткая смерть, да и Лорд выглядел таким милым, что теперь с ним будет?

Галя побагровела и сломала пальцами зубочистку.

— Вчера, после того как вы уехали, мы спать пошли, Михаил вроде нормальный был. А утром встаем, его нет, идем на конюшню, и Лорд исчез. Конюх говорит, часа в два Каюров вошел и забрал коня, покататься решил, от бессонницы... Васька и вывел жеребца... А в пять Михаил возвращается, один, пешком.

Василий удивился:

«Где Лорд?»

Каюров спокойно ответил:

«Пристрелил».

Василий обомлел:

«Как?»

«Просто, — объяснил мужик, — сунул пистолет в ухо и привет».

«А тело где?» — заикался конюх.

«По мобильному «Скорую ветеринарную» вызвал, — отрезал Михаил, — увезли Лорда!»

«Господи, — вздыхал Вася, — да зачем? Такой конь! Красавец, умница...»

«Он убил мою жену, — рявкнул Михаил, — я его и казнил, незачем убийце жить!»

Растерянный Васька не нашелся что ответить, а Каюров влез в свой «Мерседес» и был таков...

— Вот беда, — пролепетала я.

— Это еще не катастрофа, — вздохнула Галя, — несчастья впереди. Ровно в девять утра позвонил Шабалкин, знаешь такого?

— Депутат?

— Точно, он у нас трех жеребцов держит. Спросил, правда ли, что на конюшне вверенный нам жеребец убил женщину, и велел готовить своих коней к отправке. Через полчаса точно с таким же разговором заявились Колосов, певец, и Ангелина Конт, журналистка с телевидения. Одним словом, сейчас у нас осталось вместо двадцати пяти только семь лошадей, это из тех, что на постое были, да и то, думаю, завтра-послезавтра заберут и последних.

— Почему?

— Потому, — довольно сердито отозвалась Галка, — наши клиенты люди богатые, чиновные, с фанаберией. Знаешь, отчего у Лешки дела так хорошо пошли?

— Ну?

— В моду случайно вошел. Понимаешь, такое в бизнесе случается. То тусовка в один ресторан ходит, то волосы у одного мастера стрижет. Ну принято в тусовке так! Вот и мы с Лешкой в моду вошли, знаешь, какие люди у нас в клиентах? Только бизнес — штука капризная, порой совсем непредсказуемая... Помнишь, стилист такой был, Леонов?

Я кивнула:

— Конечно, он жуткие деньги за прическу брал, да у него стрижка лысого мужика двести баксов стоила! Мы туда не ходили, у меня мастер есть — Наташа, лет пятнадцать к ней бегаю!

— Ну, во-первых, у тебя стричь особо и нечего, — хмыкнула Галка, разглядывая мою голову, — а во-вторых, ты не тусовщица, вот и не делаешь проблему из ерунды! А наши клиенты не могут себе позволить ходить к любимому мастеру, только в модный салон, даже если там выкрасят волосы в зеленый цвет и выщиплют брови. А знаешь, почему Леонов разорился и исчез из Москвы?

— Нет, честно говоря, не интересовалась.

— Одна из его мастериц, пардон, стилисток, закрутила роман с постоянным клиентом. Естественно, тайком. А жена узнала да и подала на развод, а на суде так отполоскала Леонова и девчонку, что желтая пресса месяц рыдала от восторга.

Потом бывшая супруга заявилась на работу к счастливой сопернице, перебила там зеркала и переломала расчески. Ну и клиенты разбежались!

Она замолчала, затем добавила:

— Мы тоже запросто разориться можем, если весть понесется, что лошади людей убивают. Другое дело...

— Что?

Галка вздохнула.

— Ты про лошадей какую-нибудь информацию знаешь?

— Ну, помощники человека, сельскохозяйственное животное, еще в скачках участвуют, иногда в охоте...

Верещагина хмыкнула.

— Лошадь — великолепный друг, умный товарищ, чуткий, настороженный. У каждой — свой характер. Не скрою, встречаются среди них вредные, злые, мстительные... Но в основной массе скакуны доброжелательны и тянутся к человеку. Ни за что не поверю, что Лорд ударил копытом Лену.

— Почему? — тихо спросила я.

— Это не в его характере, — отрезала Галка.

Я рассмеялась.

— Не неси глупости, разве у лошадей бывает характер!

Верещагина нахмурилась и ткнула пальцем в Снапа, мирно дремавшего в кресле:

— Вот твой ротвейлер, злобный пес, отчего не в наморднике?

Я возмутилась.

— Снапун? Да кто тебе сказал, что он злобный? Милый, веселый, игривый мальчик, обожающий все человечество, да он первый друг всех кошек и боится попугая!

— Но ротвейлеры — злые, охранные собаки...

— Не все же! И потом, у каждого пса свой характер. Снапун, например...

— Вот-вот, — перебила меня Галя, — и у Лорда тоже был свой характер, тихий, интеллигентный, деликатный жеребец, к тому же обожавший хозяйку, он очень тосковал, если та долго не приезжала. Ну никак не мог он разбить ей лицо копытом. Кстати, Лорд, стоило выпустить его во двор, всегда очень осторожно перебирал ногами, у нас кошки, и он просто боялся раздавить кого-нибудь. Лошади осознают свою силу, это не тупые орудия для перемещения людей и тяжестей, они личности! Впрочем, таким качеством обладал не только Лорд. Вот Каролина, например, на которой ты вчера каталась! Думаешь, она не поняла, что несет не слишком умелого всадника? А как осторожно шагала, чтобы ты не сверзилась!

Внезапно мне вспомнился Хучик, вертящийся под ногами Каролины, и та осторожность, с которой кобыла двигалась в деннике. Она определенно опасалась ушибить неловкого мопса...

— Когда я вошла в стойло и увидела лежащую Лену, — медленно сказала я, — Лорд плакал, по его морде катились слезы! И он не захотел съесть сахар!

— Вот видишь, — обрадовалась Галка, — он переживал смерть любимой хозяйки!

— Некоторые убийцы, — пробормотала я, — уничтожат жертву, а потом рыдают, чтобы отвести от себя подозрения!

Галя всплеснула руками.

— Так то люди! Лошади не способны на лицемерие!

Повисло молчание, прерываемое только легким похрапыванием Снапа да жужжанием пылесоса где-то на втором этаже. Кажется, Шопенгауэр говорил: «Чем больше узнаю людей, тем сильней люблю собак».

— Дашка, — тихо сказала Галка, — помоги, только на тебя вся надежда!

— Сколько? — спросила я, вставая.

Галя молчала.

— Давай, не стесняйся, — ободряла я бывшую соседку, — и расписок не надо, в прежние времена без формальностей обходились, говори скорей? Двадцать тысяч? Сорок?

Галка вздохнула.

— Денег у самих хватает пока, не знаю, правда, что дальше будет. Только Леше никак нельзя без любимого дела остаться, без коняшек своих драгоценных... Боюсь, запьет опять, помоги, Дашута!

— Чем? — изумилась я.

— Ты Войцеховского знаешь?

— Степана? Конечно.

— Он говорил, что, когда погибла Лариска, именно ты нашла ее убийцу.

Я разинула рот от удивления. Это правда, Несчастная Ларка, убитая в собственном доме, была одной из моих лучших подруг, и я поклялась найти негодяя, лишившего ее жизни[1]. Но откуда Галка знает Степу, мужа бедной Лары?

---

[1] См. Дарья Донцова. «Дама с коготками», ЭКСМО, 1999 год.

— Степан же ветеринар, — спокойно пояснила Галя, — причем один из лучших, врач божьей милостью, без УЗИ насквозь болячку видит. Мы его на сложные случаи зовем. Как-то раз разговорились, ну Войцеховский и рассказал про Лариску и про то, что ты нашла убийцу. Я еще подивилась, до чего тесен мир, плюнь, попадешь в знакомого. Помоги, Дашуня!

— Как?

— Лену убили! Лорд тут нй при чем. Подложили труп под его ноги и вымазали копыто кровью!

— Но кто это сделал?

— Это вопрос, — пробормотала Галя, — найди настоящего убийцу!

— Господи, обратись в милицию.

— А то я ментов не знаю, — взвилась Верещагина, — год канителиться будут и ничего не обнаружат! Станут ездить без конца! Поди плохо следствие на свежем воздухе вести, у нас и баня, и рыбалка, и охота... Всех клиентов распугают! Нет, лучше самим подсуетиться.

— Найди частного детектива.

— Вот я и хочу это сделать.

— Давай, — одобрила я, — правильная мысль, сейчас в Москве полно агентств.

— Я уже выбрала, — отрезала Галя.

— Кого?

— Тебя!

— Я не умею заниматься такой работой, — отбрыкивалась я, — вдруг ничего не получится...

— На нет и суда нет!

— А вдруг я приду к выводу, что Лорд и впрямь виноват!

— Это невозможно, — парировала Галка, — имей в виду, я хорошо заплачу. И потом, у нас с Лешкой есть теперь знакомые в газетах, как только установишь истину, мигом статью накропают, вроде такой: люди, лошади Верещагиных не убийцы!

— Мне не нужны деньги!

— Отдам тебе Каролину!

Я замолчала, вспомнив большие карие глаза кобылы, мягкие ноздри и теплое дыхание, долетевшее до щеки, когда лошадь положила мне голову на плечо.

— Честно сказать, Каролина мне очень понравилась.

— Она твоя, — серьезно продолжала Галя.

— Но...

— Значит, Степану ты помогла, а нам не хочешь?

— А вдруг не получится?

— Получится, — стукнула Галка кулаком по столу, — определенно получится. Миша ее убил, только не знаю, за что.

— Откуда у тебя такая уверенность?

Галя снова закурила.

— Посуди сама. Во дворе никого чужих не наблюдалось. Твои домашние, Ольга, Аркадий, Маруся, могли убить?

— Ты что, белены объелась? — возмутилась я.

— Значит, остаются Лешка и Михаил. Но мой муж абсолютно точно не виноват, тогда кто?

— Может, ты или я...

— Не пори чушь, — обозлилась Галя, — Михаил, больше некому, думаю, из-за денег!

Я молчала, вспоминая ссору супругов в лесу, потом спросила:

— А что ты знаешь о Каюровых?

Верещагина скорчила гримасу омерзения:

— Практически ничего.

Глава 6

С Каюровыми Галя познакомилась в июне. Первого числа позвонил мужчина с приятным голосом и попросил принять на конюшню двух жеребцов — Ральфа и Лорда.

— Где вы содержали их до этого? — спросила Галя.

— Нигде, — раздалось в ответ, — только что приобрели скакунов, и Андрей Владимирович Чванов посоветовал обратиться к вам.

Галка отлично знала Чванова, состоятельного мужика, страстного лошадника. Андрей Владимирович несколько раз посылал к Верещагиным клиентов, и это всегда оказывались солидные, денежные люди. Поэтому Каюровых она приняла с радостью и поинтересовалась:

— Куда отправить фургон за лошадьми?

— Спасибо, — последовал ответ, — их привезут, если разрешите, завтра.

Галочка великолепно знала, что многие фирмы, занимающиеся транспортировкой грузов, согласны на все, чтобы получить выгодный заказ. Один раз к ним привезли насмерть перепуганное животное в... рефрижераторе. Слава богу, хоть с выключенной холодильной установкой. Это только кажется, что лошадь легко перевозить, завел в машину, потом вывел... Но все не так просто.

Поднять лошадь в фургон трудно, а спустить ее оттуда еще труднее, к тому же оставлять животное одно в движущемся транспорте нельзя. В дороге его должен сопровождать конюх, желательно такой, которому лошадь доверяет. Памятуя все это, Галочка и предложила:

— Может, лучше мы доставим, безвозмездно, такая услуга входит в месячную плату.

— Спасибо, — вновь очень вежливо сказал Каюров, — сами справимся.

Верещагина только вздохнула. Лечить доведенного до истерического припадка жеребца придется ей. Но Ральф и Лорд прибыли в изумительно оборудованном фургоне. Леша восхищенно цокал языком, оглядывая машину. Пол, покрытый специальным ковром, был оборудован подъемником, и животные, просто став на него, оказывались через пару секунд внутри. Их не надо было, понукая и упрашивая, заводить по настилу. Внутри было великолепное стойло, сиденье для конюха, ветеринарная аптечка, а на стене — мобильный телефон.

— Что это за фирма такая? — удивлялся Алексей, разглядывая красные буквы, украшавшие борта грузовика. — «МИЛ», никогда не слышал, но, похоже, ребята дело знают! От такого фургона даже я бы не отказался.

Михаил засмеялся, а когда сели пить чай, пояснил:

— «МИЛ» принадлежит нам с женой. Мы занимаемся перевозкой нестандартных, вернее, необычных грузов. Причем это не только животные. В мае нас нанимал Музей Востока, чтобы доставить в Париж на выставку две мумии. Самолетом везти нельзя, вернее, можно, но только в пассажирском салоне, в багажном отделении холодно, и давление другое. Представляете свою реакцию: вы собрались во Францию, сели в аэробус, а рядышком парочка спеленутых покойничков, отъехавших на тот свет еще до Рождества Христова!

Он засмеялся, Галя и Леша тоже развеселились. Каюров продолжал:

— Не поверите, чего только мы не возили: вирусы, древние книги, картины, тяжелобольных людей, носорога... Мы никому не отказываем. Не хотят граждане пользоваться «Скорой помощью» — никогда не спрашиваем почему. Наше дело выполнить заказ, а отчего человек обратился к нам, нас не касается! Дело у нас доходное, так что, если что потребуется, обращайтесь, обслужим по льготному тарифу.

Каюровы оказались беспроблемными клиентами. Плату не задерживали, претензий не предъявляли и никогда не хамили Верещагиным. Приезжали раз в неделю, в основном в пятницу, оставались на ночевку и всю субботу катались по окрестностям. Леша и Галка никогда не протестуют, если хозяева лошадей остаются в гостевых комнатах, дом у них большой, комнат для приезжающих целых пять, проблем никаких. Есть еще один нюанс. Например, Чванов, приятнейший человек, профессор, мировая величина в области хирургии, заявляется к Верещагиным примерно раз в десять дней, каждый раз с новой дамой, которую величает «племянницей». Галка ласково привечает девушек и делает вид, что искренне верит в родственные узы, связывающие Андрея Владимировича с длинноногими блондинками...

Но Каюров всегда появлялся только с законной супругой.

— А ты уверена, что Лена — его жена? — спросила я.

Галка серьезно ответила:

— Конечно. Однажды разговор зашел о семейной жизни, и мы случайно выяснили, что расписались в один день, правда, в разные годы. Мы-то с Лешкой 28 апреля 1982 года, а они тоже 28 апреля, но в 1998-м. Лена даже вытащила паспорт и показала штамп о браке. Но даже без документа было понятно, что они супружеская пара.

— Почему?

— Ну она с ним так разговаривала... С любовником иначе общаешься, Михаил явно был подкаблучник, постоянно хотел ей угодить. То шаль принесет, то ножки укроет, словом, не хочу говна!

— Что? — удивилась я.

Галка захохотала.

— Анекдот такой есть. Уж, извини, мы, селяне, народ грубый, вот и шутки такие. Одна жена попросила мужа:

«Хочу бутерброд с дерьмом».

Муженек удивился, но волю супруги выполнил, принес «деликатес». Смотрит женушка на поданное и кривится:

«Сам сначала попробуй!»

Делать нечего, пришлось несчастному навоз жевать, а благоверная спрашивает:

«Ну, вкусно?»

«Нет, — отвечает подкаблучник, — мерзость жуткая».

«Ой, — кричит баба, — так я и пробовать не стану, верю тебе».

Я усмехнулась. Сама выходила замуж четыре раза, только подобные угощения во всех браках доставались мне. Наверное, я слишком мягкотелая и не умею пользоваться когтями и зубами или у меня их просто нет.

— Дай мне телефон Чванова, — попросила я.

Галка радостно хлопнула в ладоши.

— Согласна! Ну, спасибо! Сейчас, погоди.

Она принялась рыться в огромной сумке, приговаривая:

— Нет, выкину эту торбищу, вечно в ней все исчезает, словно в черной дыре.

Не успела она с криком «нашла» выложить на стол черненькую книжечку, как с порога раздалось тихое:

— Здравствуйте!

Слегка удивившись, я перевела взгляд и чуть не перекрестилась. В комнату входил Севка Лазарев.

— Ты откуда? — ляпнула я от неожиданности.

— Как это? — изумился Севка. — Из Израиля, конечно. Вот, приехал ненадолго. Мама велела у вас остановиться, говорила, места полно. Я, между прочим, теперь подданный Израиля, в этой стране иностранец, знаешь, какие деньги за гостиницу заламывают, когда паспорт видят. Поэтому мы с Тузиком к тебе.

— Ты собаку привез? — изумилась я.

Надо же, какие метаморфозы жизнь делает с людьми. Помнится, у Севки была жуткая аллергия, он чихал и кашлял, стоило только вытащить из шкафа пушистую шубку, сшитую якобы из белки. Но не зря внутренний голос мне подсказывал: манто состряпано из кошачьих шкурок, аллергию-то не обманешь! И вот теперь Лазарев обзавелся собачкой!

— При чем тут животные, — побагровел Севка, — забыла, что ли, про мою болячку!

— Но ты сказал: «С Тузиком», — пролепетала я.

— Знакомьтесь, — буркнул Севочка. — Тузик, мой лучший друг.

Я увидела за широкой спиной Лазарева небольшую худенькую тень и вежливо сказала:

— Добрый день.

Севка посторонился, и Тузик вошел в столовую. У меня опять, в который раз за последние дни, челюсть уехала в бок, словно каретка у пишущей машинки. Назвать мужчиной существо, вползшее в комнату, язык не поворачивался. Щуплая, даже изможденная фигурка, плечики примерно сорок четвертого размера переходили в цыплячью грудь с явными признаками кифоза. Талия Тузика была сравнима с моей, да и размер обуви небось совпадал. Волосы нежданного гостя были мелированы, брови выщипаны, глаза подведены, а губы накрашены, правда, помадой естественного тона, и с первого взгляда казалось, что просто рот у незнакомца такой яркий от природы. Но сильный блеск без слов говорил: тут не обошлось без косметики. Довершала его облик крохотная брильянтовая сережка в ухе.

— Здравствуйте, — слегка жеманясь, выдавил из себя Тузик и вытянул вперед тонкую бледную лапку с нежной кожей.

Я взяла его нервную, слегка влажную ладошку, осторожно подержала в руке и отпустила.

Ну надо же! Тузик! Интересно, как его кличут по паспорту? Туз Иванович? Хотя, учитывая, что оба прибыли из Израиля, такое отчество не подойдет. И вообще, каково его полное имя. Тузиил? Тузовец?

Севка никогда не был моим мужем. Правда, какое-то время я думала выйти за него. Первый раз в жизни во мне проснулась расчетливость. В год, когда познакомилась с Лазаревым, я уже имела два развода за спиной. Успела уйти от Костика, отца Аркадия, и Кирилла Артамонова. К слову сказать, Аркадий не родной мой сын, на самом деле это ребенок Константина от первой жены, но после разрыва малыш остался со мной. Нас разделяет всего четырнадцать лет. Но я пришла в дом к Косте восемнадцатилетней, а Кешке было только четыре. Через пару недель он начал звать меня мамой, а через полтора года мы убежали с ним от отца и мужа вместе.

Поднимать ребенка одной тяжело, да еще Костик, будучи патологически жадным, старался, как мог, не платить алиментов. В год, когда Кеша собрался идти в первый класс, мне пришлось при помощи друзей из милицейских кругов сделать ему метрику, в которой черным по белому, вернее, фиолетовым по зеленому стояло: мать — Васильева Дарья.

В тот же год я и познакомилась с Севой. В отличие от меня, нищей преподавательницы, долбящей целыми днями в деревянные студенческие головы знания за крохотный оклад, Севка был более чем обеспечен. Будучи старше меня на десять лет, он имел кандидатское звание и сидел на доцентской ставке, и не где-нибудь, а в университете, работал в цитадели науки. Но основные материальные блага получал он от матери, очаровательной хохотушки Анны Николаевны. Вернее, Нюши, потому что по имени-отчеству я назвала несостоявшуюся свекровь только однажды, придя первый раз в гости.

— Да ладно тебе, — отмахнулась женщина, — меня все Нюшей зовут!

Я принимала решение связать свою судьбу с Севкой из расчетливости, устав от безденежья и постоянного сражения с житейскими неприятностями, но не последнюю роль сыграло и то, какая меня ожидает свекровь. Ровно через час после знакомства Нюша превратилась в мою подругу, и мы до сих пор перезваниваемся и ходим друг к другу в гости, несмотря на то что поход в загс отменился. А разбежалась я с Лазаревым по крайне простой причине. Узнав, что Кеша на самом деле не мой кровный родственник, Севка отрезал:

— Отдавай пацана назад, его родным, на фига мне приемыш! Ладно бы сирота! А то при живом отце. Я, значит, корми, пои, а почему? В общем, выбирай: или я, или Аркадий.

В моей душе не было колебаний. Мужья приходят и уходят, а дети остаются.

Встречаясь с Нюшей, я была в курсе дел Севки, знала о его двух, быстро распавшихся браках и об отъезде в Израиль. Но Нюша ни словом не обмолвилась о том, что Севка сменил половую ориентацию. Хотя, насколько я помню, бабы его не слишком волновали, и обе жены убежали от Лазарева, хором обвиняя его в импотенции. Может, он всегда был голубым? Просто хорошо скрывал свои наклонности. При коммунистах-то существовала специальная статья в Уголовном кодексе.

— Слышь, Дашутка, — тронула меня за локоть Галка, — я поеду домой. Телефончик Чванова на столе.

Я кивнула. И то верно, при гостях не поговоришь по-человечески.

— Позвоню вечером.

— Ладно, — кивнула Верещагина и ушла.

Севка окинул взглядом комнату, увидел Снапа, благополучно проспавшего приход гостей, и подпрыгнул.

— Собака!

Я развела руками.

— Вообще-то их в доме пять.

— Жуть, — взвизгнул Лазарев.

— Еще две кошки...

— Катастрофа!

— Хомячки и жаба.

— Отвратительно, — заявил Севка, — мне придется ходить по дому в противогазе. А нельзя весь этот зоопарк временно отселить?

— Куда?

— Ну в гостиницу для кошек и собак!

— Извини, — железным тоном ответила я, — никак не получится. Лучше я тебе номер сниму, за свой счет. «Мариотт-отель» подойдет? Там Клинтон, кажется, останавливался, говорят, приличное место.

— Не хочу.

— Почему? Сказала же, сама заплачу!

— У меня у самого деньги есть, — поджал губы мой несостоявшийся муженек, — слава богу, не нуждаюсь.

— Тогда в чем дело? — нагло поинтересовалась я, все-таки проглотив вторую часть вопроса, которая висела на кончике языка: «Отчего ко мне в гости, коли в гостинице поселиться можно».

— Из принципа, — серьезно ответил Севка, — не желаю, чтобы на мне наживались хозяева. Поэтому остановимся у тебя.

— Нюша не обидится?

Севка вздернул брови.

— У нее ремонт, жуткая грязь, вонь, пыль... А у нас с Тузиком аллергия.

«У меня тоже, на гостей», — чуть было не выпалила я, но, проявив чудеса выдержки, смолчала.

Тихонько скрипнула дверь, и в столовую вошел Хучик. Увидав людей, мопс начал вертеть круглым толстым хвостиком. Севка мигом чихнул и, вытащив носовой платок, спросил:

— Это жаба?

— Нет, мопс, — ответила я, ощущая острое желание опустить на его безукоризненно причесанную голову тяжелый бронзовый торшер, — собака такая, очень хорошая.

Сева брезгливо отошел от Хуча, а Тузик присел и погладил животное по спинке.

— Ой, Севик, — взвизгнул он, — у него шелковая шерстка, такая приятная! Попробуй.

— Вымой руки, — велел Севка, — а то сейчас курить захочешь и грязь в рот потянешь.

— У вас тоже аллергия? — спросила я, глядя, как Тузик нежно пощипывает мопсика за жирные бока.

— Только на пыль, — ответил Тузик, — вообще я люблю животных, но дома у меня их никогда не было.

Он внезапно улыбнулся и глянул мне прямо в лицо большими ярко-голубыми глазами. Неожиданно Тузик преобразился, даже похорошел, и я невольно улыбнулась в ответ. А он ничего, во всяком случае, приятней Севки, который отшатнулся от ласкового Хуча, словно от больного проказой.

Вспомнив об обязанностях хозяйки, я заорала:

— Ира, открой две комнаты для гостей.

— Одну, — спокойно прервал Севка и, чтобы расставить точки над i, добавил, — желательно с широкой кроватью.

— Мать, — донеслось из холла, и Аркадий влетел в столовую, — мать...

Увидав гостей, он притормозил и опомнился.

— Здравствуйте.

— Кешик, — идиотски заулыбалась я, — помнишь ли Севу Лазарева? Сына Нюши.

— Ага, — кивнул головой адвокат, — несостоявшийся папенька.

Севка хмыкнул.

— Дело давнее.

— А это Тузик, — закончила я.

— Тузик? — ошарашенно переспросил сын.

Его глаза, цвета молодой ореховой скорлупы, начали медленно вылезать из орбит.

Не в силах больше сдерживаться, я хрюкнула и, старательно глядя в пол, проблеяла:

— Ну вы знакомьтесь, мне пора...

Не дождавшись ответа от Аркашки, я рванула к двери и выскочила во двор.

Глава 7

По телефону Чванова, оставленному Галкой, долго никто не отвечал. Потом, когда я уже совсем было собралась отсоединиться, раздалось резкое:

— Слушаю.

— Будьте любезны, мне Андрея Владимировича.

— Слушаю.

— Ваш номер мне дала Галина Верещагина, хозяйка конюшни, где...

— Слушаю.

Он что, других слов не знает? Заладил: слушаю, слушаю.

— Когда можно к вам приехать?

— Диагноз?

— Что?

— Диагноз?

— Чей?

Очевидно, у Андрея Владимировича кончилось терпение, потому что он рявкнул:

— Болит где?

Значит, Чванов решил, будто разговаривает с дамой, стремящейся попасть на прием! Эх, жаль, забыла уточнить у Галки, какой он специализации. Придется выкручиваться:

— Ох, везде! Спину ломит, голова отваливается, ноги не ходят, руки отказывают, шея не поворачивается.

— У вас климакс? — осведомился Чванов.

Я возмутилась до глубины души. Разве он не слышит, что разговаривает с дамой, еще не достигшей пятидесятилетия.

— Нет, конечно! Я нахожусь в самом цветущем возрасте!

— Кактус Алонго цветет за пару дней до кончины, — хмыкнул доктор.

Интересно, он со всеми предполагаемыми клиентами так разговаривает или я ему чем-то не понравилась?

— К невропатологу ходили?

— Я совсем не нервничаю!!!

Чванов откровенно засмеялся:

— Сегодня сумеете приехать? С работы отпустят?

— Я не работаю.

— На пенсии?

Ну вот опять!

— Нет, — гаркнула я, окончательно теряя самообладание, — ренту не получаю, инвалидности не имею, просто мое материальное положение позволяет сидеть дома!

— В час дня, — коротко ответил врач. — Корзинкинский проезд, 19, если есть анализы, прихватите.

И он отсоединился. Ну встречаются же такие малопривлекательные личности! Однако, каким бы ни был милейший Андрей Владимирович, мне нужно вызвать его на откровенность и узнать хоть что-то о Каюровых!

В глубокой задумчивости я побрела в спальню и принялась перебирать вещи. Мужчины крайне самонадеянны. Они совершенно искренне считают женщин намного глупее себя. А уж богатая дама просто обязана, по их мнению, быть кретинкой. Причем, как только до лиц противоположного пола доходит информация о моих капиталах, мигом в их глазах я вижу невысказанный вопрос: «И каким местом, дорогуша, ты заработала эти бешеные бабки?» То есть предполагается, что миллионы на самом деле добыл мужчина, а дама пользуется ими только потому, что является женой или любовницей. Правда, господам иногда приходится признать превосходство над собой удачливой бизнес-вумен, но, коротко отметив успехи бабы на поле традиционных мужских игр, они добавляют: «Жаль только, что она страшна как смертный грех и, естественно, не замужем...»

К тому же я блондинка, натуральная. А это уже и не смешно! Любая тетка со светлыми от природы волосами глупа как пробка, это же всем известно!

Но мне такое мнение только на руку. Поняв, что видят перед собой непроходимую дуру, собеседники расслабляются и выбалтывают слишком много.

Выкатив из гаража «Форд», я порулила в сторону центра. Уже на въезде в Москву, в самом начале Минского шоссе, паренек в форме, коротко свистнув, повелительно взмахнул жезлом. Так, сама виновата, выезжала на главную дорогу и не пропустила помеху справа.

— Ваши права, — сурово потребовал постовой.

Я вытащила документы и, хлопая голубыми глазами, прочирикала:

— В чем дело, котеночек?

Паренек удивленно глянул на меня и ответил:

— Знак видите как называется?

— Главная дорога, котик.

— А что делать надо?

— В моем случае пропустить помеху справа.

— Почему тогда нарушаете?

Я сложила губы трубочкой и нежно пропела:

— Ну, котеночек, по шоссе ехал «Мерседес» с мужиком, а я дама, думала, он уступит дорогу! Должен же мужчина женщину пропускать!

Секунду милиционер не мигая таращился на меня, потом сообразил, как реагировать:

— На дороге мужчин и женщин нет!

— Да? — изумилась я. — А кто за рулем тогда сидит?

— Водители, — буркнул мальчишка.

— Но, котеночек...

— Прекратите ко мне так обращаться!

— Извини, голубчик, а как надо?

— Сержант Ефремов.

— Сержант Ефремов, котеночек, то есть зайчик, я очень тороплюсь, давайте решим дело полюбовно, сколько?

— Нисколько, — вздохнул юноша, — проезжайте.

— Возьми шоколадку, зайчик.

— Уезжайте.

— Может, пачку сигарет?

— Не курю.

— Вот это правильно, заинька, — одобрила я и уехала.

Видите, как просто? У такой дуры-блондинки даже алчный сотрудник ГИБДД не хочет брать деньги. Хотя мне не жаль отдать ему пятьдесят рублей, ваньку же я валяла исключительно из любви к искусству. И потом, после подобных проделок, как правило, резко повышается настроение.

Больница, в которой работал Андрей Владимирович, располагалась в глубине довольно большого парка. Сегодня на улице было холодно, но не слякотно, больные выползли наружу и разбрелись по дорожкам. Я быстренько добежала до входа и уперлась в охранника.

— Подскажите, где кабинет Чванова.

— На втором этаже.

Я взлетела наверх и увидела черную табличку, на которой золотом горели буквы: «Главный врач Чванов Андрей Владимирович, доктор наук, профессор».

Приготовившись к встрече с секретаршей, я распахнула дверь и оказалась прямо в кабинете. По непонятной причине вход к Чванову никто не сторожил. Большая, более чем тридцатиметровая комната была заставлена книжными шкафами, внутри которых виднелись разнокалиберные тома, чуть в глубине ее помещался огромный письменный стол, заваленный горами бумаг, папками и газетами. Но самое яркое впечатление производила одна из стен, сплошь от потолка до пола увешанная фотографиями с автографами. Мужские и женские лица, молодые и старые, веселые и грустные...

— Сколько снимков, — невольно ахнула я, — это ваши родственники?

Сидевший за письменным столом мужчина рассмеялся густым басом:

— Можно сказать и так. Но на самом деле это пациенты, которые после операции живыми и здоровыми ушли домой.

Я продолжала рассматривать «коллаж». Да, впечатляет и, наверное, производит сильное действие на больного человека. Он приходит договариваться об операции, боится, нервничает, а тут такой «иконостас»!

— Слушаю, — решил оторвать меня от созерцания портретов хирург.

— Я звонила вам недавно от Гали Верещагиной...

— Слушаю, в чем проблема?

«В Каюровых», — хотела было ответить я, но вслух сказала другое:

— Очень плохо себя чувствую.

Чванов мягко улыбнулся.

— А именно?

Я вновь начала перебирать различные части тела, пытаясь сообразить, какая у него специализация. Гинеколог? Маловероятно, на стене полно снимков мужчин. Онколог? Уролог? Пульмонолог? Ну какие части тела он оперирует? И зачем я только решила прикидываться больной!

Андрей Владимирович тяжело вздохнул:

— Анализы принесли?

— А как же, — обрадовалась я.

Честно говоря, терпеть не могу ходить по врачам, а кровь последний раз сдавала лет пятнадцать тому назад. Кстати, мои домашние тоже «обожают» лечиться и по докторам никогда не бегают. Но Зайка, собираясь стать матерью, регулярно носилась в лабораторию, и сегодня, отправляясь к Чванову, я вытащила из секретера несколько листочков.

Хирург уставился на бумажки, потом хмыкнул:

— Милочка, вы беременны.

— Не может быть, — выпалила я в полной растерянности, понимая, что сваляла дурака, — извините, но я не имею мужа.

Андрей Владимирович сохранил серьезное выражение лица, но в глазах его запрыгали чертики.

— Похвальное целомудрие в наш век бурной сексуальной революции. Так чем я могу помочь? Роды не принимаю, а по внешнему виду вы никак не похожи на мою пациентку.

Тут я не утерпела и поинтересовалась:

— А вы все отрезаете или только какие-то части?

Чванов хрюкнул и захохотал:

— Дорогая, откуда вы взялись? Ну признайтесь, вы работаете в газете, знаете про то, что я терпеть не могу журналистов, и решили таким образом взять интервью. Хорошо, согласен, ей-богу, вы мне нравитесь. Все ли отрезаю? Нет, только то, что испортилось, работающие куски оставляю...

И он снова заржал. Я хотела похвалить его за прозорливость и прикинуться корреспондентом, но неожиданно сказала:

— Вот и не угадали, более того, вам ни за что не догадаться, кем я работаю.

Андрей Владимирович хохотнул последний раз и поинтересовался:

— И кем же?

— Детективом.

— Вы сотрудник милиции?

— Нет, частный детектив.

— И зачем я вам понадобился?

— Вы знаете Каюровых?

— Кого?

— Мишу и Лену. Вы еще порекомендовали им поставить лошадей к Верещагиным. Кстати, почему вы посоветовали именно эту конюшню?

— Столько вопросов сразу, — усмехнулся Чванов и, достав небольшую, красиво изогнутую трубку, поинтересовался. — Не помешает?

Я помотала головой. Андрей Владимирович сосредоточенно поковырял в деревянной «чашечке» какими-то железками, набил ее табаком, выпустил светло-серое облако дыма и сказал:

— А я к Гале с Лешей многих направил.

— Почему?

Чванов улыбнулся.

— Если начал делать доброе дело, не надо останавливаться!

— Не понимаю.

— Я был самым первым их клиентом.

— Ну да? А Галка говорила, будто они объявление в газете дали.

— Правильно, — кивнул Чванов, — я иногда просматриваю «Из рук в руки», там интересные вещи встречаются.

Как-то раз Андрей Владимирович листал один из номеров газеты бесплатных объявлений. В глаза кинулись строчки «Отличные конюшни». Чванов призадумался. Любовь к лошадям у него в крови, и дед, и отец работали на ипподроме. Поэтому, как только ему позволили финансы, хирург завел сразу двух скакунов. Но держать коней на городской квартире невозможно, да и на даче для них нет условий, поэтому лошади Чванова находились в хорошо известном всем лошадникам месте — конюшне Олега Чеснокова. Все там было хорошо, кроме одного. У Чеснокова вечно толкался народ и приходилось не столько наслаждаться природой и общением с любимым Огоньком и Бураном, сколько разговаривать со знакомыми. Может, кому-то такое времяпрепровождение и было по вкусу, но только не профессору. За неделю он успевал побеседовать с таким количеством народа, что в выходные хотел лишь одного: покоя и тишины. А этих двух составляющих у Чеснокова как раз и не было.

Андрей Владимирович позвонил по телефону и остался доволен. Леша честно сказал, что звонок Чванова первый, что много денег он не возьмет и что конюшня только открывается. Наверное, следовало сразу отказаться от Верещагиных, но Чванова тронула искренность Алексея, и он поехал взглянуть на стойла.

Сказать, что хирург испытал разочарование, — это не сказать ничего. Скакунам предлагался сарай, правда аккуратно покрашенный, устеленный соломой и со свежеобструганными воротцами. Но никакого сравнения с каменными домами Чеснокова новое «стойбище» не выдерживало. Не было в Зыбкине гостиницы, обширного штата обслуги, только Галя, Алексей и их дочь Катя. Но именно девочка и склонила чашу весов в их пользу. Рыжая, такая же, как мать, она подошла к хирургу и бесхитростно поинтересовалась:

— А где лошадки?

Андрей Владимирович вздохнул. С одной стороны, он не ожидал, что «отличные конюшни» окажутся столь убогими, с другой — не хотелось обижать этих милых людей, явно очень нуждавшихся в заработке.

— Мальчики приедут завтра, где-то в районе обеда, — неожиданно сказал Чванов.

В глазах Алексея вспыхнул огонь, а из лица Гали ушла настороженность.

— Хотите на Жене покататься? — предложила Катя и, не дожидаясь ответа, повернулась к матери. — Ведь можно?

Но утомлять старую кобылу Чванов не стал, мимоходом отметив, что та, несмотря на полную неспособность в силу преклонных лет заниматься работой, безукоризненно вычищена и досыта накормлена. Андрей Владимирович прошел в дом, съел изумительные блины и... неожиданно для себя остался ночевать. Так начались его взаимоотношения с Верещагиными, выглядевшие сначала исключительно как меценатские.

Чванов не только разрекламировал «отличные конюшни», он еще дал Верещагиным денег в долг для строительства новых денников. Правда, хирург не прогадал. Алексей мигом стал на ноги и быстро превратился в преуспевающего хозяина. Чванова он боготворил и, зная, как Андрей Владимирович любит покой, никогда не принимал никого в тот день, когда собирался приехать хирург, даже в ущерб бизнесу.

— А Каюровых вы откуда знаете? — влезла я.

— Нашему медицинскому центру требовалось перевезти томограф, — пояснил Андрей Владимирович, — нежную машину. Вот и стали искать соответствующую контору. Знающие люди посоветовали «МИЛ». Так я и увидел Каюровых. Потом еще несколько раз прибегал к их помощи... Однажды Михаил сказал, что они с женой обожают лошадей и с удовольствием бы приобрели животных, но не знают, куда их определить. Ну я и посоветовал Верещагиных.

— И это все? Вы не их близкий друг?

— Нет, — покачал головой профессор, — просто знакомый, причем довольно дальний. Могу рекомендовать их как отличных знатоков своего дела, но и только, а почему такой интерес к ним? И вообще, что случилось?

Я помялась немного и рассказала о смерти Лены. Чванов зацокал языком:

— Ужасно! Какая трагичная смерть!

— Вы верите, что Лорд мог убить хозяйку?

— Непреднамеренно, конечно.

— А как?

— Женщина могла потерять сознание и упасть прямо под его копыто!

— Лена выглядела здоровой!

Андрей Владимирович потер широкой ладонью затылок.

— Ну знаете ли, рухнуть в обморок может и вполне бодрый человек. На улице прохладно, в конюшне тепло. Вошла внутрь, организм не успел вовремя среагировать на смену температуры. Вероятно, Лена выпила, могла понервничать, да мало ли причин для изменения давления. Есть еще такая штука, как вегетососудистая дистония, она у каждой второй горожанки, в конце концов Каюрова иногда принимала рудотель, такой успокаивающий препарат, он дневной, не вызывает сонливости, но все же транквилизатор.

— А вы откуда знаете?

— Видел просто, — пожал плечами Чванов, — уж не помню, при каких обстоятельствах. Просто глаз врача зацепился за упаковку, и я машинально отметил: она пьет рудотель. Кстати, ничего особенного в этом нет. Вас нанял Михаил?

Я повертела в руках сумочку и рассказала профессору о визите Гали и ее подозрениях. Чванов нахмурился:

— Чужая жизнь потемки, да и видел я Каюровых всего несколько раз, но у меня сложилось впечатление, что Михаил любил супругу. Он был очень заботлив, вот Лена, — та разговаривала с мужем резко, тоном хозяйки, слегка бесцеремонно. Но, оговорюсь еще раз, близко знакомы мы не были.

Я горестно вздохнула и от полной безнадежности поинтересовалась:

— Вы не слышали никогда про такую даму: Маргарита Назарова?

Собеседник ухмыльнулся:

— Кто же не знает Риту!

— Я, например, где ее искать?

Андрей Владимирович вытащил из стола плоскую железную пепельницу, тщательно выколотил трубку, спрятал ее в замшевый мешочек и ответил:

— Не знаю. Дома, наверное, Рита спит до трех часов дня, потому что вечерами занята.

— Она актриса?

— Нет, — улыбнулся Чванов, — хотя можно и так сказать.

Мне слегка надоела его манера ходить вокруг да около, и, наверное, поэтому излишне сердито я спросила:

— И где она работает?

Профессор опять усмехнулся:

— Рита выходит замуж, причем крайне удачно. Каждый следующий муж оказывается богаче предыдущего. Назарова сколотила неплохое состояние, получая отступные при разводе. Сейчас она жена Рифата Ибрагимова.

— Это кто такой?

Хирург пожал плечами.

— Бизнесмен.

— А у вас нет случайно телефона Назаровой.

— Есть, — спокойно ответил Чванов, — могу дать. Уж не знаю, зачем она вам понадобилась, только хочу предупредить, не надо при знакомстве ссылаться на меня.

— Почему? — удивилась я, записывая цифры.

— Рита была моей женой, — мирно пояснил профессор, — и я оказался единственным, который удрал от нее почти с полным кошельком.

Глава 8

Сев в «Форд», я вытащила телефон и набрала номер Назаровой.

Тут же ответил бодрый, я бы даже сказала, наигранно-веселый голос.

— Алло.

— Можно Маргариту?

— Маргарита Сергеевна еще не вставала. Кто ее спрашивает?

— Дарья Васильева хотела пригласить госпожу Назарову в гости, сегодня, в семь часов, — вдохновенно соврала я прислуге.

— Минуточку, — ответила собеседница, и в трубке послышался шорох.

Очевидно, секретарь листала ежедневник, отыскивая нужный день. Потом она безукоризненно вежливо сказала:

— Извините, естественно, я запишу приглашение вашей хозяйки, только, к сожалению, у Маргариты Сергеевны вся неделя расписана заранее, и она не может гарантировать, что прибудет на суаре.

Я вздохнула. Жизнь постоянно преподает мне уроки. Став богатой дамой, я никак не могу обзавестись привычками «новой русской». Мне до сих пор неудобно, если я поднимаюсь после завтрака в спальню и обнаруживаю, что Ирка успела убрать постель. К слову сказать, и Кеша, и Зайка, и Машка не испытывают никаких комплексов и радостно расшвыривают все вокруг. Еще обеспеченные дамы имеют шофера, секретаря, охранника, стилиста-визажиста, массажиста, тренера по фитнессу, личного доктора... Все, но только не я. Впрочем, вру, собственный врач имеется, это ближайшая подруга Оксана, хирург по профессии, она лечит нас от разных напастей, только зубы не трогает. Но от нее жалости и присюсюкивания не дождешься. Стоит залечь в кровать и отдаться болячке, как Ксюта врывается в комнату, распахивает окно и вопит:

— Какая температура? 37 и 5? Ерунда, ну-ка быстро слопай эти таблеточки и поехали в театр. Нечего в тряпках гнить, давай, давай, шевелись!

Ну скажите, можно пожаловаться такому эскулапу? Никакой серьезности! Но вот странность, однажды Оксанка уехала отдыхать, а я заполучила ангину и вызвала доктора, который пользует семью нашего соседа по поселку банкира Сыромятникова. Вот тут я поимела полное удовлетворение. Меня уложили в кровать, закутали в пуховые одеяла, законопатили форточки и начали кормить «легкой» едой, без животных белков, два раза в день приходила медсестра с уколами... Казалось бы, при таком лечении мигом встанешь на ноги! Ан нет. Я провалялась в кровати почти месяц, с тоской глядя, как ртутный столбик стоит на 38 градусах. Но тут, слава богу, вернулась Оксана, вытряхнула меня на пол, пожарила отличный бифштекс, поднесла горсть разноцветных таблеток и велела:

— Заканчивай идиотство! Натягивай джинсы и едем.

— Куда? — просипела я, покачиваясь от слабости. — Ноги не идут.

— Фу, — фыркнула подруга, — если еще недельку проваляешься, конечности атрофируются и отвалятся совсем, шевелись! У меня шторы посеклись, нужны новые!

После трех часов, проведенных в магазине «Драпировка», я почувствовала, что противное царапанье в горле исчезло, а лоб приобрел прохладу.

— Слушаю вас, — поторопила меня прислуга Назаровой. — Говорите адрес.

Без тени колебания я сообщила:

— Коттеджный поселок Ложкино.

Все равно Назарова ни за что не отправится к незнакомой даме, можно смело давать адрес. Наконец пришел момент задать главный вопрос:

— Скажите, а где сегодня намеревается провести вечер Маргарита? Может, изменит свои планы, а то у моей хозяйки не хватает одной дамы за столом. Вы точно уверены, что Рита занята?

Секретарша вновь крайне вежливо ответила:

— К сожалению, это исключено. Маргарита Сергеевна отправляется на свадьбу к Игорю Минкину.

— К кому?

— К Минкину, — спокойно повторила девушка, — неужели вы не слышали про такого эстрадного певца?

Честно сказать, нет. Для меня последней известной фамилией остался Кобзон. Впрочем, еще слышала про Пугачеву с Киркоровым и Леонтьева, но новых кумиров не знаю. Вроде Маня иногда слушает девушку по имени Земфира.

— Надо же, — изобразила я радость, — Минкин женится! Надо сказать Дарье Ивановне, может, она захочет послать подарок. А где предполагается торжество?

— В семь часов, клуб «Железный попугай», — сообщила «информаторша», — Чонский проезд, девять, странно, однако, что ваша хозяйка не в курсе, господин Минкин, по-моему, пригласил весь город!

Ровно в 19.00 я подрулила к увеселительному заведению, носившему экзотическое название «Железный попугай». Ради того, чтобы попасть внутрь, пришлось нацепить «маленькое черное платьице» от Шанель и обвеситься драгоценностями. Руки оттягивал огромный пакет с надписью «Вулворт». На свадьбу принято делать подарки, и я, поколебавшись между столовым сервизом из лиможского фарфора и белыми шерстяными одеялами от «Вулворт», выбрала последние. Посуда может и не понравиться, но покажите мне человека, которому не придутся по душе теплые пледы из чистейшей шерсти мериноса!

У входа маячил секьюрити. Увидав меня, он вздохнул:

— Вы к кому?

Я подковыляла к нему в туфлях на ужасающей шпильке, найденных в шкафу у Зайки, и закатила глаза.

— Ах, голубчик, конечно же, на свадьбу к Игорьку!

— Но, — завел секьюрити.

— Ни слова, дружочек, — прервала я, протягивая ему пятьдесят долларов, — я потеряла приглашение, впрочем, всегда все теряю!

— Но...

— Голубчик, сейчас звякну Игорьку на мобильник, и он страшно обозлится, когда узнает, что ты меня не пустил.

— Послушайте...

— И слышать ничего не хочу, — взвизгнула я.

Охранник посторонился. Я влетела в широкий холл и удивилась мертвой тишине. Часы показывали девятнадцать часов пять минут, но ничего не говорило о том, что тут готовится торжество. Естественно, я опять совершила ошибку и явилась точно в срок. Люди на тусовки приезжают на час, а то и два позже. Вовремя являются лишь халявщики, боящиеся пропустить дармовое угощение. Но где оркестр, воздушные шарики, официанты в ливреях? Почему хозяин «Железного попугая» не стоит в холле с радостной улыбкой на лице?

— Что тут происходит? — налетела я на секьюрити. — Где свадьба?

— Я пытался вам объяснить, — завел парень, — а вы слушать не захотели.

— Зато сейчас я вся внимание.

— Отменили праздник.

— Почему?

Юноша хихикнул:

— Они утром должны были в загс идти, потом в церковь ехать, а уж только затем к нам.

— Ну?

— Так невеста в загс явилась и с женихом поругалась, — захихикал охранник, — цветами его по роже отходила, кольцо каблуком раздавила и убежала! Вот и накрылся праздничек медным тазом! Отменили все.

Я тяжело вздохнула и, сев в «Форд», поехала в Ложкино. Нет, все-таки хорошо, что я купила не сервиз, а пледы. Ну куда бы я сейчас дела набор посуды на 12 человек? Лишние же одеяла всегда кстати.

Наш дом сиял огнями. Домашние радостно зажигают свет везде и забывают потом его выключить, поэтому в конце месяца приходится заполнять километровые счета.

В столовой, вокруг накрытого стола сидела вся компания. Аркадий, Зайка, Маня, Сева и Тузик. Отметив, что собак нет, я бросила мешок с подарком на диван и спросила:

— Что на ужин?

— Фрикасе из цыпленка, — отозвалась Зайка.

— «Вулворт», — прочитал Кеша и удивился: — Ты купила пледы?

— Ага, — отозвалась я, накладывая в тарелку нежную курятину, — очень захотелось!

Ольга с подозрением покосилась на меня. Она-то знает, что заставить свекровь отправиться по магазинам могут только чрезвычайные обстоятельства!

— Мусечка, — закричала Маруся, успевшая выскочить из-за стола и глянуть в пакет, — можно, я их себе возьму?

— Конечно, детка, пользуйся на здоровье.

— Это меринос? — спросил Тузик.

Я удивилась:

— Как вы догадались? «Вулворт» еще делает вещи из цигейки, козьего пуха и шкур...

— По запаху, — спокойно пояснил Тузик, — когда Машенька раскрыла пакет, по комнате разнесся аромат пледов из мериноса.

— Вы умеете по запаху определять вещи? — изумилась Зайка.

— Он Нос, — ответил Севка.

— Кто?

— Нос.

— Это как понимать? — спросила я.

Тузик улыбнулся. Я опять удивилась, насколько улыбка преображала его лицо.

— Я работаю в фирме «Дом Ореано», выпускающей духи, нюхачом, или Носом, одним словом, человеком, который составляет аромат.

— Такие специалисты, — прервал его Севка, — на вес золота. «Дом Диора», например, пытался переманить Тузика, только он не пошел.

— Почему? — поинтересовалась Маня. — Небось «Дом Диора» хорошую зарплату предлагал!

Тузик порозовел:

— Я люблю хозяина «Дома Ореано».

— А кто владеет этой фирмой? — не успокаивалась Манюня. — Может, лучше-то у Диора!

— «Дом Ореано» принадлежит мне, — спокойно пояснил Севка.

— Тебе? — ахнула я. — Но почему ты занялся парфюмерией, ты — химик!

— Именно поэтому, — хмыкнул Севка, — кому же еще выдумывать духи, как не Менделееву. Кстати, я привез пробышки, сейчас покажу.

И он вышел. Манюня вновь повернулась к Тузику и воскликнула:

— И вы можете по запаху все узнать?

Тузик аккуратно подобрал капли на редкость вкусной подливки и обнадежил девочку:

— Сто очков любой ищейке дам.

— Ой, только не уходи никуда. — Манюня перешла от полного восторга на «ты» и вылетела из столовой.

Тузик усмехнулся.

— Ваша дочь страшно забавная, жаль, что у меня никогда не будет детей.

— Почему? — ляпнула Ольга.

Я спрятала лицо за чашкой. А еще все время шпыняют Марусю за непосредственность! Надо же задать такой вопрос!

Но Тузик оказался на высоте. Он преспокойно ответил:

— У «голубых» не бывает детей. Хотя некоторые специально из-за наследников вступают в связь с женщиной. Но, боюсь, я не смогу.

— Вы так ненавидите дам? — поинтересовался Кеша.

На месте Тузика я бы давным-давно нагрубила

наглым хозяевам, но наш гость оказался то ли чрезвычайно деликатен, то ли слишком воспитан. Он просто спокойно пояснил:

— Почти все мои близкие друзья — женщины, честно говоря, я ощущаю с ними бо́льшую душевную близость, чем с мужчинами, но вступать в интимные отношения не могу!

— А скажите... — начал Кеша.

Но тут раздался звонок, хлопок входной двери, и хрипловатый, низкий голос с капризными обертонами:

— Ну-ка, милочка, прими пальто да показывай, где гости.

— Мы ждем кого-то? — спросила Зайка.

Дверь в столовую с треском распахнулась, и в комнату влетел язык пламени. На какую-то секунду мне показалось, что у нас начался пожар, но затем стало понятно: в помещение ворвалась дама удивительной красоты и энергичности.

Длинное вечернее платье, сшитое, очевидно, из атласа, было такого пронзительно красного цвета, что я зажмурилась. Впрочем, сияние исходило не только от одежды. Волосы, уши, пальцы, запястья... Все горело и переливалось. Диадема, кольца, серьги, браслеты... Не было только ожерелья. Платье наглухо закрывало не только грудь, но и шею. Сверху оно сидело в обтяжку, подчеркивая красивые формы и тонкую талию, внизу расширялось колоколом и волочилось по полу. Волосы гостьи, иссиня-черные, резко контрастировали с бледной кожей и круглыми, ярко-синими глазами. Пухлый рот, покрытый помадой пурпурного оттенка, капризно изогнулся, и незнакомка, тряхнув роскошными кудрями, заявила:

— Добрый вечер, господа, я Рита Назарова. Простите, слегка опоздала, я звана к семи, однако дела задержали.

Я чуть не лишилась чувств. Кто бы мог подумать, что она воспримет всерьез мое дурацкое приглашение!

— Садитесь, — радушно предложил Кеша, отодвигая стул, — у нас фрикасе из цыпленка.

Маргарита повернулась и пошла вдоль стола. Я увидела ее сзади и обомлела. Абсолютно глухое спереди платье открывало всю роскошную спину полностью, до талии, вернее, до того места, из которого у людей растут ноги.

Зайка закашлялась, а Тузик уронил вилку. Рита села на предложенное место и бойко завела светскую беседу. Если она и удивилась, обнаружив на вечеринке всего четырех человек, одетых по-домашнему, то виду не подала. Впрочем, через пару минут спустился Севка с маленьким чемоданчиком, и мы начали нюхать крохотные пузыречки, вернее пробочки. Маргарита страшно оживилась, и они с Севкой принялись живо обсуждать последние новинки парфюмерии. Я пошла на кухню, велела Катерине вытащить и разморозить торт, потом вернулась назад и застала дивную картину.

Маня совала прямо в нос Тузику не слишком чистый кулачок с воплем:

— Ну-ка угадай, что внутри!

Мужчина принюхался:

— Так, ты мыла руки глицериновым мылом, потом держала шоколадку «Таблерон», молочную, а не горькую...

— Класс, — взвизгнула Манюня, — точно, перед ужином съела, а что в кулаке?

Тузик раздул ноздри.

— Так, латекс, но не простой, сильно ароматизированный, думаю, презерватив. Но откуда у тебя сей предмет, дорогая?

— Ловко, — завопила Машка, разжимая руку. На перемазанной шариковой ручкой ладошке и впрямь лежало лучшее средство защиты от СПИДа, — думала, никогда не узнает!

— Где взяла? — сурово спросил старший брат.

Сестрица затараторила:

— Ну, прикол! Хотела такое найти, чтобы он вовек не догадался, все перерыла, потом залезла к тебе в сумку и нашла пакетик!

— Интересно, — протянула Зайка, окидывая муженька с головы до ног гневным взглядом, — и зачем тебе презерватив, а? Да еще в барсетке!

— Понятия не имею, как он там оказался, — хмыкнул Кеша.

Но потом, увидав, что хорошенькое личико Зайки стало медленно краснеть, быстро добавил:

— А, вспомнил! Заезжал в аптеку, мне и дали в качестве подарка!

Ольга открыла было рот, но тут заговорила Рита:

— Боже, как интересно! А угадайте, какие у меня духи?

— Элементарно, — с готовностью ответил Тузик, — Мияки, «Огненный шар». Это очень просто. Помада, да и вообще вся косметика у вас Буржуа. Хотите, шампунь назову? Правда, он какой-то необычный, можно, я подойду поближе?

— Пожалуйста, — засмеялась Рита, — на здоровье!

Тузик обошел стол, приблизился к Назаровой и спрятал свой нос в ее роскошных волосах. Издали это выглядело так, словно он целует ее в затылок.

В эту секунду раздался грохот, визг Ирки, дверь в столовую распахнулась, и послышался мужской гневный голос:

— Сука, блядь, так я и знал!

На пороге стоял крепкий мужик в смокинге безукоризненного покроя. Его белую рубашку украшала красная бабочка с брильянтовой брошью в середине, о стрелки брюк можно было порезаться, ботинки лаково блестели... Идеальное впечатление респектабельности портило выражение дикой злобы на смуглом лице и огромный, чудовищного вида пистолет в правой руке.

— Вы к кому? — растерянно спросила я.

— Понял! — радостно закричал Тузик. — Черный хлеб, репейное масло и...

— Мразь, — завопил мужик.

Прогремел выстрел. Взвизгнув, Рита нырнула под стол. Я немедленно последовала ее примеру. Мы сидели под столешницей, накрытой длинной скатертью, прижавшись в ужасе друг к другу. В комнате творилось невообразимое. Вопль, крик, визг, звон бьющейся посуды, мат, выстрелы... На втором этаже выли на разные голоса собаки.

— Кто это? — шепотом спросила я.

— Мудак, — ответила Рита, — мой бывший муженек. Рифат Ибрагимов! И как только он узнал, что я сюда поеду? Нет, вернусь домой, выгоню Райку, свою секретаршу. Это она ему настучала...

Скатерть задралась. В укрытие проникла голова с выпученными карими глазами. Рита завизжала. Я собралась с духом и заявила:

— Оставьте нас в покое!

— Ты мне не нужна, — рявкнул Рифат и, ухватив сильной рукой Риту за плечо, вытащил ее наружу.

Я немедленно вылезла следом и ойкнула. Красиво убранная комната превратилась в кошмар. Стол был разгромлен, остатки фрикасе разметаны по полу и щедро засыпаны осколками, в диване зияло несколько дыр. Маруся сидела на подоконнике, поджав ноги, около нее трясся Тузик. Аркадий с белым лицом сидел в углу, держась за челюсть. Ни Севки, ни Зайки, как, впрочем, и самого Рифата с Ритой не наблюдалось.

— Что тут произошло? — закричала я.

Тузик выглянул из-за занавески.

— По-моему, погром. Может, антисемиты налетели?

— Глупости, — фыркнула я и кинулась к Кеше, — что с тобой?

— Ничего, — процедил сын, — этот сумасшедший просто чемпион, так мне вмазал по зубам, что искры из глаз посыпались! А потом начал по дивану стрелять и посуду крушить.

— Ой, жуть, — подала голос Манюня, не решавшаяся слезть с подоконника, — кошмар ходячий, хорошо, собаки заперты, он бы их убил! Это что, ограбление было?

— Нет, — отрезала влетевшая с пузырем льда

Зайка, — на, Кешка, приложи! Интересно, кто и зачем пригласил эту парочку?

Я молчала. Со двора послышался визг, потом вопль, следом шум мотора. Хлопнула входная дверь, раздались рыдания, и в столовую, пошатываясь, вошла абсолютно голая Рита.

Глава 9

— Блин, — выкрикнула Зайка и бросилась к ней, — он тебя ранил?

— Нет, — рыдала Рита, размазывая макияж, — только всю одежду содрал, драгоценности в клумбу зашвырнул и шины у моего «БМВ» проколол! Идиот!

— Прикройся, — сказала я, протягивая красотке плед из мериноса.

Ольга наполнила фужер коньяком и мигом влила его в Риту. Зайка считает, что благородный «Реми Мартен» — лучшее средство от всех ран: моральных и физических. Ритуся опрокинула емкость и выдохнула:

— Вот дела!

— Из-за чего он так озверел? — спросила я.

— Да из-за Миши Каюрова, — вздохнула Назарова, — как про завещание услышал, прямо с катушек съехал!

— Каюров! — воскликнула я. — Он-то здесь при чем!

— Ты его знаешь? — в свою очередь удивилась Рита.

— Ой, больно, — вскрикнул Кеша.

— Мы поедем в Институт Склифосовского, —

подскочила Зайка, — может, этот непонятно откуда взявшийся идиот Аркашке челюсть сломал!

— Я с вами, — проорала Маня.

— Зачем? — попытался сопротивляться Аркадий.

— А вдруг у тебя действительно перелом, — кинулась в бой Маня, обожающая всегда быть в центре событий, — между прочим, я — будущий врач!

— Ветеринар, — буркнула Зайка, таща слабо сопротивляющегося муженька к двери.

— Подумаешь, — фыркнула Маня, — Кешка недалеко от обезьяны ушел!

Переругиваясь на ходу, они ушли. Тузик выпал из укрытия и пробормотал:

— Пойду, пожалуй, отдохну.

— А где Севка? — ехидно спросила я.

Нос ничего не ответил и исчез. Впрочем, все ясно и без слов. Храбрый Лазарев, очевидно, оказался в момент нападения ближе всех к двери.

Оглядев разгром и Риту Назарову, потерявшую без боевой раскраски и шикарного платья всю свою красоту, я вздохнула:

— Пошли ко мне, подберем одежонку.

Маргарита не возражала. Мы двинулись на второй этаж. Рита замоталась в плед, край шерстяного одеяла волочился за ней словно горностаевая мантия за великой императрицей.

Из кабинета раздавалось нервное поскуливание. Наши псы терпеть не могут, когда кто-то ограничивает их свободу.

— Ты боишься животных? — на всякий случай поинтересовалась я.

Рита покачала головой.

— У меня живут два стаффа.

Надо же! А она вовсе не такая противная! Я распахнула дверь. Питбуль и ротвейлер вылетели из заточения, словно камни, выпущенные из пращи. Пудель и мопс неслись следом.

— Ой, какой пит, — воскликнула Рита, — иди сюда, мальчик.

Но ласковый со всеми Бандюша вдруг сел, задрал морду вверх и завыл.

— Не знаю, что на него нашло, — удивилась я, вталкивая Риту в свою спальню.

— Ерунда, — засмеялась гостья, — просто небось испугался, взглянув на меня. Ну прикинь сама, то ли женщина, то ли овца гигантская!

Секунду мы молча глядели друг на друга, потом покатились со смеху.

— Ой, — стонала Рита, — только подумай, до сих пор никак не могу вспомнить, откуда тебя знаю! И сижу тут, голая, в пледе! Должна была идти на свадьбу к Минкину, только там все расстроилось, невеста распсиховалась. А я, надо тебе сказать, совершенно не выношу сидеть дома вечером. Гляжу — еще одно приглашение есть! Только что-то гостей маловато!

И она вновь зашлась в хохоте.

— Мы с тобой встретились у Вани Козлова на пятидесятилетии, — соврала я и угадала.

— Да ну? Здорово, — отозвалась Рита, влезая в мои джинсы, — уж извини, придется шмотки взять. Рифат, ну скотина!

— Чего он так взбесился?

Рита плюхнулась на диван и спросила:

— Выпить есть чего?

Получив коньяк, она лихо опрокинула фужер и принялась выбалтывать свои секреты.

— Рифат был моим мужем целый год, — вещала Рита, — жутко длинный срок. Я обычно так долго около мужиков не выдерживаю, убегаю. Как правило, дело заканчивается миром. Мои бывшие мужья, общим количеством восемь штук, люди интеллигентные, никаких выходок себе не позволяли, более того, обеспечили меня материально. Один квартиру купил, другой дачу, остальные деньги давали. К слову сказать, у меня отличное состояние, досталось в наследство от одного из мужей...

Но Рифат Ибрагимов оказался не таким. Он был единственным, кто не хотел мирно разойтись. Устраивал скандалы, колотил посуду...

— Прикинь, он сжег мою норковую шубу, — пожимала точеными плечиками Рита, — ну манто в чем провинилось?

Бедная шубка и впрямь была ни при чем. Просто у Рифата была мерзкая манера рвать вещи Риточки на мелкие кусочки. Наконец, в январе этого года Назарова получила очередной штамп в паспорте и перестала считать себя мадам Ибрагимовой. Но очень скоро выяснилось, что у Рифата иное мнение по этому поводу. Сцены ревности продолжались. Ибрагимов мог подкараулить Риту, когда та выходила из дома, разнаряженная для очередного приема, и наговорить гадостей. Он звонил бывшей жене под утро и обзывал дрянью... Словом, вел себя как пещерный человек. При этом имел наглость заявлять:

— Имей в виду, выйти за другого замуж ты не сможешь!

Рите не слишком нравилось такое поведение мужика, но особой тревоги она не испытывала, во всяком случае до тех пор, пока Рифат просто болтал.

Потом у нее случилось несколько романов, так, ничего особенного, а в июне она познакомилась с Каюровым.

— Где? — полюбопытствовала я.

— В магазине «Иван Савельев и сын», знаешь, конечно.

Я кивнула. Большая ювелирная лавка с невероятно раздутыми ценами. Стоимость колец и серег там сравнима с той, которую просит за свои изделия «Картье», только качество вещей и их дизайн никуда не годятся. Отвратительно безвкусный новодел с «булыжниками».

Рита заехала к Савельеву посмотреть на браслеты. Когда она, вытянув руки, разглядывала новинки, сзади прозвучало:

— Вам идет.

Назарова обернулась и увидела безукоризненно одетого мужчину в летнем костюме. Риточка никогда не отказывает себе, если встречает достойный объект. Михаил понравился ей сразу, и они провели сначала чудесный вечер, а потом великолепную ночь.

— Он такой изумительный, — восторгалась Рита, — нежный, ласковый, тонкий...

Роман вспыхнул и заполыхал. Счастье омрачали только две досадные мелочи. Наличие у Михаила законной жены и ужасное поведение Ибрагимова, который, словно с цепи сорвавшись, от слов начал переходить к делам. В конце июня некто исцарапал гвоздем «Мерседес» Риты, пока она с Каюровым оттягивалась в «Метелице», затем Назаровой домой прислали красиво упакованную коробку. Риточка, предвкушая подарок, содрала хрусткую обертку и заорала от ужаса и отвращения.

На роскошной рисовой бумаге, перевязанной атласной ленточкой, лежала... дохлая крыса. Впрочем, может, Рифат здесь был ни при чем. Машину могли поцарапать хулиганы, а грызуна, вполне вероятно, прислала какая-нибудь завистница.

Рита, для которой развод был более чем привычным делом, не понимала, отчего Михаил не хочет бросить опостылевшую жену.

— Он объяснял мне, — говорила она, методично уничтожая коньяк, — что Лена без него пропадет.

Больше всего Назарову заводит, если она не получает того, что хочет, немедленно. А иметь Каюрова в роли мужа ей очень даже хотелось.

— Понимаешь, — преспокойно откровенничала Рита, — первый раз в жизни я влюбилась.

Нет, поймите правильно, Риточка никогда не была проституткой, укладывающейся в кровать за деньги, пусть даже и огромные. Ей нравились и мужья, и любовники. Просто Назарова вращалась в таких кругах, куда бедному мужчине вход заказан. А то, что каждый следующий ее супруг оказывался богаче предыдущего, — чистая случайность, приятная закономерность...

Но невероятной любви, всепоглощающей страсти, острых чувств, когда ради дорогого и единственного готова босиком бежать по дороге, усеянной морскими ежами, Рита никогда не испытывала. Вот мужчины, те теряли голову от Назаровой капитально. Образно говоря, Ритуля всегда оставалась стороной, получающей поцелуи, а не дарящей их...

И, вот поди же ты, влюбилась! Да как! Стоило Михаилу уехать от любовницы домой, она начинала метаться по квартире, круша мебель и превращая посуду в осколки. Мысль о том, что драгоценный Мишель сейчас залезает под одеяло к Лене, была ей невыносима. Рита, охотно участвовавшая раньше в групповухе, теперь превратилась почти в ханжу и закатывала Михаилу сцены ревности, выкрикивая:

— Если любишь меня — женись!

Однажды любовник не выдержал и со своей обычной мягкой улыбкой произнес:

— Милая, ты — моя единственная радость, но жениться на тебе я не могу!

— Почему, — затопала ногами Рита.

Такой облом случился с ней впервые. До сих пор мужчины, падая на колени, просили руки Назаровой...

— Любимая, — вздохнул Михаил, — я — нищий!

— Как это? — оторопела Риточка, ожидавшая любых аргументов, кроме такого.

Каюров, одетый в костюм от Лагерфельда, тряхнул волосами, постриженными в салоне «Велла-Долорес», и пояснил:

— Все: машина, квартира, дача, даже, пардон, мои трусы — принадлежит Лене. Думаю, тебе не нужен совершенно безденежный парень. Пока я муж Елены, то могу пользоваться деньгами, но стоит развестись...

Рита только моргала глазами, потом сказала:

— У меня полно средств, хватит на двоих.

И тут Михаил неожиданно сказанул:

— Ну пока я с тобой, проблем, наверное, не будет, а если ты охладеешь ко мне и выставишь босыми ногами на снег? Куда мне деваться! Нет уж, извини, милая, но Лена смертельно больной человек, у нее лейкемия, все денежки мне завещаны. Вот умрет, и поженимся, если ты еще будешь этого хотеть!

Другая бы мигом призадумалась, услыхав от кавалера подобные речи, и сделала вывод: Михаилу нужна не она, а тугой кошелек! Но на Риточку словно затмение нашло. Непривычная к отказам со стороны лиц противоположного пола, она испытывала только одно желание: заполучить Каюрова в собственность. Вполне вероятно, что, добившись своего, Рита бы мигом успокоилась и через пару месяцев выбросила очередного надоевшего мужа, как засаленные тапки... Но именно то, что Каюров сопротивлялся изо всех сил, доводило Назарову почти до умопомешательства.

Сначала она полезла в энциклопедию! Это Риточка-то, не читавшая отродясь ничего, кроме «Космополитен». Статья про лейкемию нашлась сразу, и сначала Рита обрадовалась. Болезнь оказалась смертельной. Но уже через пару секунд она приуныла. Есть еще хроническая форма, вялотекущая... Заканчивалось сообщение совсем плохо. Теперь лейкемия не приговор, и ее успешно лечат при помощи химической и лучевой терапии. Зашвырнув справочник прямо в горку с хрусталем,

Рита прорыдала почти всю ночь на роскошной кровати, а утром сделала невероятный поступок. Вызвала на дом нотариуса и написала завещание, сделав наследником... Михаила Каюрова.

— Ты с ума сошла, — подскочила я, — оставить капитал любовнику!

Рита улыбнулась.

— Ну, во-первых, когда я окажусь на кладбище, мне будет совершенно все равно, куда денутся деньги. К гробу багажник не приладишь, и я отъеду на тот свет, в чем и прибыла, то есть голой! Ну в платье разве что! А во-вторых, кому мне завещать нажитое? Братьев и сестер нет, детей тоже, пусть Мишка пользуется, если переживет меня, конечно!

Она засмеялась. Я горячо возразила:

— А вдруг ты родишь!

— Мне тридцать пять, — спокойно пояснила Рита.

— Сколько? — удивилась я.

— Тридцать пять — баба ягодка опять, — ухмыльнулась она, — знаю, что я выгляжу на двадцать, и поверь, мне это стоит многих усилий и денег. Так что вряд ли я сумею обзавестись потомством, во-первых, поздновато, а во-вторых, не хочу портить внешность.

Я в изумлении разглядывала гостью. Ладно, предположим, волосы она покрасила, лицо подтянула, шею тоже. Но фигура! Ведь только что стояла перед нами в столовой без всего, стройная, с тонкой талией... Да у нее тело девушки, а не стареющей дамы. Рита как ни в чем не бывало продолжала:

— И потом, завещание же не делают один раз в

жизни, его можно переписать! Последующее автоматически приостанавливает действие предыдущего! Так что я просто сделала эффектный шаг.

— А Михаил?

Рита вздохнула.

— Взял бумагу и сказал, что через месяц подаст на развод с Леной, а она возьми да попади под копыто. Вот как удачно вышло! Теперь и деньги у него, и свобода!

— Да уж, — буркнула я, — редкое везение.

— А Рифат узнал про звещание...

— Откуда?

— Думаю, секретарша растрепала, я давно подозревала, что она Ибрагимову стучит, а уж сегодня совсем понятно стало. Ни одна душа ведь не знала, что к тебе поеду, да я и сама не предполагала. Просто звякнула этой паскуде и спросила, нет ли на вечер еще приглашения... Ну не могу я дома сидеть!.. Кстати, дай телефон!

Я протянула трубку. Рита потыкала в кнопки и пропела:

— Детка, возьми машину и приезжай за мной в Ложкино.

Потом она ухмыльнулась.

— То-то ей завтра радость будет, когда про увольнение услышит! Падла рогатая! Ничего, сейчас прикатит, я ее всегда вызываю, когда напьюсь в гостях!

— У тебя нет шофера?

Рита радостно объявила:

— Нет, я люблю сама за рулем сидеть, и потом, ненавижу, когда в машине посторонний хозяйничает.

— Хочешь, оставайся, — предложила я, — чего тебе ночью уезжать!

— Ну я всегда домой около трех попадаю, — пояснила Рита, — потом собаки, они меня ждут, да и Михаил может приехать. Нет, пора.

Глава 10

Из кровати я вылезла около полудня, хотя обычно спускаюсь к завтраку к десяти. Маня уже уехала в школу, Кеша с кислой миной хлебал кофе в столовой.

— Как твоя челюсть? — спросила я, щупая кофейник.

— Спасибо, плохо, — кашлянул Аркадий.

— Перелом?!

— Нет, слава богу, просто ушиб, но болит жутко, и рот открыть широко не могу.

— Зачем тебе его разевать? — пожала я плечами.

Тут в комнату вошла Ирка и сообщила:

— Диван изуродован, посуда побита, ковер испорчен! Ну и гости, таких и в дом пускать нельзя! Еще клумба пропала, и чужая машина со спущенными шинами во дворе мешается. Кстати, дайте деньги, бытовая химия закончилась!

Финансами дома распоряжаюсь я, поэтому ответила:

— Сейчас, — и пошла в холл.

Где-то тут валяется моя сумка, вернее, моя самая любимая сумка, небольшой мешочек, сшитый из кожи. Месяц тому назад Зайка забрела в салон «Гуччи» и приобрела для меня сей ридикюльчик.

Пошарив в шкафах, заглянув под ботиночницу и отодвинув диванчик, я осталась в крайнем недоумении. Куда подевалась сумочка? Обычно я кладу ее в шкаф, вот сюда, на полку...

— Чего ищете? — полюбопытствовала Ирка, таща пылесос.

— Да вот сумка куда-то подевалась...

— Какая?

— Маленькая, черная, от Гуччи, а там ключи от сейфа. И ведь я помню, что положила ее сюда!

— А ее ваша гостья прихватила, — выпалила Ирка. — Ну, та, что вчера тут голая носилась. Помчалась к выходу, хвать сумчонку и была такова!

Я с возмущением выкрикнула:

— Ты видела, как она уносит мою вещь, и ничего не сказала!

Но Ирку не так легко было сбить с толку, она мигом ответила:

— На ней ваша одежда была, вот я и подумала, что сумочку тоже отдали!

Не дожидаясь моей ответной реакции, она включила пылесборник от «Бош» и сделала вид, что увлечена чисткой ковра. Чертыхаясь, я поднялась в спальню и принялась звонить Рите. Но к телефону никто не подходил. Гудки падали в мое ухо, словно капли воды из подтекающего крана. Так, все понятно! Сама хозяйка дрыхнет без задних ног, а секретарша уволена...

Делать нечего, придется ехать к Назаровой и будить милашку. Мне очень нужен ключ от сейфа, запасного у нас нет. Вернее, этот и есть запасной, потому что один ключик я уже потеряла, если еще и второй пропадет, придется вызывать мастера, а это целая история, и к тому же дети начнут издеваться и обзывать растеряхой! Хорошо еще, что перед уходом Ритуля швырнула на стол визитную карточку.

Зябко поеживаясь, я выбралась во двор и пошла в гараж. У всех нормальных людей вход в него, как правило, расположен в подвале или на первом этаже. Сразу из дома попадаете в автомобиль... У всех, но только не у нас! Аркадий с Зайкой большие борцы за правильный образ жизни. Запретили мне курить в доме и решили, что «машинохранилище» должно находиться в отдельно стоящем здании. И теперь мы вынуждены ковылять по лужам, льду или снегу... Кстати, больше всех остались недовольны сами новаторы. Я-то не ношу шпильки и ботинки из натуральной замши, предпочитая их удобной, практичной обуви из кожи, без каблука.

— Дарья Ивановна, — раздался голос Ивана, — смотрите.

Я посмотрела на небольшой поднос, который держал садовник. Сотовый телефон, залотые часы, серьги, пара колец, диадема, связка ключей и маленькая сумочка от Гуччи, точь-в-точь как моя, только не черная, а темно-синяя.

— Утром вышел двор подметать, — пояснил Иван, — гляжу, по всей дорожке раскидано. А еще платье изодранное, чулки и, извините, лифчик. Только выбросить одежду пришлось, вся в лохмотья превратилась. И «БМВ» стоит на ободьях. Мне колеса менять? Или из сервиса мастера вызвать?

— Не беспокойтесь, Ваня, — сказала я, забирая подносик с «сокровищами», — лучше принесите пакетик.

Ссыпав драгоценности, телефон и сумочку в услужливо подставленный пакет, я положила ключи в карман и поехала в Москву.

Рита обитала в центре, на Малой Бронной улице. Честно говоря, самое сердце столицы не кажется мне отличным местом для проживания. Впрочем, осенью и зимой еще ничего, но весной и летом — просто караул. Но Рита небось в апреле съезжает на дачу. Мимо пустого кресла консьержки я прошла к лифту, распахнула старую, прямотаки допотопную кабину. Лифт, раздирающе скрипя, доволок мои сорок восемь килограммов на третий этаж, где оказалась только одна дверь с номером девять.

Следующие полчаса я жала на звонок, колотила ногами в бронированную дверь и даже крикнула пару раз:

— Рита, открой!

Но из квартиры не доносилось ни звука. С одной стороны, в этом не было ничего особенного. Небось за дверью скрываются просторные апартаменты, а спальню редко устраивают прямо у входа. Скорей всего она расположена в самом дальнем углу, и Рита, привыкшая просыпаться тогда, когда основная масса людей уже пообедала, тихо похрапывает сейчас в одеялах. Настораживало другое. Куда подевались стаффордширские терьеры? Вчера Рита вскользь обронила, что их в доме двое. Отчего не лают собаки? Наши поднимают дикий шум, едва заслышав шаги во дворе.

Поколебавшись, я вытащила ключи и отперла замок. Может, я излишне самонадеянна, но отчего-то думаю, что стаффордширские терьеры меня не тронут. Хотя совершенно непонятно, откуда у меня взялась такая наглая уверенность. Стаффы — огромные, сердитые псы, дальние родственники питбулей... Но жизнь с Банди и Снапом научила меня не бояться животных, и я смело вошла в темный холл, зажгла слегка вычурную хрустальную люстру и крикнула:

— Есть кто живой?

Ответом послужило молчание. Слегка изумившись, я пошла по длинному узкому коридору, заглядывая по дороге во все комнаты. Спальня, как и предполагалось, оказалась последней.

Без лишних церемоний я распахнула дверь и увидела собак. Один стафф лежал на боку, возле огромной кровати с позолоченной спинкой. Его красивое рыжее тело раскинулось на белоснежном ковре. Голова собаки была повернута в сторону изголовья, лапы судорожно вытянуты, словно она пыталась загородить собой ложе хозяйки, а из-под ее живота натекла большая красная лужа, успевшая подернуться пленкой.

Второй стафф лежал на одеяле. Его кровь разлилась по роскошным белым кружевам и розовому атласу. В комнате стоял удушающий запах чего-то жуткого, наверное, смерти. На плохо слушающихся ногах я подошла к кровати и отдернула край пухового одеяла. Но там никого не оказалось. Риты не было в спальне...

Внезапно послышался тихий скрип. От неожиданности и ужаса я чуть не упала в обморок, но уже через секунду поняла, что звук исходит от дверных петель. В глубине комнаты приоткрылась дверь, наверное, за ней скрывалась ванная комната.

Чувствуя, что ноги начинают походить на трехлитровые баллоны, наполненные жидким свинцом, я доковыляла до ванной и заглянула внутрь.

Рита была там, лежала на красивой темно-зеленой плитке возле джакузи, до краев наполненного водой. На поверхности плавали мочалка и пустой пластмассовый флакон из-под геля для душа. Назарова была, без сомнения, мертва. Невозможно было представить, что еще несколько часов назад это сейчас покрытое странными пятнами, какое-то «изломанное» создание жило, веселилось, мечтало и пило коньяк. Даже волосы потеряли блеск и теперь стелились на полу, словно груда старых веревок.

Кое-как справившись с тошнотой и схватив свою сумку с ключами от сейфа, я выбралась в коридор, вытащила мобильный и набрала хорошо знакомый номер. Только бы Дегтярев оказался на месте!

Через час роскошную квартиру было не узнать. Повсюду по-хозяйски расхаживали люди в грязных ботинках, равнодушно выполнявшие привычную работу.

Мы с Александром Михайловичем сидели на кухне. Полковник Дегтярев — наш самый лучший друг, можно сказать, брат. Знакомы мы с ним с тех стародавних времен, когда он учился в Академии МВД, а я преподавала там французский язык. Только не подумайте, что Александр Михайлович намного младше меня. Просто в академию люди поступают уже после того, как справили двадцатипятилетие.

Много воды утекло с тех пор. Из веселого худого кудрявого капитана Дегтярев превратился в крайне серьезного толстого лысого полковника. Впрочем, и я не помолодела, хотя никто не дает мне сейчас больше тридцати пяти... Много воды утекло с тех пор, и много раз Александр Михайлович выручал всех моих домашних из всяческих неприятностей. У меня просто выработался условный рефлекс: случилась беда, звони Дегтяреву! Он и на этот раз не подвел, явился почти сразу, да не один, а с кучей мужиков.

— Однако покойная Назарова не нуждалась, — спокойно констатировал приятель, распахивая кухонные шкафчики, — хочешь кофейку? «Амбассадор» у дамы, не кофе «Пеле». Так как? Наливать?

Неожиданно я вспомнила тяжелый, какой-то сладкий запах, стоявший в спальне, собак, валяющихся в крови, Риту на зеленом кафеле... и вдруг произнесла:

— Я знаю, кто убийца!

Александр Михайлович спокойно налил в чашку кипяток, вытащил сигареты и коротко велел:

— Выкладывай!

Через два часа в рабочий кабинет Дегтярева доставили Михаила Каюрова. Сначала им занимались оперативники, потом вызвали меня, и я подробно, с деталями, рассказала о подслушанном в лесу разговоре и о завещании, которое написала Рита Назарова.

— Я не убивал, — посеревшими губами твердил Михаил, — да, не спорю, поругались в лесу, и Рита тоже, неизвестно почему, решила мне деньги оставить, но я никого и пальцем не трогал!

Александр Михайлович хмуро вытащил сигареты и спросил:

— Где вы провели ночь?

— Дома, — пожал плечами Михаил, — в кровати спал, как все нормальные люди.

— Один?

— Да.

— Значит, подтвердить ваше алиби никто не может?

— Это не я должен доказывать, что не виновен, а вы ловить настоящего убийцу, — внезапно окрысился Михаил, — презумпцию невиновности никто не отменял!

— Ковалеву Анастасию Семеновну знаете?

— Даже не слышал о такой, — пожал плечами Каюров.

— А вот она утверждает, что видела вас около трех утра выходящим из лифта в подъезде, где проживала Назарова.

— Чушь, — фыркнул Михаил.

Привели невысокую худенькую женщину, Ковалеву, работающую консьержкой. Через час Каюров изменил показания:

— Да, я вчера приехал к любовнице. У меня есть ключи, и собаки встречают меня как хорошего знакомого.

Каюров посидел в пустой квартире, подождал Риту и уехал ровно в два часа. Консьержка, однако, стояла на своем, утверждая, что гость спустился в три.

Александр Михайлович устало спросил:

— Почему же вы не дождались Назарову и ушли? Странно как-то, полночи просидели и убрались...

Михаил понес чушь. Якобы он не договаривался с Ритой о свидании и вообще должен был провести вечер и ночь у своего клиента, но заказ внезапно отменили, образовалось свободное время, вот он и поехал к любимой женщине. Даже мне было понятно, что он врет.

Стали оформлять какие-то бумаги, потом вызвали конвой, чтобы отвести Михаила в камеру... И тут он, державшийся до этого момента с редким самообладанием, повернулся ко мне и прошипел:

— Я не виноват! Произошло чудовищное совпадение.

— Разберемся! — кивнул Дегтярев и велел: — Уводите!

— Я не виноват, — сопротивлялся Каюров, — поверьте, ей-богу, хотите, поклянусь на кресте?

— Не надо, — поморщился полковник и вновь повторил: — Уводите.

— Не убивал я! — завопил Михаил.

Конвойные схватили его под локти и поволокли на выход.

Внезапно Каюров выкрикнул:

— Хочу сделать заявление.

— Слушаю, — моментально отозвался полковник и знаком показал на стул, — садитесь!

Михаил плюхнулся на сиденье, потом вдруг вполне мирно произнес, указывая на меня:

— Ведь именно эта женщина придумала, что я убийца, не ошибаюсь?

Дегтярев нахмурился.

— Какое заявление вы собирались сделать, гражданин Каюров?

— Знаете, — неожиданно улыбнулся Михаил, — я всегда интересовался такими вещами, как мания и колдовство!

Александр Михайлович отложил со вздохом ручку:

— При чем тут это?

— А при том, — продолжал нехорошо усмехаться Каюров, — при том.

Он замолчал, в комнате повисла гнетущая, каменно-тяжелая тишина. Отчего-то мне стало холодно, и я вздрогнула.

— Ага, — вновь расплылся в гадкой улыбке Михаил, — проняло жабу!

— Либо делайте заявление, — отчеканил Дегтярев, — либо уходите, времени нет выслушивать глупости!

Каюров поднялся, вытянул в мою сторону правую руку и резко спросил:

— Как ваше имя?

— Даша, — пролепетала я, чувствуя себя, как белая мышь, поданная на ужин удаву, — Даша Васильева.

— Я, — четко и внятно, словно учитель, диктующий детям новое правило, начал арестованный, — я, Каюров Михаил, перед лицом господа нашего, проклинаю тебя, Дарья, оболгавшую и опозорившую меня. Накладываю проклятие в первую очередь на тех, кого ты любишь больше всего. Пусть у них случаются несчастья и болезни.

— Немедленно прекратите, — обозлился Дегтярев и заорал: — А ну уводите его, чего встали, как бетонные тумбы. Не видите, чушь несет!

Неожиданно Михаил мирно пошел к двери,

уже на пороге он обернулся и вновь вперил в меня нехороший взгляд.

— Испугалась, Дарья?

Я хотела было презрительно ответить: «Ничуть!» — но язык прилип к нёбу.

— Проклятие можно снять, — тихо продолжил Михаил.

— Как? — прошептала я.

— Пусть этот, — кивнул Михаил на Дегтярева, — найдет настоящего убийцу, тогда твои родные освободятся от заклятия, иначе похоронишь всех!

Выплюнув последнюю фразу, он исчез в коридоре. Я почувствовала неприятную дрожь в коленях. Естественно, я не верю во всякие глупости, но Каюров говорил с такой уверенностью, так страстно...

— Вот мерзавец, — выдохнул Дегтярев, — ладно, на сегодня все, поехали к тебе, надеюсь, Катерина напекла к ужину пирожков.

Глава 11

Не успели мы сесть за стол, как появилась страшно расстроенная Зайка.

— Что случилось? — спросила я, видя, что она еле-еле сдерживает слезы.

— Меня отстранили от эфира, — пояснила Ольга.

— Почему? — изумился Дегтярев.

— Формально за то, что допустила ошибку, перепутала счет в матче, а на самом деле у нас новый спонсор и он хочет видеть на экране свою любовницу!

— Что же теперь будет? — протянула я.

Зайка пожала плечами.

— Посижу три дня дома, а там посмотрим. Хоть с детьми пообщаюсь, а то Анька с Ванькой пребывают в святой уверенности, что их родная мамочка Серафима Ивановна, а я так, не пришей к голове рукав!

Я не нашлась что ответить, и от растерянности положила в чай шесть кусков сахара. Едва Ирка принесла пирожки, как появились Севка и Тузик. Бывший любовник плюхнулся в кресло и сообщил:

— Есть не хочу, устал как собака.

— Где побывали? — попыталась я завести светскую беседу.

Но Севка проигнорировал вопрос, а Тузик, оглядев стол, сел рядом с полковником и спросил:

— Не помешаю?

Александр Михайлович покраснел и ответил:

— Нет.

Тузик положил на тарелку картофельное пюре и ласково сказал:

— А у вас приятный одеколон, «Консул», польского производства.

— Точно, — кивнул Дегтярев, — угадали.

— Хороший парфюм, — одобрил Тузик, — ненавязчивый и не слишком дорогой...

Он вплотную придвинул голову к Александру Михайловичу и пробормотал:

— А еще дезодорант болгарский, «Черная кошка», раритетная вещица, даже не думал, что он сейчас продается.

Полковник, в отличие от Тузика, не привыкший к тому, что лицо мужского пола приближается к нему вплотную, отпрянул и уронил на себя тарелку со всем содержимым. Горячее пюре шлепнулось ему на колени. Дегтярев вскочил и спешно принялся стряхивать обжигающую массу. Я схватилась за салфетку и стала помогать приятелю. Словом, никакой радости ужин нам не принес.

Впрочем, наступившее утро тоже не обрадовало. Меня разбудил звон бьющегося стекла. В спешке схватив халат, я сбежала вниз и обнаружила рыдающую Манюшу, с ног до головы усыпанную осколками.

Огромное зеркало, от потолка до пола, вернее, зеркальная стена прихожей, по непонятной причине рухнуло, когда Маруся подошла к нему, чтобы надеть шапочку.

Кое-как отряхнув дочь, я посадила ее в школьный автобус и пошла пить кофе. Но не успела поднести чашку ко рту, как затрезвонил телефон.

— Дарья Ивановна? — раздался хриплый, простуженный голос. — С поста ГИБДД беспокоят, возле поворота на шоссе.

— Что случилось? — холодея, спросила я.

— Да тут школьный автобус с вашей дочерью, — завел милиционер...

Но я уже неслась к гаражу прямо в халате и домашних тапках.

Небольшой микроавтобусик, уткнувшийся передней частью в кювет, я увидела еще издали. Возле него носился шофер Семен, в недоумении выкрикивавший:

— Сам не знаю, как вышло, просто руль из рук вырвался и автобус в лес помчался!

Машка учится в колледже, который расположен в Москве. Из нашего коттеджного поселка туда ездят еще несколько детей, и администрация каждое утро присылает небольшую машину, расписанную со всех сторон надписями: «Внимание, дети» и «Школьники в салоне». Но сегодня одноклассники хором заболели, и Машуня сидела одна...

Спустя час Аркашка повез сестру на занятия, а я, пытаясь справиться с бушевавшими эмоциями, пила кофе. Потом произошло еще несколько мелких, но неприятных событий. Катерина брызнула себе на руку раскаленным растительным маслом, а Ирка, закрывая дверь в гостиную, прищемила длинный тонкий хвост Банди... Словом, когда около полудня в столовую спустились опухшие от сна Тузик и Севка, я была доведена до последней стадии растерянности. Гости позавтракали, а потом пристали к хозяйке с просьбой показать окрестности. Я же терпеть не могу шляться по округе, выдавливая из себя фразы типа: «Посмотрите налево, чудный вид». Или: «Взгляните на эту великолепную церковь, разрушенную татаро-монгольскими ордами...»

Но делать нечего! Долг хозяйки следовало выполнять. Натянув теплую куртку и кликнув собак, я двинулась по тропинке, бегущей в лес. Севка и Тузик, прихватившие фотоаппарат и кинокамеру, радостно запечатлевали себя в живописных уголках Подмосковья.

Примерно через полчаса мы не спеша пришли к озеру.

— Какая красота, — воскликнул Тузик.

— Картина, — вторил Севка, — просто просится на холст! Левитан!

У меня расстилающийся перед глазами пейзаж не вызвал столь бурного восхищения. Большое темное озеро, с черной водой выглядело мрачновато, у берега покачивалась самая простая деревянная лодка с веслами. Было тихо и как-то неуютно. К тому же увязавшийся с нами Хучик, обладатель толстого зада и коротких ножек, изрядно устал, и мне пришлось тащить его десятикилограммовое тело на руках. Ни Севка, ни Тузик даже не подумали предложить помощь хрупкой женщине, несущей тучного мопса.

— Лодочка, — взвизгнул Тузик, — ой, я сяду в нее, а ты сними!

Радостные, словно дети, отпущенные на каникулы, они начали принимать живописные позы. Потом Севка велел:

— Бери видеокамеру, а мы сядем в лодку и поплывем на середину озера.

— Я не умею плавать, — робко пробормотал Тузик, явно боявшийся водной прогулки.

— Ерунда, — отмахнулся Севка.

— Может, не надо, — заикнулась я, — мало ли почему тут оставили эту лодку.

— Чушь, — фыркнул Лазарев и приказал: — Тузик, вперед.

Мужики разместились в лодке, Севка взмахнул веслами, «каноэ» бодро устремилось к середине озера. Я покорно запечатлевала на пленку действо.

Когда челн добрался почти до центра озера, послышался испуганный вскрик Тузика, мужики отчего-то замахали руками, и на моих глазах суденышко мигом затонуло, оставив на поверхности

барахтающихся приятелей. От ужаса я не перестала снимать и тупо водила камерой взад-вперед.

— Помогите, — орал Севка.

— Тону, — вторил ему Тузик.

Я швырнула камеру в кусты и заметалась по
берегу. Что делать! Куда бежать! Кого звать на помощь! К своему стыду, я плавать не умею, максимум на что способна, продержаться на воде
несколько секунд, делая мелкие, «собачьи» дви-
жения... И теперь, ощущая полнейшую беспо-
мощность, приходится наблюдать, как Севка и
Тузик идут ко дну. А вокруг никого. Озеро расположено в лесу, правда, летом тут частенько бывают отдыхающие, но холодным октябрьским днем
не нашлось, естественно, ни одного желающего
побарахтаться в ледяной воде. Только я, в ужасе
наблюдавшая, как исчезают под водой головы из-
раильских подданных. Конечно, я хотела избавиться от гостей, но не таким же образом!

Внезапно послышалось два мощных звука:
шлеп, шлеп. Это Снап и Банди рухнули с берега в
воду и, шумно разбрызгивая воду, поплыли к тер-
пящим бедствие. Затем раздалось сочное: «плюх».
И я увидела Хучика, отважно гребущего за приятелями.

На середину озера псы добрались в мгновение
ока. Тузик и Севка перестали орать. Спустя пару
минут они оказались у берега. Мой бывший любовник держался за спину Банди, а Тузик обни-
мал за шею Снапа. Сзади напряженно сопел Хучик, ему не хватило «утопленников», и мопс спе-
шил к земле один.

Питбуль и ротвейлер, выбравшись из воды,
шумно отряхнулись. Севка, забыв про свою ал-

лергию, выудил трясущегося от холода Хучика, мигом сбросил с себя джинсы, пуловер, рубашку и, оставшись в одних трусах и носках (ботинки он, очевидно, потерял в воде), велел:

— Теперь бегом домой, а то скончаемся от воспаления легких.

Я вылезла из куртки и свитера. Протянула парням вещи и предложила:

— Хоть это наденьте.

Ветер моментально залез под тонкую трикотажную водолазку, и стало жутко, невероятно холодно.

— Нет, — лязгая зубами, пробормотал Тузик, — мы-то как-нибудь, а собаки точно околеют!

Короткошерстные, совершенно не предназначенные для купания в стылой воде, Банди, Снап и Хуч тряслись мелкой дрожью.

Без лишних слов я стянула с себя водолазку и, тихо радуясь, что по непонятной причине надела сегодня лифчик, замотала Хуча в тонкий трикотаж и прижала тушку мопса к голому животу. Севка начал натягивать на Банди мою куртку, Тузик обрядил Снапа в пуловер.

— Вперед, — заорала я, — домой!

Псы понеслись через лес. Никогда до сих пор я не бегала с такой скоростью. Сучья трещали под ногами, воздух резал легкие, сердце билось так, словно собиралось выскочить из груди. Долетев до входа в поселок, я ткнула ключом в ворота, калитка распахнулась. Охранник, увидав живописную группу, ойкнул и сказал:

— Ну вы, блин, даете!

Собственно говоря, его можно было понять. Мало кто бы удержался при виде нас от подобно-

го высказывания. Выглядела компания сногсши-
бательно! Впереди летел Снап в моей куртке,
сползшей на бок и путающейся у него под лапа-
ми. Следом несся Банди, обряженный в ярко-
красный свитер от «Глинфильд», потом трусцой
двигался Севка в темно-синих трусах и коричневых носках, за ним легкой рысцой следовал Тузик, тоже в одном нижнем белье. Но в отличие от
Лазарева, Нос носил совершенно офигительные
плавочки в виде слона. В хобот он засунул сами
понимаете что, а в уши вложил оставшиеся части
мужского полового хозяйства. Пикантнее всего
выглядели большие пластмассовые глазки, украшавшие «морду», а носки у Тузика были шелко-
выми, на подвязках. Замыкала «колонну» я, при-
наряженная в кружевной практичный лифчик
фирмы «Триумф» и черненькие джинсы с ярлыч-
ком «Труссарди». Хучик, умостившийся внутри
насквозь промокшей трикотажной водолазки, жалобно скулил.

Дома я, нацепив халат, мигом схватилась за телефон. Нужно было, во-первых, срочно вызвать
ветеринара, а во-вторых, соединиться с Аллой
Замковой.

— Алло, — пропело грудное сопрано, — Рамона слушает.

— Алка, — выкрикнула я, — еду к тебе.

С Замковой мы вместе учились в институте, а
сгрызя гранит науки, начали преподавательскую
карьеру. Но на заре перестройки Алка неожиданно вспомнила, что ее мать самая настоящая цы-
ганка, и подалась в оккультный бизнес. Она сначала гадала на картах и предсказывала будущее
исключительно знакомым, но потом открыла

салон, взяла псевдоним Рамона и пустилась во все тяжкие, объявив себя ясновидящей в четвертом колене. Самое интересное, что Замкова частенько делает абсолютно правильные предсказания, у нее случаются гениальные озарения. К тому же Алка умная баба, а многим ее клиентам просто требуется житейский совет... В общем, Рамона процветает и страшно довольна жизнью.

— Что случилось? — поинтересовалась подруга, увидав мою перекошенную морду. — Пошли на кухню. Или желаешь в кабинете?

Я отмахнулась.

— Хоть в туалете, совет нужен.

— Говори, — с готовностью навострила уши Алла, — я вся внимание.

Выслушав историю про проклятие и цепь неприятностей, приключившихся с моими родственниками и друзьями за последние двадцать четыре часа, она нахмурилась и стала вертеть в руках крышку от сахарницы.

— Скажи, — настаивала я, — проклятие и впрямь имеет такую силу?

Замкова глубоко вздохнула.

— Не хочу тебя расстраивать, но да. Слова, произнесенные в гневе или плохом настроении, могут нанести непоправимый вред. Вот почему я призываю никогда не говорить детям фразы «Пошел к черту» или «Леший тебя забери». Может исполниться. А уж проклятие! В особенности материнское или отцовское!

— Михаил мне не родственник!

— Это не особо улучшает картину, — вздохнула Алла.

— И что делать?

— Умоляй его снять проклятие! Кто наложил, тот и избавить может.

— А ты не сумеешь?

Замкова покачала головой.

— Слабо. Между прочим, не верь всяким колдунам, пишущим в объявлениях «Освобожу от проклятия». Избавить от напасти может только служитель православной церкви, причем не рядовой священник, а монах желательно...

И тут зазвонил мой телефон.

— Мать, — раздался голос Аркадия.

— Что? — завопила я. — Что еще произошло?

— Незачем так орать, — отрезал сын, — можно подумать, я часто тебе мешаю! Уж и позвонить нельзя! Хороша родительница!

— Говори скорей, — приказала я.

— Ничего особенного, — хмыкнул сынуля, — джип угнали.

— Твой?

— Нет, — ответил Кеша, — чужой.

— Тогда почему волнуешься?

— Мать, — ледяным голосом возвестил наш адвокат, — заканчивай изображать идиотку, естественно, мой!

— Как? «Линкольн-Навигатор» с тройной системой защиты и блокировкой колес? Где? Зачем?

Аркашка вздохнул.

— Возле харчевни «Елки-палки» на Тверской, я заехал салатик схарчить. Дорогой, однако, закусон получился, тысяч на сто зеленых. А вся хваленая защита и блокировка колес ерундой оказались. Прикинь, я через окно увидел, как он отъезжает! Бросился к выходу, но сама понимаешь, не поймал. Так что приеду поздно. Сначала отправлюсь к клиенту, а затем в салон, за новой тачкой.

— Может, еще найдется джип, — растерянно протянула я.

— Ха, — отозвался Кеша, — никому не находят! Впрочем, позвоню Дегтяреву, пусть попросит кого надо, только это пустые хлопоты. Ну покедова!

Я растерянно смотрела на тонко пищащую трубку. Зайка, отстраненная от эфира, Манюня, сначала засыпанная осколками, а потом попавшая в аварию, едва не утонувшие Севка с Тузиком, теперь еще и угнанный джип... Что дальше?

Сев в «Форд», я позвонила полковнику.

— Дегтярев, — рявкнула трубка.

— Как дела?

— Если имеешь в виду Каюрова, то ему предъявлено обвинение в убийстве Маргариты Назаровой.

— Хочешь сказать, тебе все ясно?

— Да.

— Знаешь, мне кажется, это не он! Может, поискать другого преступника?

Из мембраны донеслось напряженное сопение. Так дышит Хуч, когда я отнимаю у него изжеванный носок или тапку.

— Дарья, — отмер приятель. — Ты можешь объяснить, как во французском языке образуется прошедшее время глаголов?

— Естественно, — изумилась я, — а при чем тут грамматика?

— При том, — гаркнул Александр Михайлович, — при том, что лучше занимайся своим делом и не суй нос на чужую территорию! Кстати, ты один из основных свидетелей.

— Я хочу изменить свои показания. — быстро сказала я, — я ошиблась, не могу точно сказать, кого видела в лесу, и про завещание Назаровой напутала. Мы выпили, вот и...

— Дарья, — прошипел приятель, — у меня на плечах, кроме Каюрова, десяток других дел лежит, далеко не таких ясных. Так что извини, недосуг ерундой заниматься. Каюров — убийца, и мотив понятен. Деньги!

— Но...

— Отвяжись!

— Послушай...

— До вечера, — буркнул полковник и отсоединился.

Я вновь набрала его номер. Но трубку никто не снимал. То ли он вышел из кабинета, то ли не хотел общаться со мной.

Следующие полчаса я провела в машине, искурив почти целую пачку «Голуаз». Что ж, спасение утопающих — дело рук самих утопающих. Придется мне искать убийцу самой. Пока что домашние остались живы и относительно здоровы, но ведь неизвестно, как будет действовать проклятие завтра.

Глава 12

В Зыбкино я прирулила около обеда. Увидав меня, Галка обрадованно заорала:

— Дашутка! Все знаем, нам из милиции звонили, но какая ты молодец! Каролина твоя!

— Погоди, — поморщилась я, — лучше скажи,

в тот день, когда произошло убийство Лены, кто-нибудь еще был у вас?

— Нет, — пожала плечами Галя, — а что?

— Ничего! — буркнула я и попросила: — Можно осмотреть двор и конюшни?

— Конечно, — удивленно ответила Верещагина, — а зачем?

— Мне надо.

— Ходи, пожалуйста, везде, — разрешила хозяйка.

Я начала осмотр. Большой дом из красного кирпича располагался не так далеко от въездных ворот. От него шли в разные стороны дорожки. Самая широкая вела к конюшням.

Двор был в изумительном порядке, листва сметена в кучи, скамейки закрыты пленкой. Почти хирургическая чистота царила и вокруг конюшен. Я распахнула двери и вошла внутрь теплого помещения, терпко пахнущего лошадьми. Торчащие над денниками головы разом повернулись, и на меня уставилось множество карих глаз. Из угла донеслось ласковое ржание, я пошла по проходу к приветствовавшей меня лошади. Это оказалась Каролина.

— Здравствуй, милая, — проговорила я и вытащила из кармана сахар.

Каролина вежливо взяла угощение, но съела его не слишком охотно. Тут только я вспомнила, что сладостям кобыла предпочитает черный хлеб с солью, и виновато сказала:

— Извини, Кара, в следующий раз прихвачу твой любимый «Бородинский»...

Лошадь шумно вздохнула и коротко всхрапнула, словно сказала: «Да».

Вдруг по моим ногам пробежал холодный ветер. В противоположном конце конюшни открылась маленькая, неприметная дверка, и появился конюх Василий с огромной картонной коробкой, на которой был намалеван синий крест.

— Кто здесь? — крикнул парень.

— Не волнуйтесь, Вася, — ответила я, — зашла проведать Каролину, Галя ее мне подарила.

— Знаю, — улыбнулся юноша, — хорошая животинка, и, похоже, вы ей понравились!

— А что там, за дверкой? — поинтересовалась я.

— Там второй выход, на улицу, — пояснил конюх.

Я прошла в глубь помещения и выглянула наружу. Перед глазами расстилался двор, а чуть вдалеке вторая конюшня.

— Там тоже лошади? — полюбопытствовала я. — Такое же помещение?

— Нет, — покачал головой Василий, — всего на двух жеребцов рассчитано. Алексей Михайлович с Галиной Васильевной там коней Чванова держат. Знаете Андрея Владимировича?

Я кивнула.

— Вот его лошадки.

— А почему отдельно?

Василий пожал плечами.

— Их дело, хозяйское, так, значит, надо. Моя забота не вопросы задавать, а лошадей холить!

Выпалив эту фразу, он вытащил из коробки какие-то большие розовые пилюли и начал раздавать их животным.

Больше смотреть было решительно не на что, и я пошла в дом, где незамедлительно была усажена Галкой за стол.

Мы выпили чай, съели пирог с яблоками, поболтали о том о сем, потом я попросила:

— Галка, дай мне адрес Каюровых.

— Пиши, — не удивилась Верещагина. — Подлеонтьевский переулок, 12.

По этому адресу я прибыла к семи вечера, плохо соображая, зачем сюда еду. Ясное дело, что в квартире никого нет, небось она опечатана...

Но на двери не было бумажки с печатью. Помедлив секунду, я нажала на звонок. Не успела трель стихнуть, как изнутри донеслось:

— Кто там?

— Откройте, милиция, — быстро нашлась я.

Дверь приоткрылась, из нее выглянула девушка, даже девочка, по виду чуть старше Маши.

— Вам кого? — спросила она, напряженно глядя в мое лицо.

— А вы кто? — пошла я в атаку.

— Домработница, — пролепетала девчонка, — Марийка, с Украины, только не сомневайтесь, у меня и регистрация есть и прописка временная... Михаил Юрьевич и Елена Сергеевна все по закону оформили.

— Это хорошо, — осмелела я и нагло вошла в квартиру.

Похоже, несчастная Марийка до паники боится милицию и не слишком разбирается в том, что можно, а что нельзя делать сотрудникам правоохранительных органов. Во всяком случае, у меня домработница не спросила ни удостоверения, ни ордера на обыск. Да она скорей всего и не знала, что обыск проводят в присутствии понятых. Впрочем, я не собиралась рыться в чужих шкафах, честно говоря, не знала и сама, зачем пришла. У меня просто не было никаких идей. Если Лену убил не Михаил и если она не сама попала под лошадь, следовательно, ее лишил жизни кто-то третий, скорей всего, что несчастная была с ним знакома...

— Где телефонная книжка хозяев? — сурово спросила я.

Марийка сделалась ниже ростом:

— Так унесли!

— Кто?

— Так ваши, вчера!

— Можете назвать кого-то из друзей хозяев?

— Так не знаю!

— Как это не знаете?

— А не ходил никто!

— А родственники?

Марийка долго и сосредоточенно чесала босую пятку о пол, потом выдавила:

— Так у Михаила Юрьевича все померли, а у Елены Сергеевна и не было никого.

— Как не было, — хмыкнула я, — не в капусте же ее нашли!

— Не, — протянула Марийка, — в детдоме!

— Откуда ты знаешь? — удивилась я.

— Щас, — крикнула она и убежала.

Я осталась стоять посреди просторной, роскошно обставленной комнаты. Красиво, но немного мрачно. Темно-синие обои, такого же цвета шторы и ковер, даже люстра была украшена висюльками синего колера. Издали казалось, что из потолка вниз свисает дерево, увешанное спелыми сливами. Скорей всего у Каюровых не было никаких материальных проблем. Обстановка выглядела новой и, вероятно, стоила немало денег.

— Вот, — прокричала слегка запыхавшаяся Мария и сунула мне в руки конверт, — вот, бачьте! Аккурат двадцатого сентября пришло!

Я вытащила небольшой листок и прочитала не слишком четкие буквы: «Уважаемая Елена Сергеевна Артюхина! Детский дом № 297 приглашает вас на встречу выпускников, посвященную 50-летию нашего интерната. Праздник состоится 1 октября, в 12 часов дня по адресу: Большая Наливковская улица, дом 7. Совет учеников».

— Она это письмо прочитала и засмеялась, — словоохотливо поясняла Марийка, — никуда, сказала, не пойду, станут денег просить, а мне им давать не хочется, там одни воры сидят!

Разговор происходил за завтраком. Марийка как раз подавала кофе. Михаил одобрил жену:

— Правильно, нечего голодранцам помогать.

Лена кивнула. Потом Каюров ушел, а жена, очевидно, ощущая некоторое неудобство, неожиданно обратилась к Марийке.

— Стоит только чуть-чуть встать на ноги, как мигом просители набегают: этому дай, тому помоги... Между прочим, нам с мужем никто особенно плечо не подставлял. У Миши родители рано скончались, а у меня их и не было.

— Как это? — удивилась прислуга. — Отец с матерью у каждого есть!

— Только не у меня, — спокойно пояснила Лена, — я — подкидыш, на вокзале нашли, под скамейкой, и сдали в приют!

Марийка не нашлась что ответить.

Я взяла приглашение и поехала домой. В голове было пусто, ничего конструктивного я придумать не могла.

Ни Аркадия, ни Зайки на месте не оказалось. Вспомнив, что сегодня среда, и сообразив, что Кеша скорей всего отправился за сестрой в Ветеринарную академию, я вошла в гостиную и застала там удивительную картину.

На диване, в горе одеял и подушек, словно бухарские эмиры, возлежали Снап и Банди. Но это вообще-то было не так странно, наши собаки частенько валяются в креслах и на лежанках. Изумляло иное.

Вчера, например, Севка, завидя Хучика, мигом обвесился соплями, расчихался и категорично потребовал:

— Пусть собаки ходят только по второму этажу, иначе у меня случится отек Квинке!

Делать было нечего, пришлось загонять псов наверх. Но сегодня ситуация изменилась самым кардинальным образом.

Рядом со Снапом и Банди сидели Севка и Тузик. Нос держал в руках литровое ведерко с паштетом, Лазарев шуршал тонкими, хрупкими крекерами. Через секунду я поняла, чем занимается «сладкая парочка». Тузик брал у Севки печенье, намазывал его деликатесной печенкой и засовывал в разверстые пасти пита и ротвейлера. Здесь же, на ковре, мерно мели хвостами Черри и Жюли. Иногда Тузик протягивал угощенье и пуделихе с йоркширской терьерихой.

— Хорошие собачки, — сюсюкал Севка.

— Храбрые мальчики, — вторил Тузик. — Как он бросился меня спасать! — восхищался парфюмер, наглаживая Банди.

— Мы бы с тобой утонули, — подхватил Нос.

Груда одеял зашевелилась, и на свет выбрался Хучик.

— Котеночек! — умилился Тузик и мигом запихнул в рот мопса большой шматок паштета.

Я перевела взгляд на журнальный столик, увидела там пустую коробку из-под сыра камамбер, обертки от крабовых палочек, пакеты от соленых орешков и поняла, что пир длится давно.

Вопль возмущения вырвался из моей груди:

— Что вы делаете?!

Мужчины разом обернулись к двери, собаки же при виде любимой хозяйки даже и ухом не повели. Скорей всего они просто опьянели от невероятного количества страшно вкусной, но совершенно недозволенной им еды.

— Мы кормим наших спасателей, — спокойно ответил Севка.

— Немедленно прекратите! Им нельзя столько есть, тем более такие деликатесы! Да они заболеют!

— Вот и нет, — парировал Тузик, нежно поглаживая Хучика левой рукой, а правой запихивая ему в пасть большущую шоколадную конфету, — тут ветеринар приходил, сказал: «На редкость здоровые собаки!»

— Живо станут больными, если... — начала я.

— Ой, — замахал руками Севка, — ну вот почему я баб не перевариваю! Даже лучшие из них — зануды!

Снап, ожидавший очередной кусок паштета, тихо гавкнул.

Я хотела было пресечь пир на корню, но тут послышался топот и в гостиную вбежала Маня.

За ней маячил хмурый Аркадий.

— Мусечка, — заорала дочь, — как дела?

— Прекрасно, — бодро ответила я, — а у тебя?

— Вот, — радостно проговорила Манюня и показала забинтованную правую руку.

— Что случилось? — испугалась я.

— Ерунда на постном масле! Яшка, обезьян, укусил!

— В школе? Господи, вы же уже взрослые, а ведете себя, словно детсадовцы.

— Мусечка, — затарахтела Маруся, — ты не поняла! Обезьян настоящий, Яшка. Я его клетку чистить стала, протягиваю ему бананчик. Он всегда такой ласковый, возьмет и целоваться лезет, только я уворачиваюсь. Яшка-то зубов не чистит, и воняет от него жутко.

Но сегодня миролюбивый Яша, ухватив угощение, оскалил крупные желтоватые клыки и собрался вонзить их в Машкину спокойно протянутую длань. Хорошо еще, что дочь заподозрила неладное и успела отдернуть руку. Острые зубы обозленной обезьяны лишь оцарапали кожу. Но преподаватель Ветеринарной академии, руководитель кружка «Юный любитель животных», милейший профессор Реутов перепугался до ужаса. Он отвел Манюню в медпункт, где девочке, несмотря на ее яростное сопротивление, мигом вкатили укол и перебинтовали рану.

— И теперь, — ныла Маня, — дурацкая царапина совсем не болит, зато на попу сесть нельзя, там такой желвак раздуло. Хочешь, покажу?

Я с тревогой глянула на Кешу. Ростом Маруська давно догнала Зайку, да и весит она больше невестки. Со спины уж скорей меня можно принять за школьницу, Манюня похожа на студентку. Но на теле юной дамы сидит голова семилетнего ребенка. Ни о каких кавалерах, поцелуях и прогулках под луной Маняша и не думает. Любимыми ее развлечениями остаются компьютерные игры, Барби и домашние животные. Одежду Маняша предпочитает удобную, косметикой не пользуется и журнал «Cool» не читает.

Ребячливость сестры поражает старшего брата. И он ведет суровую борьбу со всеми проявлениями ее детскости.

— Вот вырастет инфантильной, неприспособленной, — вещает Кеша, — будем потом локти кусать, да поздно будет!

И очень странно, что сын не обратил внимания на желание сестрицы продемонстрировать мне травмированную область.

— Ты купил машину?

Кеша молча кивнул.

— Голова болит?

Снова кивок.

— Иди приляг!

Аркадий молча исчез.

— Он с Зайкой поругался, — трагическим шепотом сообщила Маруся, — они так орали! Я от страха даже замолчала.

Это уже серьезно. Лишить Машку дара речи могла только воистину страшная сцена.

Спать я пошла около полуночи. Сначала немного почитала в кровати, потом слопала шоколадку. В комнате было прохладно. Наверное, Иван поставил котел отопления на минимальную мощность. Потушив свет и подпихнув себе под бок Черри для тепла, я закрыла глаза и подумала:

«Лену и Риту убил один и тот же человек, и они его знали».

Причем хорошо! Замки в квартире Назаровой не были сломаны, их открыли ключом, не отмычкой, а именно родными ключами. Кстати, этот факт сыграл против Михаила. Рита дала ему запасную связку. Потом, собаки. Они явно любили вошедшего, так как беспрепятственно пропустили его в спальню хозяйки... Правда, наши Снап и Банди, несмотря на то что принадлежат к когорте злобных, охранных псов, ласково приветствуют любого человека, агрессию к незнакомцам проявляет только крохотная, размером с пачку сигарет, Жюли. Да и то йоркшириха мигом начинает трясти хвостом, завидя в руках гостя конфетку...

Я повернулась на другой бок. Ладно, будем считать, что Лена и Рита были знакомы с убийцей. Тогда дело просто. Осталось выяснить круг связей обеих женщин, и сразу станет ясно, кто виноват. И начать следует с Лены. Похоже, у нее было не так много друзей, домработница-то говорила, что к Каюровым никто не ходил, кстати, в приглашении из детского дома указана девичья фамилия женщины — Артюхина. Может, она ее не меняла?

Я опять повернулась на другой бок и уже собралась окончательно отдаться Морфею, как раздался треск, матрац подо мной заходил ходуном. Не успев сообразить, что происходит, я хотела сесть, но тут высокая, резная, тяжелая деревянная спинка неожиданно обрушилась прямо на мою голову.

— Землетрясение, убивают, караул, спасите! —

завопила я, погребенная под тяжеленной дере-вяшкой.

А все Зайка виновата! Ведь я хотела купить итальянскую софу из пластика! Но Ольга катего-рично заявила:

— Спать нужно только на дереве!

И мне пришлось приобрести спальню из дуба. Вот, пожалуйста, теперь самой и не вылезти!

Захлопали двери, послышался нервный цокот когтей, потом раздраженные голоса.

— Сумасшедший дом, — злился Севка, — пол-третьего, никакого покоя!

— Мне завтра к директору канала идти, — воз-мущалась Зайка, — надо хорошо выглядеть! Если не высплюсь, мигом стану похожа на пугало!

— Боже, как болит голова, — завел свою пар-тию Кеша, — только-только ухитрился задремать, и нате, мать цирк устроила!

— Мусечка, — взвыла Маня, — тебя ушибло?

Чьи-то сильные руки подняли огромную дере-вяшку, и я оказалась на свободе, очумело вертя головой из стороны в сторону.

— Опять шоколад в кровати харчила, — гневно заявила Зайка, — сколько раз можно говорить: сладкое перед сном вредно!

— И белье пачкается, — заискивающе добавил Кеша, старательно подлизывающийся к разгне-ванной Ольге.

Тузик протянул мне руку. Я встала на ноги и, оглядев руины ложа, спросила:

— Что случилось?

Маруся, осматривавшая матрас, тут же пояс-нила:

— Крепления сломались, причем все сразу. Вот днище и выпало, а спинки сложились. Мусечка, у тебя голова не болит? Не тошнит? Вдруг сотрясение мозга!

— Нельзя сотрясти то, чего нет, — фыркнула Зайка и приказала: — Иди в комнату для гостей!

Но я терпеть не могу, когда мной понукают, и из чистого упрямства отправилась в кабинет, за что и была наказана. Там у нас стоят два довольно узких кожаных дивана, и остаток ночи мне пришлось провести в страшно неудобной позе, чувствуя, как при каждом движении простыня съезжает со скользких подушек.

Глава 13

Детский дом № 297 не производил впечатления убогого приюта. Трехэтажное здание, выкрашенное яркой голубой краской, весело выглядывало из-за потерявших почти всю листву деревьев. В холле уютно пахло жареным мясом, натиркой для мебели и чем-то домашним. Никаких ароматов хлорки и гнилой капусты. Завершала картину большая полосатая кошка, мирно спящая на подоконнике. Заслышав звук шагов, киска подняла круглую ушастую голову, лениво зевнула и сказала:

— Мяу.

— Здравствуй, дорогая, — ответила я, — скажи, сделай милость, где можно найти директора?

Кошка помолчала, потом разинула мелкую пасть с розовым язычком и ответила тоненьким голоском:

— Анна Валентиновна в столовой.

От удивления я чуть не упала, но поинтересовалась:

— А столовая где?

Кошка принялась деловито умываться, но все тот же тоненький голос прочирикал:

— В подвале, хотите провожу?

Я скосила глаза вбок и увидела мальчика лет восьми в теплой фланелевой рубашечке и джинсах. А, так вот кто отвечал на мои вопросы! Слава богу, что недоразумение выяснилось, а то на какое-то мгновение я поверила, что тут обитает говорящая киска.

Провожатый, лихо перескакивая через две ступеньки, привел меня в большое, заставленное столами помещение. Кто-то очень постарался, чтобы оно выглядело не казенно, а по-домашнему. Яркие шторы в бело-красную клетку, такие же скатерти, именно скатерти, а не клеенки, вазочки с искусственными цветами, салфетки...

— Вон она, — ткнул мальчик грязным пальцем куда-то вглубь, — вон там!

Я посмотрела, ничего не увидела и крикнула:

— Анна Валентиновна?

— Иду, — донеслось откуда-то издалека, — кому я понадобилась?

Я заспешила на звук. По проходу шла хрупкая, тонкая женщина, когда мы поравнялись, стало ясно, что директрисе хорошо за пятьдесят, даже за шестьдесят.

— В столовую нельзя входить в верхней одежде, — укорила она меня.

— Простите, я не нашла гардероб.

— Санэпидемстанция? — поинтересовалась Анна Валентиновна и, не дожидаясь ответа, продолжила: — Пожарный надзор? Кто вы?

— Милиция, — выпалила я.

Она удивилась:

— В чем дело?

— Елена Сергеевна Артюхина в вашем учреждении воспитывалась?

Директриса распахнула кабинет, пропустила меня вперед, мигом включила электрочайник, вытащила из шкафа банку растворимого кофе, коробку печенья и спросила в свою очередь:

— А что случилось?

— Ее убили, идет следствие.

— Бог мой, — всплеснула руками Анна Валентиновна, — из-за денег! Так я и знала, что счастья они не принесут! Прямо предчувствие было плохое, сердце так и сжалось, когда эту бабу увидела...

— Кого вы имеете в виду? — сурово поинтересовалась я. — Какая женщина? Какие деньги? Отчего сердце сжалось? Рассказывайте по порядку!

Анна Валентиновна тяжело вздохнула.

— Я пришла в этот интернат много лет тому назад, а точнее, в 1952 году. Молоденькой совсем, после педагогического училища, едва восемнадцать исполнилось. Бардак тут творился! И не поверите!

Прежний директор, бывший фронтовик, пил горькую, а остальные сотрудники пользовались тем, что начальство большую часть дня храпит на диване в невменяемом состоянии, и тащили домой все, что попадалось под руку. Анна Валентиновна увидела, что несчастные дети ходят в рванине, спят без простыней, а о качестве еды не стоит даже и упоминать. О всех предполагаемых комиссиях и проверках коллектив каким-то чудом узнавал за несколько дней, и в час, когда являлась инспекция, на кроватях откуда ни возьмись появлялось белье, а в супе — мясо.

Анна Валентиновна, или, как ее звали тогда, Анечка, была девушкой бойкой, с обостренным чувством справедливости и, естественно, комсомолкой... Увидев творившееся безобразие, молодая воспитательница не захотела принимать участия в дележке пирога, принадлежавшего сиротам, и прямиком отправилась жаловаться. Да не куда-нибудь, а в комиссию партийного контроля.

Напомню, что шел 1952 год, еще был жив Сталин... Анечка попала на прием и с возмущением выложила седому мужчине всю правду про злополучный детдом. Грянула буря, но какая! На следующее утро после заявления воспитательницы в интернат явились люди в форме и арестовали всех, кроме Ани. Приехавшая с сотрудниками правоохранительных органов суровая дама с жестким лицом, одетая в темно-синий «английский» костюм с «поплавком» МГУ на лацкане, сказала прокуренным голосом:

— Принимай хозяйство, Анна Валентиновна, теперь ты директор.

— Но как же, — начала заикаться девушка, не ожидавшая такого поворота событий, — у меня опыта нет, и потом, мне только восемнадцать.

Женщина вытащила «Беломор» и отрезала:

— Ничего, Гайдар в 16 лет командовал полком! Не тушуйся, научишься.

Так Анечка сделала стремительную карьеру.

О людях, отправленных за решетку, она не сожалела, так им, ворам, и надо... К себе на работу Анна Валентиновна набрала только молодых, таких же, как она, выпускников и создала удивительный дом, который язык не поворачивался назвать приютом.

— В этом году, — безостановочно говорила директриса, — отметили 50-летие, столько народу, мы сделали такие снимки! Идите сюда...

Схватив меня за руку, она вышла в коридор, толкнула соседнюю дверь и с гордостью сказала:

— Вот, наш музей.

Три стены не слишком большой комнаты были заняты фотографиями, вернее, парными снимками. На одном — детское личико, на другом — взрослое лицо и подпись — имя, фамилия, отчество.

— Здорово придумали, да? — радовалась директриса. — Собственно говоря, мы такой стенд давно завели. Берем снимок малыша, а рядом помещаем его же фото, но уже взрослого. Многие выпускники приходят в гости и сами просят: «Вот, поменяйте фотографию, я же старше стал».

— Где Лена? — спросила я.

— Здесь, — ткнула Анна Валентиновна пальцем вбок.

Я увидела изображение крохотной белобрысенькой лупоглазой девчушки с остреньким, каким-то крысиным личиком. Рядом зияло пустое место.

— А почему у Артюхиной только детское фото? — спросила я.

Директриса развела руками:

— Не поверите, взрослое — как испарилось! Грешу на одну женщину, да, наверное, зря, ну зачем бы представителю благотворительного фонда снимки красть!

— Кому?

Директриса вздохнула.

— Где-то в апреле пришла дама, красивая, хорошо одетая.

Незнакомка представилась Кабановой Натальей Павловной и предложила спонсорскую помощь. Анна Валентиновна, естественно, обрадовалась, показала гостье дом, в том числе и музей. Кабанова пообещала подарить детям телевизоры и исчезла. Больше она не появлялась.

А примерно через неделю, показывая экспозицию другим посетителям, супружеской паре, решившей взять ребенка на воспитание, Анна Валентиновна обнаружила пропажу фотографии и сейчас запоздало удивлялась:

— Ну точно эта Кабанова снимок содрала, меня к телефону позвали, она на пару минут одна осталась. И зачем ей фото Леночки? Ума не приложу.

— У вас есть ее координаты? — поинтересовалась я.

— На календаре записаны, — обнадежила меня Анна Валентиновна.

Мы вернулись в кабинет, и директриса, полистав странички, сказала:

— Вот. Приходила она 2 апреля. Кабанова Наталья Павловна, благотворительный фонд при московском представительстве концерна «Филипс».

Я записала телефон и спросила:

— Что это вы в начале разговора про деньги говорили?

— Так мать Лены объявилась, — всплеснула руками педагог, — из ингорколлегии запрос поступил, я ездила к ним в офис. Представляете, какое удивление? И не припомню такого. Большие деньги Леночке доставались, сумму мне не назвали, но служащая так вздыхала, что я поняла — не о копейках речь.

— А вы не знали, что у Лены жива мать?

Директриса побарабанила пальцами по столу.

— И ведь никто не знал.

— Но документы-то у ребенка были!

— Леночка — подкидыш, — спокойно пояснила собеседница, — если хотите, расскажу.

— Это моя работа — слушать других людей. — Я решила до конца играть роль оперативного сотрудника.

Когда молоденькая Анечка начала директорствовать, ей очень не понравилось, что малыши поступают к ней из дома малютки, трехлетними. Дети были педагогически запущенными, в карточках у многих стоял диагноз — дебильность или — агрессивное поведение. Но на самом деле ребяткам просто требовалось немного любви и ласки... К тому же большинство из них, отказники, не знали других родных, кроме нянечек и воспитательниц из домов ребенка. И хотя не все сотрудники хорошо обращались с детишками, переезд на новое местожительство часто оказывался для них сильным шоком.

Вот Анечка, побегав по кабинетам, и добилась для своего интерната исключительного статуса.

Детей к ней стали отправлять прямо из родильных домов, минуя промежуточные инстанции.

Но Лену не привезли с милицией. Погожим июньским днем 1975 года, аккурат в свой день рождения, 15-го числа, Анна Валентиновна, придя на работу, нашла под дверью у входа пищащий кулек.

Внутри лежали здоровенькая девочка с еще не отпавшей пуповиной и записка, написанная печатными буквами. «Лена Артюхина, 14 июня 1975 года».

Естественно, администрация обратилась в милицию, но мать-кукушку не нашли, и девочка осталась в интернате. Она росла тихой, до болезненности молчаливой, часто хворала. И детдомовская врачиха предполагала, что родители у ребенка были алкоголики. Ей еще повезло, что подложили под дверь приюта, могли бросить в мусорный бачок.

Шли годы, никаких неприятностей ребенок никому не доставлял. Лена нормально училась, после восьмого класса получила специальность медсестры, была направлена на работу в онкологическую больницу № 262, получила, как детдомовка, комнату в коммуналке и выпорхнула во взрослую жизнь. В отличие от многих других воспитанников Леночка в интернат не приходила, просто пару раз позвонила Анне Валентиновне, сообщая о себе немудреные известия: работает, здорова, все в порядке. Года три тому назад она рассказала о предстоящей свадьбе и обрадовала директрису:

— Михаил — москвич, имеет квартиру, запишите теперь мой новый адрес.

— А комнату куда денешь? — поинтересовалась практичная директриса.

— Мы ее хотим обменять на избушку в Подмосковье, — радостно возвестила Лена, — дети пойдут, им дача понадобится.

— Не спеши от собственной жилплощади избавляться, — предостерегла ее Анна Валентиновна, — мало ли как жизнь повернется...

— Все будет отлично! — выкрикнула Лена.

Она вообще была очень оживленна и весела, что с ней случалось нечасто. Если пользоваться поэтическими сравнениями, Леночка более походила на меланхоличную луну, но в тот день сияла, словно полуденное солнце...

Анна Валентиновна порадовалась за воспитанницу и даже купила той в подарок чайный сервиз. Но на свадьбу директрису не позвали, и хорошенькие беленькие чашечки в красный горошек остались в кабинете.

Став мужней женой, Лена совсем перестала звонить, и Анна Валентиновна потеряла с девушкой связь. Конечно, директриса могла набрать оставленный ей номер телефона, но, честное слово, было некогда.

О Лене женщина вспомнила только этой весной, получив приглашение из ингорколлегии.

— И что вам там рассказали? — поинтересовалась я.

Анна Валентиновна недоуменно покачала головой.

— Сначала спросили, воспитывалась ли такая девочка, а потом попросили сообщить, где она сейчас. Я, естественно, дала все координаты: телефон, который оставила Лена, и адрес ее комнаты...

— Зачем Артюхина понадобилась юристам? — в нетерпении воскликнула я.

Директриса поправила и без того аккуратную прическу.

— Вроде нашлась ее родная мать, которая оставила Лене большое наследство...

Сев в «Форд», я аккуратно положила в бардачок бумажки, полученные от Анны Валентиновны: листочек с именем странной благотворительницы Кабановой, записочку с координатами дамы из ингорколлегии, некоей Фистуловой Татьяны Гавриловны...

Посидев минут пять, опершись на руль и выкурив сигаретку, я решительно позвонила Аркадию на мобильный.

— Слушаю, — рявкнул сын, — Воронцов!

— Дарья Васильева, — от неожиданности выпалила я.

Очевидно, у Кеши был клиент, потому что он никак не отреагировал, а сухо сказал:

— Случилось что-то?

— У тебя есть кто-нибудь из знакомых в ингорколлегии?

— Вечером поговорим.

— Нет, — затараторила я, — мне сейчас надо.

— Ладно, — неожиданно покладисто отозвался сын, — там работает Эльвира Баташевская, моя бывшая однокурсница.

— Можешь сделать так, чтобы она мне помогла?

— Мать, — сурово произнес Аркадий, — а в чем, собственно говоря, дело?

— Понимаешь, — я принялась вдохновенно врать, — Коля Гамузов, ну помнишь его, главный редактор журнала «Время и место»?..

— Да, — буркнул раздраженно Кеша, — короче нельзя?

— Предложил мне место корреспондента в иностранном отделе, статьи писать для французского издания. Вот я и подумала, ну сколько можно лентяйничать.

— Короче, — велел Аркашка, — проблема в чем?

— Так он просил сделать материал о работе ингорколлегии, а меня там даже на порог не пустили, такие все чванные, серьезные, сердитые...

— Юридическая контора не парк развлечений, — припечатал Кеша, но потом все же сменил гнев на милость. — Ладно, жди.

Следующие полчаса я провела в машине, слушала идиотские речи диджея. Наконец телефон ожил.

— Сейчас можешь приехать? — спросил Кеша. — Баташевская готова тебя принять.

— Напомни имя, — обрадовалась я.

— Эльвира, как и нашей жабы, — спокойно сообщил Аркадий, — только не перепутай, не зови Иветтой, как нашу хомячиху.

— Адрес говори!

— Мать, — хмыкнул мой «Перри Мейсон», — в твоих показаниях нестыковочка! Только что ведь говорила, будто ездила туда!

— Ну, — принялась я выкручиваться, — я думала, вдруг твоя знакомая в другом месте сидит!

— Нет, — ответил Кеша и ехидно добавил: —

Поезжай туда, где была утром, да не перепутай имена жабы и хомячихи.

Вот ведь какой противный! Пришлось воспользоваться справочной службой «Би лайн». Безукоризненно вежливый женский голос мигом сообщил адрес. Я завела «Форд» и, стараясь быть предельно внимательной, покатила в потоке машин по направлению к центру.

Глава 14

Кешкина однокурсница выглядела совсем девочкой, но, судя по кабинету, занимала на работе не последнее место. Вход в ее комнату стерегла секретарша. Она же мигом подала кофе, причем не растворимый, а изумительную на вкус арабику.

— Мне очень приятно с вами познакомиться, — улыбнулась хозяйка кабинета, когда секретарша ушла, — вы, наверное, не знаете, но я чуть было не стала вашей невесткой. У нас с Аркашкой был дикий роман! Но потом он увидел Ольгу и бросил меня.

— Вот ветреник, — пробормотала я, — понимаете... — Не успев закончить фразу, я сообразила, что забыла, как зовут собеседницу: то ли как нашу жабу, то ли как хомячиху... Кажется, второе. — Понимаете, Иветта...

— Меня зовут Эльвира, — спокойно поправила девушка.

— Значит, жаба, — вырвалось у меня помимо воли.

— Не понимаю? — вскинула брови собеседница. — Жаба?

— Ну да, уж вы извините, у нас дома живет

ручная лягушечка, очаровательная, красавица, умница, талантливая...

— При чем тут лягушка? — недоумевала Эльвира.

— А ее Эльвирой зовут, впрочем, есть еще хомячиха, так та — Иветта!

Внезапно Эльвира расхохоталась, разом растеряв всю свою чопорность и серьезность. Веселье мигом преобразило девушку.

— Ну прикол, — веселилась она, — позовите как-нибудь в гости, на тезку посмотреть!

Стена отчуждения между нами рухнула, я расслабилась, собеседница тоже, потому что предложила:

— Зовите меня просто Эля. Нет, повезло же Ольге, такая свекровь досталась. А у меня геенна огненная, ужас, летящий на крыльях ночи. Так чем могу помочь?

Я быстренько соврала про предполагаемую работу на ниве журналистики и попросила:

— Расскажите что-нибудь интересненькое для читателей. Знаете, люди любят мелодрамы. Ну что-нибудь типа бразильского сериала, например, мать бросила дочь в младенчестве, а потом опомнилась и завещала ей все состояние! Только такое вряд ли случается, очень жаль, читатели бы обрыдались.

Эля, не моргая, посмотрела на меня, потом сказала:

— Знаете, а у нас не так давно было нечто похожее. Погодите секундочку.

Она щелкнула каким-то рычажком на столе и велела:

— Татьяна Гавриловна, зайдите ко мне.

Через пару минут в кабинет влетела стройная девушка примерно одних лет с начальницей.

— Вот, — проговорила Эля, — знакомьтесь!

— Фистулова Татьяна Гавриловна, — с достоинством произнесла вошедшая.

Потом она раскрыла изящную, похоже, золотую коробочку и подала мне визитную карточку. Я подавила вздох. Сколько раз Зайка говорила:

— Дашка, заведи себе визитки! А то все время попадаешь в идиотское положение, когда представиться требуется!

Все, решено, сегодня же закажу карточки... Вот только что на них написать? Дарья Васильева, домохозяйка? Так это неверно. Может, Дарья Васильева, бывший педагог? Опять не подходит. Правильней всего напечатать: «Госпожа Васильева, лентяйка, до десяти утра не звонить».

— В чем состоит ваша проблема? — вежливо осведомилась Фистулова.

— Танюша, — проворковала Эля, — ты видишь перед собой женщину, которая могла бы стать моей свекровью, это мама Аркаши.

Взгляд Тани сразу потеплел. Обрадовавшись, я быстро повторила свой рассказ.

Фистулова вытащила сигареты.

— В феврале этого года, в самом начале, к нам явился Исаак Коган, двадцатилетний подданный Израиля, и рассказал невероятную историю. Ейбогу, ни за что бы не поверила парню, кабы не документы. Вот слушайте.

Молодой человек выглядел карикатурно. Черное длинное пальто, шляпа с большими полями, пейсы, свисавшие ниже плеч. Словом, настоящий правоверный иудей, хасид, проводящий время в молитвах.

Исаак выложил на стол пачку заполненных бланков и начал рассказ. В 1975 году его мать, Софья Рабинович, добилась разрешения на выезд в Израиль.Только тот, кто пытался в 70-е годы убежать из СССР, знает, какие преграды нужно было смести, чтобы получить все необходимые разрешения, печати и визы. Многие евреи ждали по пять-шесть лет, живя практически в нищете. Стоило им только заявить о своем желании уехать, как будущих эмигрантов мигом выгоняли с работы или из учебных заведений. Но Софье повезло.

В далеком Тель-Авиве проживала ее родная тетка, сестра умершей матери. Сонечкин вариант назывался «воссоединение семьи». К тому же тетка была отвратительно богата, владела несколькими заводами, производящими лекарства, поставляла фармакологическую продукцию в СССР, в частности в известное 4-е управление, где лечилась кремлевская верхушка.

Одним словом, тетушка расстаралась, нажала на все педали и кнопки, дернула за все веревочки, и вопрос решился мгновенно, в крайне сжатые для тех лет сроки, всего за один год!

И именно за те 12 месяцев, что Софья поджидала визу, она успела влюбиться и... забеременеть. Сначала она приуныла. Взяв у подруги паспорт, Сонюшка под чужой фамилией отправилась в женскую консультацию.

Ей повезло, она попала к хорошему врачу, пожилому мужчине, к тому же еврею. Повертев в руках только что заведенную карту, где стояла фамилия — Петрова, доктор окинул взглядом толстенькую фигурку посетительницы, ее роскошные черные вьющиеся волосы, карие глаза, семитские черты лица, усмехнулся и сказал:

— Дорогая, могу дать направление на аборт, но лучше бы вам этого не делать.

— Почему? — наивно поинтересовалась девушка.

— У вас резус отрицательный, — спокойно пояснил врач, — захотите потом родить и не сможете! Советую вам крепко подумать, посоветоваться с родителями.

Соня вернулась домой в глубокой задумчивости. Спросить совета было не у кого. И отец, и мать скончались. Проведя бессонную ночь, она приняла единственное, как ей казалось, правильное решение — родить ребенка. О предстоящем отъезде в Израиль она как-то не подумала, а чтобы на работе на нее не показывали пальцем, решила до поры до времени никому ничего не говорить, вот подойдет пора уходить в декрет...

Скрывать беременность оказалось очень просто. Соня была «пышечкой», с круглым животиком и большой грудью. Никакого токсикоза у нее не было в помине, цвет лица остался чудесным...

Когда девушка дохаживала шестой месяц, грянул гром. Неожиданно пришло разрешение на выезд. Действительно оно было только сорок дней и уезжать нужно было не позднее 19 июня. Соня опять провела ночь без сна, только сейчас поняв, в какую ужасную ситуацию попала. Для беременной гражданки требовалось иное разрешение! Столь долгожданный отъезд в Израиль мог накрыться медным тазом. Соня была еще очень молода, ей едва исполнилось 25, будь она постарше, наверное бы, не решилась на такую авантюру. Но в молодости на проблемы смотришь просто. Девушка приняла решение: она едет в Тель-Авив. До родов еще целых два месяца, живот не заметен, на беременную она не похожа... Значит, можно спокойно пройти в самолет, никого ни о чем не ставя в известность. Младенец родится уже на исторической Родине.

Билет был куплен на 15 июня, ровно в полдень предстояло сесть в самолет. Соня обменяла свою двухкомнатную квартиру с хорошей доплатой на комнату в коммуналке, уволилась с работы, распродала вещи, словом, обрубила все концы. В ночь с 14 на 15 июня, прямо возле собранных узлов, она родила девочку, недоношенную, но вполне здоровую и крепкую.

Ужас, который обуял Соню, невозможно себе представить. С младенцем ее точно никуда не выпустят. Квартиры она лишена, службы тоже, мебель, книги, посуда... все продано, а главное, билет на самолет, виза...

Пометавшись по комнате, Соня опять приняла решение. Очень тихо, украдкой, она вышла на улицу, дошла до детского дома и положила кулек под дверь. Часы показывали шесть утра, на дворе стоял теплый, даже знойный июнь, с ребенком, не должно было ничего приключиться. Внутрь Соня положила записку «Елена Сергеевна Артюхина». Она преднамеренно не написала «Рабинович». В СССР было лучше иметь русские корни. Фамилию Соня просто выдумала, она и сама не знала, отчего та пришла ей в голову...

Ровно в полдень 15 июня самолет благополучно взмыл в небо, унося совершенно разбитую Соню на Землю обетованную.

Жизнь девушки в Израиле сложилась удачно. Тетя обожала любимую племянницу, выдала ее замуж, потом оставила ей свое имущество. Соня благополучно родила сына Исаака...

Но затем потянулась цепь неприятностей. Сначала скончался любимый муж, а потом заболела Соня. В январе этого года она тихо отошла в мир иной в одной из лучших больниц Израиля. Перед смертью она вручила Исааку завещание и открыла правду: в России у него есть сестра.

— Найди Лену, — шептала мать сыну, — у меня так и не хватило духу отыскать дочь, даже не знаю, жива ли она! Отыщи ее, умоляю, и передай деньги. Я знаю, ты человек верующий, обязательный.

Исаак кивнул. Ему, глубоко религиозному юноше, даже в голову не пришло спорить с матерью. И, похоронив Соню, он мигом вылетел в Москву, чтобы исполнить последнюю волю умирающей.

Сотрудникам ингорколлегии не раз приходилось отыскивать наследников, порой нужно было предпринимать титанические усилия... Но в случае с Леной дело решилось за два дня.

Соня передала Исааку бумажку с номером детдома, и, вызвав его директрису, Татьяна Гавриловна уже вечером следующего дня набирала домашний телефон Артюхиной. Подошел ее муж и сказал:

— Сейчас я приеду.

Действительно, примерно часа через полтора к

Фистуловой постучал мужчина, назвавшийся Михаилом Каюровым.

— Жена отдыхает в Эмиратах, — спокойно пояснил он, — а в чем дело?

Татьяна Гавриловна внимательно просмотрела паспорт, свидетельство о браке и лишь потом протянула Михаилу документы.

Тот прочитал завещание и, не скрывая изумления, сказал:

— Да уж! Просто графиня Монте-Кристо. Но у нее путевка до 30 марта, остеохондроз замучил, вот и взяла тур для лечения, целых 45 дней. Мне ее что, обратно вызывать?

— Не надо, — успокоила его Татьяна Гавриловна, — время терпит, но как вернется — сразу сюда.

1 апреля Елена Сергеевна Артюхина явилась в контору. А еще через две недели она внезапно стала богатой женщиной.

— Вот такая святочная история, — закончила рассказ Фистулова, — можете рассказать о ней, только сумму наследства я не имею права вам назвать. Просто напишите: большие деньги. И еще, фамилии в статье упоминать не надо. Ну, да вы знаете, как делают, Елена А. и Исаак К. Когда напишете, принесите материал на визу.

Поблагодарив милых женщин, я вышла под промозглый октябрьский дождик и, увидав на соседнем здании красную с желтым надпись «Макдоналдс», мигом вошла внутрь. Лучше всего мне думается в этой харчевне, среди десятков торопливо жующих людей. А подумать было над чем.

В самом конце марта на капот моего несчастного «Вольво» свалилась кукла, сделанная то ли сумасшедшей, то ли наркоманкой... Я еще поднималась в квартиру к Михаилу, чтобы успокоить парня, и пообещала не требовать с него оплаты материального ущерба. Хорошо помню потасканный вид хозяина, его вытянутые «трико», драные тапки и жуткий крик сумасшедшей бабы, колотящейся в запертую дверь своей комнаты... Произошло все то ли двадцать восьмого, то ли двадцать девятого марта, точно не помню... А теперь скажите, каким образом Лена могла прийти 1 апреля к Фистуловой? Да еще при этом выглядеть вполне здоровой и дееспособной? Каким образом Михаил добился такого эффекта? Накачал несчастную психотропными препаратами? Сделал ей за одни сутки операцию по очистке крови? Нет, тут что-то явно не состыковывается. И потом, зачем он соврал, будто Лена в Эмиратах? Хотя это как раз понятно, решил за небольшой срок привести супружницу в относительный порядок. Однако ему это удалось, интересно, какой ценой?

Чем дольше я думала над этой историей, тем больше она мне не нравилась. Впрочем, был один человечек, способный, быть может, поподробней рассказать мне о Каюровых, бабушка Алевтина Марковна из первой квартиры, столь радушно угощавшая меня растворимым кофе. А ведь я обещала навещать ее, вот и выполню данное слово.

Забив «Форд» продуктами, я подкатила к знакомому дому, позвонила в квартиру и внезапно подумала: «Прошло полгода, даже семь месяцев, мало ли что могло произойти со старухой!»

Но тут на пороге возникла Алевтина Марковна и заохала:

— Ой, деточка! Ну куда столько еды! Еще с прошлого раза консервы остались!

Примерно через час, выпив жидкий чай и выслушав все жалобы на больные ноги, спину и «проклятые сосуды», я осторожно перевела разговор на интересующую меня тему:

— А как эти поживают, из 105-й? Ну Михаил с Леной?

Бабуля всплеснула руками.

— Ленка умерла, освободила мужа. Вот он и съехал, квартиру продал, там теперь другие люди живут!

— Как умерла? — растерянно спросила я. — Когда?

— А давно уж, — стала размышлять Алевтина Марковна, — хотя, погоди, я тебе число сейчас точное назову. У моей подружки разлюбезной, Марии Георгиевны, 30 марта день рождения. Мы с ней женщины пожилые, больные, по ночам никуда не ездим. Вот и собрались в 12 часов дня.

Ехать предстояло далеко, до станции «Красные Ворота», для Алевтины Марковны просто конец света, поэтому бабуся вышла из дома пораньше, около десяти. Возле подъезда стояла «Скорая помощь», куда мордастые санитары засовывали носилки. Вокруг толпились соседи.

— Заболел кто? — поинтересовалась Алевтина Марковна у Веры Владимировны из 92-й. — Кого забрали? Неужто у Павла Романовича опять инфаркт?

Вера Владимировна покачала головой.

— Сумасшедшая померла из 105-й, вон муж стоит, освободился, бедолага! Отмучился!

Алевтина Марковна посмотрела в указанную сторону и увидела Михаила с мрачным лицом.

— Ну потом, в середине месяца, он квартиру продал, а уж куда делся — не скажу, — тараторила бабуська, — наверное, решил поскорей съехать, чтобы о неприятностях забыть, кому охота о такой жизни вспоминать!

— Она была настоящей сумасшедшей?

— Ой, милая, — заквохтала Алевтина Марковна, — сумасшедшее не бывает! Иногда откроет окно и орет дурниной:

— Спасите, пожар!

Или еще похлеще:

— Убивают, убивают!

Первое время соседи и прохожие на проспекте пугались и кидались в квартиру, потом Михаил заложил окно.

— Прямо совсем забетонировал, — самозабвенно сплетничала бабушка, — небось весь день электричество жег и бешеные деньги за свет потом платил. А еще она у него пару раз убегала и голая по лестницам носилась. Бежит, визжит! Жуть, одним словом, прямо жалко мужика. Конечно, ужасно, что молодая женщина скончалась, но, с другой стороны, скажи, разве это жизнь? И ведь красивая была, беленькая такая, волосы пушистые!

— Беленькая? — переспросила я, припоминая, как ярко переливались под светом люстры темно-каштановые пряди Лены, когда мы сидели за обедом у Верещагиных. Хотя при современной химической промышленности цвет кудрей можно менять хоть пять раз в день.

Глава 15

Так и этак поворачивая в мыслях собранные сведения, я села в машину и тихо поехала вперед. Путь лежал через центр, естественно, в полседьмого вечера тут образовалась жуткая пробка. Автомобили двигались, словно беременные лемуры, и я пожалела о том, что не выбрала другой путь.

Закурив, я уставилась в окно. Визит к Алевтине Марковне не внес никакой ясности, скорее наоборот, еще больше запутал дело. Если Лена умерла 30 марта и около десяти утра была отправлена в морг, то она никак не могла прийти на прием к Фистуловой. Но она там была! Так кого увезли в «Скорой помощи»?

Поток машин не двигался. Я, зажатая в правом ряду, принялась разглядывать окрестности. В витрине магазина «Ригона» на манекене красовался изумительный костюм. Темно-синие брюки, пиджак такого же тона и водолазка цвета октябрьского неба. Ничто так не повышает настроения, как покупка новой, шикарной шмотки.

Припарковавшись, я влетела в «Ригону» и велела услужливо подбежавшим продавщицам:

— Вон тот комплект, как на витрине, моего размера в примерочную кабинку, пожалуйста.

Через десять минут, облаченная в новый прикид, я высунулась из-за занавески.

— Поглядите-ка сзади, как?

— Изумительно, словно на вас сшито, такая красота, берите, не сомневайтесь, — затараторили торговцы, закатывая глаза, — потрясающе, восторг!

Обычно я не прислушиваюсь к восторгам продавцов. Им, понятное дело, нужно побыстрей продать шмотки, но костюм и впрямь сидел как влитой.

— Беру, — решительно заявила я и еще раз кинула взгляд в зеркало.

Пиджак был удивительно уютным, брюки мягкими, а водолазка обтягивала меня словно вторая кожа. Снимать такие замечательные вещи совершенно не хотелось, и я спросила:

— Можно в нем уйти?

— Конечно, конечно, — засуетились девчонки и принялись срезать ярлычки и бирки.

— Вашу старую одежду запаковать? — спросила одна из продавщиц.

Я оглядела джинсы со свитером, довольно старые, и ответила по-королевски:

— Выбросьте их вон.

Страшно довольная собой, я плюхнулась на водительское место и поехала вперед черепашьим шагом.

Минут через пять затрезвонил телефон.

— Мусечка, ты где? — пищала Машка.

— Подъезжаю к Маяковке, а что?

— Мусечка, — заныла дочь, — купи пирожных, вкусных, с кремом, только побольше, пожалуйста.

Надо же, как удачно, как раз в Зале Чайковского есть французская кондитерская. Решив не разворачиваться, а просто дойти до торговой точки пешком, я оставила «Форд» возле кафе «Ростикс», спустилась в переход вниз к кассам метро и уже собралась подниматься вверх, по крутым ступенькам к выходу, как произошло нечто невообразимое.

Сначала послышался треск. В первую секунду мне показалось, что я случайно наступила на орех и раздавила его, но тут моих коленок коснулся холодный воздух. Я глянула на ноги и обомлела. Красивые брючки, только что купленные в фешенебельном магазине, буквально распадались на части. Швы, соединявшие штанины, расходились с угрожающей быстротой, а на самой ткани мгновенно появлялись и ширились дырки. Так ведет себя материал, когда на него попадает кислота. Но ко мне никто не прикасался и ничем не плескал на эксклюзивные штанишки.

Прохожие останавливались и с интересом наблюдали за разворачивающимся стриптизом. Теперь «испаряться» начали и пиджак с водолазкой.

Дежурная, сидевшая у эскалатора, подскочила ко мне и завопила:

— Немедленно прекратите!

— Я не специально, — залепетала я, судорожно ловя руками обрывки замечательной обновки, — она сама, ей-богу!

Дежурная побагровела и засвистела. Возле касс открылась небольшая дверца, и высунулся довольно пожилой мент с пакетом кефира в руках.

— Анна Николаевна, — завел он, — чего...

Но тут его взор упал на мою полуобнаженную фигуру, и страж порядка мигом вылетел из укрытия, размахивая пакетом «Био Макса» и выкрикивая:

— А ну брось безобразничать, сейчас стрелять буду!

Я подхватила остатки брюк, уронила то, что

еще две минуты назад было отличным пиджачком, и огрызнулась:

— Из водяного пистолета, кефиром!

— Ща договоришься, мудистка, — парировал мент и вволок меня в небольшое пространство, перегороженное пополам плохо покрашенной железной решеткой.

Другой милиционер, сидевший у замызганного стола над кроссвордом, не поднимая головы, поинтересовался:

— Ну, чего там, Петрович? Опять студенты зайцами лезут?

— Мудистку поймал, — гордо заявил Петрович.

Он явно не знал, что люди, предпочитающие ходить голыми, называются нудисты.

Куча тряпья, валяющаяся на зарешеченной половине, зашевелилась, и оттуда полилась хриплая брань.

— Замолчи, — крикнул сержант и отложил кроссворд.

Тряпье послушно заткнулось, теперь оно пыталось встать на ноги, но каждый раз терпело неудачу.

— Зачем нарушали общественный порядок путем хулиганских действий? — поинтересовался у меня сержант.

— Я не хулиганила, оно само...

— Без причины не бывает следствия, — серьезно заявил парень и вытащил лист бумаги.

Надо же, он, оказывается, философ.

— Паспорт предъявите.

— Нету, — удрученно сказала я.

В ту же секунду куски водолазки шлепнулись на грязный пол.

— А ну прекратите! — рявкнул юноша, багровея. — Вы чего, меня соблазнить хотите!

— Я? Тебя? С ума сошел!

— Знаешь что... — завел Петрович.

Но сержант махнул рукой, и мужик заткнулся.

— Где документы?

— В машине, в «Форде», припаркован у «Ростикса», возьмите ключи, сходите и посмотрите!

— Нам нельзя отлучаться, — гордо сказал Петрович, — мы при исполнении.

Не успел он придать лицу торжественное выражение человека, облеченного властью, как дверь приоткрылась и внутрь всунулась голова с красным носом.

— Слышь, ребята, — завел мужик, — подскажите, где...

Но тут он увидел меня в лифчике, трусиках, беленьких носочках и вскрикнул:

— Ну вы, блин, даете, прямо на рабочем месте! Вот почему у нас криминальная обстановка такая!

Выплюнув последнюю фразу, голова исчезла. Сержант тяжело вздохнул и сказал:

— Слышь, Петрович, найди этой чего-нибудь, прикрыться...

— Ща, Николай, — согласно кивнул милиционер и вышел.

Куча тряпья в очередной раз собрала ноги, руки и голову, обвалилась с легким стуком вниз и внезапно завопила:

— Батяня, батяня, батяня-комбат, за нами Россия, Москва и Арбат!

— Вот ё-моё, денек, — вздохнул Николай и спросил у меня: — Ну и как с вами поступить?

— Можно позвонить?

— Телефон служебный.

— У меня свой есть.

— Тогда ладно.

Потыкав пальцем в кнопки, я с облегчением услышала мелодичный голос Ольги:

— Алло!

— Зайка, — завопила я, — Заюшка!

— Ну, — вздохнула невестка, — что случилось?

— Пожалуйста, возьми какие-нибудь мои документы, достань из шкафа джинсы, свитер и приезжай на станцию метро «Маяковская», в отделение милиции...

Надо отдать должное Зайке. Она не стала задавать никаких дурацких вопросов, а просто повесила трубку.

Пришел Петрович и приволок форменную шинель метростроевцев.

Я закуталась в колючую синюю хламиду, сильно пахнущую потом и дешевыми духами, и попросила:

— Дайте папироску.

Петрович с готовностью протянул пачку «Золотой Явы». Я не пользуюсь этой маркой, у меня от них начинается кашель, но сигарету взяла и даже закурила, стараясь сильно не затягиваться. Николай вновь занялся кроссвордом. Но дело продвигалось туго, задания попались заковыристые.

— Слышь, Петрович, — спросил он, — французский художник, первая «г» и третья «г», а всего пять букв!

— Гоголь, — быстро ответил мент.

— Не.

— Гоген, — сказала я.

— Подходит, — обрадовался Николай и задал следующий вопрос: — Драматург, муж Мэрилин Монро?..

— Артур Миллер, — сообщила я.

— А режиссер фильма «Земляничная поляна»?

— Бергман.

— Видать, вы дама образованная, а так безобразничаете, — с укоризной сказал Николай.

— Не обманешь, не продашь, — сообщила куча.

— Заткнись, — рявкнул Петрович.

Тут с грохотом распахнулась дверь и влетела Зайка, хорошенькая, словно картинка. Большие карие глаза горели огнем, белокурые волосы блестели, тоненькая фигурка, затянутая в узенькие, черные брючки, казалось, сейчас переломится в талии. Топнув каблучком, Зайка гневно воскликнула:

— Что вы сделали с Дашей!

— Ничего, — попятился Петрович, — ей-богу, ничего.

— Ой, — выдохнул Николай, — вы, Ольга Воронцова, «Мир спорта» ведете! Ой, садитесь! Петрович, а ну притащи стул, да чистый возьми, у девок из кассы.

Петрович исчез.

— Почему ты в таком виде? — налетела на меня Ольга.

Решив не тратить времени на долгие разговоры, я жестом вокзальной проститутки распахнула вонючую шинельку. Ольга побагровела.

— Они ее тут били, — внезапно оповестила куча, — ой, сильно молотили! Одежонку сорвали и в лоскутья изодрали, вон лохмушки лежат!

Зайка посмотрела на жалкие тряпочки, небольшим холмиком валяющиеся у моих ног, и сменила цвет лица с бордового на фиолетовый. Не успела я и слова сказать, как она подлетела к Николаю, ткнула ему почти в самое лицо тоненький пальчик с угрожающе острым ноготочком, покрытым лаком интеллигентного колера «кофе с молоком», и прошипела:

— Имей в виду, дрянь такая, мой муж и сын Даши один из лучших российских адвокатов, сейчас я его сюда вызову. Он каждую царапинку опишет, тебе мало не покажется!

В полном негодовании она толкнула Николая. Тот, не ожидавший нападения, пошатнулся и шлепнулся на пол возле решетки. Куча захохотала. Появился Петрович со стулом.

— Выдерни ей ноги, — посоветовала куча.

— Заинька, — проговорила я, — меня никто не бил.

— И пальцем не тронули, — обиженно протянул Николай, поднимаясь.

— Так в чем дело? — злилась Ольга.

Я быстро рассказала ей суть. Зайка протянула Николаю мой французский паспорт.

— Так она иностранка? — удивился Николай.

Примерно через полчаса, уладив все дела и переодевшись, я наконец оказалась в «Форде». Ольга сурово сжала губы и велела:

— Теперь давай в этот магазин!

— Может, не надо? — испугалась я. — Черт с ним, с костюмом!

— Ни фига подобного, — отрезала Ольга и, направляясь к своему «Фольксвагену», крикнула: — Езжай за мной!

В «Ригону» я не пошла, трусливо осталась сидеть в «Форде». Сквозь большую витрину было видно продавцов и Зайку, размахивающую руками. Потом появился толстый мужик в костюме. Ольга высунулась из магазина и поманила меня пальцем. Я замотала головой, ни за что не пойду! Больше всего боюсь скандалов!

Минут через пять разъяренная невестка вылетела из магазина. Очевидно, ей не удалось добиться успеха. Она всунулась в «Форд».

— Вот гады! Давай сюда чек!

Я порылась в сумке, потом потрясла ее над сиденьем, вывалила гору предметов. Чего там только не было! Расческа, губная помада, носовой платок, ключи от дома, карамелька «Гусиные лапки», две пуговицы... Но чека не нашлось.

— Ладно, — прошипела Ольга и вновь исчезла в бутике.

Я снова стала наблюдать «немое кино». Потом красная, растрепанная Зайка вынеслась наружу и опрометью кинулась в подземный переход, расположенный в двух шагах от бутика. Я перестала понимать происходящее, но из «Форда» вылезать не стала. Судя по всему, Ольга находится в крайнем озлоблении, а в таком случае ей лучше не попадаться под руку. Поэтому я затаилась за рулем в надежде, что тайфун пронесется над головой с наименьшими потерями.

Зайка появилась на улице. В руках у нее был баллон с краской, очевидно, она только что приобрела его в одном из магазинчиков, торгующих под землей.

Не успела я и глазом моргнуть, как Ольга подлетела к большой витрине, в которой красовались манекены, нажала на распылитель и вмиг измазала дочиста отмытое стекло черной краской.

Совсем испугавшись, я быстро завела мотор, готовясь спешно ретироваться. Зайка зашвырнула пустой баллончик в урну, вскочила в «Фольксваген» и поехала вперед. Я, краем глаза увидав, как из магазина вылетает разъяренная толпа продавцов, постаралась не отстать от невестки. Мы пронеслись по проспекту, вылетели на шоссе. Я расслабилась и включила радио.

«Давай покрасим холодильник в черный цвет, — завел гнусавый мужской голос, — зеленым был и белым был, а черным нет...»

Я захохотала. Лучшей песни в данной ситуации просто не могло быть, надо прибавить звук. Правой рукой я потянулась к приемнику, чуть наклонилась, и тут прямо перед глазами возникли красные стоп-фонари впереди идущей машины. От ужаса я со всего размаха прыгнула на тормоз, но остановить «Форд» не смогла. Послышался скрежет, потом раздался тупой удар и противный звук металла, скребущего о металл.

Я вылезла наружу и похолодела. О нет, только не это! Хуже ситуации и не придумать! Уж лучше было врезаться в «600-й» «Мерседес», набитый вооруженными до зубов братками, или вломиться в машину, где сидят злые омоновцы в черных, вязаных шапочках! Даже протаранить патрульный автомобиль ГИБДД было бы ерундой по сравнению с тем, что произошло! Боги удачи окончательно отвернулись от меня! Я, на глазах у регулировщика, въехала прямехонько в багажник Зайкиного «Фольксвагена».

Ольга выкарабкалась на дорогу и затопала ногами:

— Нет, какое свинство, какая гадость! Несусь сломя голову на выручку, бросаю все дела, а ты! Заснула, что ли?

— Музыку слушала. — От растерянности я сказала чистую правду.

— Ах вот оно что, — протянула невестка, — меломанкой, значит, стала!

— Протокол писать или сами разберетесь? — лениво поинтересовался постовой.

— Лучше не вмешивайся, — прошипела Ольга, изо всех сил пиная ногой мой «Форд». — Я с ней побеседую дома! Мало не покажется! Вот только доберусь до Ложкина.

В ярости она пнула скаты «Форда» в последний раз, вскочила в побитый автомобильчик и была такова.

— Уезжайте отсюда скорей, — велел инспектор, — небось у телки муж крутой. Сейчас вернется с супружником! Мне трупы на вверенном участке не нужны!

— Это моя невестка, — пояснила я, разглядывая изуродованный «Форд».

— Кто? — удивился парень.

— Жена сына.

— Да уж, — вздохнул постовой, — сочувствую! Такое дома иметь!

— Много ты понимаешь, — обозлилась я, — какое право имеешь судить Зайку!

Мигом вспомнились все неприятности сегодняшнего дня. Глаза наполнились слезами. Ощущая полнейшее бессилие, я со всего размаху пнула бело-синий «жигуленок», на который опирался патрульный. Честно говоря, я хотела, как Ольга, попасть по колесу, но носок ноги, обутый в качественный сапог испанского производства, угодил прямиком в дверцу. Послышался такой звук, который раздается, когда вы протыкаете ножом консервную банку. Мы с парнем уставились на вмятину.

— Так, — протянул инспектор, — и как теперь с вами поступить прикажете?

Естественно, заводить протокол я не захотела и принялась облегчать кошелек. Фортуна окончательно повернулась ко мне задом. Проклятие Каюрова работало на все сто процентов.

Глава 16

На следующее утро я, побоявшись гнева Ольги, не спускалась к завтраку до тех пор, пока не услышала шум мотора. Выглянув в окно, я увидела, как от входа отъезжает джип, очевидно, купленный Аркашкой, и «Фольксваген» с покореженным багажником. Зайка спешила в сервис.

Перекрестившись, я сползла вниз и обнаружила за столом озабоченного Севку и хмурого Тузика.

— Случилось что? — осторожно поинтересовалась я у гостей.

Лазарев нервно ответил:

— Да.

— Что еще? — испугалась я, ожидавшая теперь

только самых плохих новостей. — Что ужасное произошло?

— У меня начинается насморк, — горестно вздохнул Тузик.

Железная рука, сжимавшая мое сердце, внезапно ослабла.

— Господи, какая ерунда, капни називин.

Севка и Тузик уставились на меня в упор несчастными глазами, потом хором спросили:

— Ты не понимаешь размеров ужаса?

— Нет, — совершенно искренне ответила я, — насморк — это же не смертельно! Ведь не рак!

Нос всплеснул руками.

— По мне, так лучше рак!

— Тьфу на тебя, — испугалась я, — нашел, чем шутить.

— Завтра в 10 утра у нас дегустация запахов, — пояснил Севка, — собираемся совместную продукцию с фабрикой «Новая Заря» производить. Поняла теперь?

Я кивнула.

— Прямо сейчас едем в больницу, — засуетился Севка, — у Нюши подруга есть, обещала какие-то промывания сделать! Отвези нас!

— У «Форда» капот разбит.

— Ехать может?

— Да.

— Тогда плевать на внешний вид, — решительно заявил Севка, — пошли скорей, дорога каждая минута.

Не дав мне даже причесаться, гости вытолкали меня во двор и усадили за руль.

Больница, где принимала Нюшина подруга,

оказалась на Покровке. Проехав по Садовому кольцу, я повернула направо и метров через сто увидела вывеску «Клиника Костоломова». Однако подходящая фамилия для врача! Хотя, насколько я помню, в Боткинской больнице когда-то работал доктор с замечательной фамилией Труп.

Севка и Нос нырнули в клинику, потом Лазарев вернулся и велел:

— Придется подождать, дело долгое.

Я посмотрела по сторонам, заметила чуть вдалеке лоток с книгами и пошла полюбоваться на новинки. Обожаю детективы, читаю их пачками и, что отрадно, «проглотив» книгу, примерно через полгода прочно забываю, о чем она, и могу вновь предаться увлекательному чтению.

Перелистав яркие издания, я купила пару томиков, потом зашла в супермаркет, съела слоеный пирожок с мясом и вновь вышла на улицу. Начинался дождь. Делать было решительно нечего. И тут мой взор упал на вывеску конторы, возле которой стоял «Форд»: «Торговое представительство компании «Филипс».

Сонное настроение, как рукой сняло. Быстро юркнув в машину, я порылась в сумочке и вытащила записочку, написанную рукой директрисы детского дома № 297 — «Кабанова Наталья Павловна». Нет, все-таки зря Зайка обзывает меня бомжихой за то, что я ношу со всеми туалетами одну и ту же сумочку!

Придав лицу озабоченное выражение деловой женщины, я толкнула тяжелую дверь и оказалась перед охранником.

— Вам кого? — осведомился парень.

— Кабанову Наталью Павловну.

Секьюрити изучил длинный список сотрудников и ответил:

— Тут нет такой.

— Как же? — изумилась я. — Не может быть! Наверное, просто не напечатали.

Молодой человек взял телефонную трубку, коротко переговорил и сказал:

— Ждите, сейчас придут.

Вскоре раздался дробный стук каблучков и появилась женщина лет тридцати в отлично сшитом, явно дорогом костюме. При виде меня она надела на лицо заученную улыбку и спросила:

— Чем могу помочь?

— Разрешите представиться, — улыбнулась я в ответ, — директор детского дома № 297. Зовут меня Анна Валентиновна.

— Очень приятно, Алена. Так в чем проблема?

— Одна из ваших сотрудниц, Кабанова, предложила нашему учреждению купить партию из десяти телевизоров со скидкой, — вдохновенно врала я. — Мы сделали предоплату, но прошло уже несколько месяцев, а от Кабановой ни слуху ни духу...

Алена нахмурилась.

— И когда вы видели в последний раз Наталью Павловну?

— Летом, — быстро ответила я, — вроде в августе.

— Этого не может быть, — решительно отрезала Алена.

— Почему? — удивилась я.

— В марте этого года Наташа погибла в автомобильной катастрофе, — сообщила женщина.

— Как?!

— Увы, — ответила Алена, — подробностей не знаю, но то, что дело произошло в марте, в самом конце, где-то в двадцатых числах, помню отлично. Еще ее мать приходила, плакала очень... Жуткая история. И потом, Наташа не имела никакого отношения к продажам, служила простой переводчицей. Скорей всего, вы что-то напутали.

— Нет, я помню абсолютно точно, Кабанова Наталья Павловна. У вас есть благотворительный фонд?

Алена пожала плечами.

— Ничего не понимаю. Мы торговое представительство.

— А мать ее москвичка?

— Наверное, да. Во всяком случае, Наташа жила здесь, причем рядом, в переулке возле метро «Красные Ворота», по-моему, он называется Большой Козловский. Она и на работу сюда так хотела устроиться, потому что терпеть не могла метро, прямо задыхалась в подземке... — неожиданно разоткровенничалась Алена.

— Не подскажете ее адрес?

Алена взяла телефон и спросила:

— Верочка, у тебя в компьютере сохранился адрес Кабановой?

Шариковая ручка запорхала по бумаге, Алена протянула листочек и только потом сообразила.

— А зачем вам?

— Для отчета, — выпалила я и вырвала из наманикюренных пальчиков записочку.

Ни Севки, ни Тузика не было видно. Поколебавшись немного, я прикрепила на ветровом стекле, под «дворниками», сообщение «Скоро буду, подождите чуть-чуть» и бодрым шагом пошла в сторону станции «Красные Ворота».

Нужная квартира находилась на первом этаже. Я поискала звонок и, не найдя его, поколотила в дверь ногой. Дверь почти беззвучно распахнулась, и появилась худенькая-худенькая девочка, почти бестелесное существо. Ей-богу, наш мопс Хуч весит скорей всего больше этого ребенка.

— Вам кого? — поинтересовалась она странным, дребезжащим голоском.

— Кабанова Наталья Павловна здесь проживает?

— Нет, — напряженно ответил ребенок, — моя дочь умерла весной этого года. Кто вы? И зачем вам Туся?

Тут только я поняла, что вижу перед собой не тщедушного подростка, а пожилую высохшую женщину, одетую отчего-то в джинсы и клетчатую мальчуковую рубашечку.

— Зачем вам Наташа? — настаивала мать.

— Она ведь в представительстве «Филипс» работала? Тут, рядом, на Покровке...

— Да, — осторожно подтвердила женщина.

— Простите, как вас зовут?

— Раиса Андреевна.

— Уважаемая Раиса Андреевна, мы выписали вам, как матери погибшей сотрудницы, небольшую материальную помощь, 200 долларов, — сообщила я, — может быть, разрешите пройти в комнату, чтобы передать деньги?

— Идите, — довольно равнодушно бросила тетка, — вот сюда, в большую.

Сев на весьма потертый стул, я вынула из сумочки две зелененькие бумажки, положила их на стол, подняла голову и невольно ахнула.

Прямо перед моими глазами стояли полки, плотно забитые книгами. На одной, прислоненная к томам Вальтера Скотта, таким толстеньким, в розовых переплетах, стояла в траурной черной ленте фотография... Лены Артюхиной.

— Кто это? — весьма бесцеремонно спросила я, указывая на снимок.

— Вы не узнали Наташу? — удивилась Раиса Андреевна. — Как же так, а говорите, что с работы пришли...

Лихорадочно пытаясь справиться с расползающимися мыслями, я пробормотала:

— Мы были незнакомы, я пришла в «Филипс» всего неделю назад. А когда погибла ваша дочь? Летом, да? В августе?

— Нет, — тяжело вздохнула Раиса Андреевна, — в марте, двадцать девятого числа. Даже и не знаю, как я пережила этот день. Господи, а все деньги проклятые, из-за них и погибла.

— Какие деньги? — насторожилась я. — Наследство?

Неожиданно Раиса Андреевна улыбнулась:

— Ну что вы, какое наследство! У нас богатых родственников нет, всю жизнь перебиваемся. Единственное, что я сумела, так это дать детям образование. Наточка иняз окончила, а Сережа, сын мой, МИФИ. Только толку что? Натуся еле-еле переводчицей устроилась, а Сереженька теперь на рынке конфетами торгует, жить-то надо! Дети у него, двое, кушать хотят!

— А у Наташи были дети?

— Нет, — покачала головой Раиса Андреевна, — она и замужем-то не побывала. Так, случались кавалеры, но под венец не успела! А все деньги проклятые!

— При чем же здесь деньги?

Раиса Андреевна зябко поежилась, взяла с кресла большой платок, закуталась в него и горестно вздохнула:

— А при том, что Нате всегда страшно хотелось быть богатой.

И она начала рассказывать. Жили Кабановы всегда более чем стесненно. Раиса работала учительницей в школе, преподавала русский язык и литературу. Сами понимаете, какая зарплата была у учителей. Пока был жив муж, как-то выкручивались, а когда он умер, стало совсем плохо, подрастали двое детей, которых нужно было прокормить, одеть, выучить... Раиса крутилась как белка в колесе, не отказываясь ни от каких дополнительных заработков — классное руководство, полторы ставки, проверка тетрадей... Потом взвалила себе на плечи еще и группу продленного дня... Но все равно за день до получки в кошельке свистел ветер... На отдых копили целый год, откладывая буквально по копейке, у Наташи в шкафу висела школьная форма, праздничное платье, две блузки и юбка. Сережа обходился еще меньшим гардеробом.

Однажды Раиса пришла домой раньше обычного и сразу пошла в ванную, мыть руки. Санузел у них примыкал к кухне, а там сидели несколько одноклассниц дочери, прибежавших в гости.

— А ты куда пойдешь после школы? — спросила одна из них.

Раиса услышала голос Кати Звягинцевой.

— В медицинский! Буду потом великим ученым и изобрету лекарство от старости.

— А я, — влезла Ксения Рушайло, — в педагогический, буду преподавателем, детей очень люблю.

Раиса улыбнулась. Хорошие дети, искренние, с мечтами.

И тут послышался голос ее Наташи:

— Пойду в иняз, выучусь на переводчицу.

— Почему, — спросила Звягинцева, — неужели интересно чужие слова повторять, как попугаю?

— Переводчики отлично зарабатывают, они часто ездят за границу, — тихо ответила Ната, — куплю себе сто платьев, сто брюк, сто юбок и пирожные буду есть каждый день!

— Слипнешься, — фыркнула Ксения, чей папа работал в Министерстве иностранных дел, — много сладкого нельзя, надо геркулесовую кашу употреблять, а то гастрит начнется!

— Я ненавижу овсянку, — еще тише ответила Наташа, — мы ее все время жрем, а пирожные мама только на Новый год покупает. Вам хорошо говорить, у вас всего полно, а мы нищие. Я, девочки, больше всего на свете хочу денег, прямо до дрожи. Денег! Чтобы столько было, сколько ни у кого нет!

На следующий день Раиса поехала в Столешников переулок, где находилась лучшая в Москве кондитерская, и, потратив безумную, по ее разумению, сумму, купила эклеры, корзиночки и «картошку».

Заварив чай и поставив перед изумленными

детьми блюдо с лакомством, Раиса Андреевна завела длинную беседу о духовных ценностях и о том, что деньги — это мусор, абсолютно ненужная вещь, главное же — богатый внутренний мир!

— Оно, может, и так, — вздохнул Сережа, — только кушать хочется всегда.

Наташа промолчала, но по ее поджатым губам мать поняла, что дочь солидарна со своим братом, и ужаснулась: неужели она, профессиональная учительница, вырастила абсолютно бездуховных людей!

Шло время, Наташа и Сережа выросли, выучились, но, несмотря на высшее образование, никак не могли устроиться в жизни.

Сережа сначала пытался преподавать, потом ушел в какое-то НИИ, затем вообще оказался на рынке, торгует коробками с конфетами.

Не слишком везло и Нате. И хоть знание языка, как правило, приносит человеку кусок хлеба с маслом, а иногда и с сыром, у Наташи никак не получалось заработать. Она пристраивалась в разные места, но везде случался облом. Сначала пыталась синхронно переводить зарубежные кинофильмы, но начался бронхит, затем пробилась в экскурсоводы, а кому понравится сопливый, вечно кашляющий гид? С частными учениками дело тоже не пошло. Дети раздражали Наташу, а их тупость, непонятливость, вертлявость просто бесили, доводили до слез. Кроме того, она никак не могла устроить личную жизнь. Своей жилплощади Ната не имела, а мать жутко ей мешала, появляясь в самый ответственный момент со словами:

— Что же вы, ребятки, в темноте сидите? Идите лучше чайку попить!

То ли бывшая учительница в силу возраста просто забыла, чем люди занимаются наедине, то ли вела себя так нарочно... Сереже повезло больше. У его будущей жены оказалась комната в коммуналке, и после свадьбы он переехал туда. Наташе же некуда было деться.

Удача улыбнулась ей примерно год назад. Одна из подружек выскочила замуж за иностранца, собралась уезжать на родину супруга и порекомендовала Наталью на свое бывшее место работы, в торговое представительство «Филипс». Платили там отлично, но и требовали с сотрудников много. Можно было, придя на службу к десяти, уйти около полуночи. Естественно, что многие женщины, обремененные семьями, старались как можно быстрее удрать домой. Но Наташе спешить было некуда, и она дотошно выполняла все поручения. Начальство быстро заметило старательную сотрудницу, повысило ей зарплату... Наташенька приоделась... А потом случилось несчастье.

27 марта Ната прибежала домой раньше обычного, веселая, возбужденная, даже счастливая, и кинулась собирать чемодан.

— Ты куда? — спросила Раиса Андреевна.

— Ой, мамочка, — зачирикала дочь, — представляешь, как мне повезло! Приехал один из вице-президентов «Филипс». Я переводила его переговоры и понравилась мужику. Теперь он берет меня с собой в Грузию, в качестве личной переводчицы, на неделю. Знаешь, сколько заплатит? Три тысячи долларов!

Раиса Андреевна замахала руками:

— Обманет, небось!

— Нет, — покачала головой Ната, — просто он очень богат и такую сумму за деньги не считает.

— Значит, захочет чего-то нехорошего, — вздохнула Раиса Андреевна.

Наташа засмеялась и обняла старушку.

— Мама, мне же не 15 лет, и потом, за такие деньжищи я готова голой по Тверской бегать!

Раиса только качала головой. Нет, жизнь прошла зря, она так и не сумела привить детям понятие об истинных ценностях! Выросли они жадными, корыстными, готовыми ради звонкой монеты на все...

Дочь уехала, сказав:

— Вернусь пятого апреля.

Но 30 марта пришел Сережа и, пряча глаза, сказал:

— Ты, мама, того, не волнуйся...

Страшная новость упала на голову Раисы Андреевны, словно нож гильотины. Вице-президент концерна «Филипс» захотел покататься на горных лыжах и попал в лавину вместе с Наташей. Мужика спасли, а девушку не нашли, хоть и искали упорно, с собаками.

Сережа вылетел в Грузию, провел там десять дней и, вернувшись, объяснил матери:

— Ужасно, конечно, но скорей всего тела не обнаружат. Лавина могла его унести бог знает куда.

— Может, летом, — заикнулась учительница, — когда снег стает...

Сережа с жалостью поглядел на мать.

— Это же высокогорный район, там летом на лыжах катаются!

— И вы не видели тело? — тихо спросила я.

Раиса Андреевна покачала головой.

— Нет, и могилки нет!

— Ужасно! Не дадите ли адрес и телефон Сережи?

— Пожалуйста, — покладисто согласилась старушка, — пишите, Касьяново. Новый район такой, за Митином...

Я удивилась.

— Надо же! В новостройках тоже бывают коммуналки?

— Сереже квартиру дали, — пояснила Раиса Андреевна, — как лучшему сотруднику, трехкомнатную, в конце апреля въехал, перед самыми майскими праздниками. Я-то у него не была, не доехать, уж больно далеко, но он говорил, что жилплощадь хорошая. Вот только телефона пока нет, но обещают скоро поставить. Но ежели он вам нужен, езжайте смело, после восьми он всегда дома, устает очень на рынке и никуда не ходит!

Я вышла на улицу и начала тупо разглядывать витрину ближайшего ларька. Жвачки, пиво, сигареты...

Слишком много нестыковок было в только что выслушанных историях. Сотрудница торгового представительства «Филипс» Алена обронила, что Наташа погибла в автомобильной катастрофе, а Раиса Андреевна сообщила, будто дочь попала в лавину... Интересно, где Наташа научилась кататься на горных лыжах? Этот вид спорта не для бедных людей, требуется дорогостоящая экипировка: костюм, ботинки... Впрочем, могла взять на курорте напрокат. А вот что уж совсем непонятно, так кто это дал Сереже квартиру? Он торгует на рынке конфетами... Вы когда-нибудь слышали, чтобы хозяин награждал своего, пусть даже самого распрекрасного лоточника новой квартирой? И самое странное во всей истории, это каким же образом Наташа Кабанова ухитрилась превратиться в Лену Артюхину? Как заполучила документы несчастной сумасшедшей? И какова роль ее мужа в этой истории? И куда подевалась настоящая Лена Артюхина?

Глава 17

С гудящей от разных мыслей головой я вернулась к машине, обнаружила, что около «Форда» все еще никого нет, и решительно опять вошла в торговое представительство «Филипс».

Охранник, не узнав меня, поинтересовался:

— Вам кого?

Я вытащила из сумочки французский паспорт и, помахав им перед носом секьюрити, принялась усиленно коверкать родной язык:

— О, как это сказати на вашем речи... Я есть журналист... Газет «Монд», поможите поговорит с тем, ну как это, его, господин...

— Шульц, — услужливо подсказал парень, — вам нужен наш начальник герр Отто Шульц?

— Да, есть именно так!

— По коридору налево, — пояснил секьюрити.

— О, гран мерси, голубчик, вы быть крайне любезны, — прощебетала я и пошла в указанном направлении.

Да уж, нынешним сотрудникам охраны далеко до тех, кто стерег вход во всякие «почтовые ящики» в 70 — 80-х годах. У тех работников старой закалки муха бы без пропуска не пролетела.

Году этак в 79-м я пристроилась переводить научные журналы для библиотеки одного НИИ, название которого вслух произносить было строжайше запрещено. Собственно говоря, теперь можно и расколоться. Это конструкторское бюро «Изумруд» — флагман советской оборонной промышленности. Помещалось учреждение в огромном здании из светлого кирпича в двух шагах от метро «Сокол». И именно там приключилась история, которую местные сотрудники, не слишком жаловавшие людей из Первого отдела, рассказали мне, похихикивая в курилке.

Как-то раз доктор наук по фамилии, ну, скажем, Петров-Водкин, приехал в «Изумруд» по делам. Двойная фамилия вообще является редкостью в Москве, но у мужика она была именно такой.

Естественно, выписали пропуск. Охранник у турникета повертел бумажку и поинтересовался:

— А где Водкин?

Профессор показал паспорт.

Секьюрити кивнул и пропустил ученого. Но когда тот в конце рабочего дня уходил, у дверей дежурил другой вохровец, и он вычеркнул из списка посетителей только фамилию Петров! В восемь вечера была объявлена тревога. Сначала по местному радио, думая, что ученый просто заработался и не обратил внимания на гудок, означавший конец трудового дня, объявили:

— Товарища Водкина просят пройти на выход через пятый подъезд.

Через час, заподозрив, что человек заблудился

с непривычки в «коридорных лабиринтах», дали другое сообщение:

— Товарища Водкина просят пройти на выход через любой подъезд.

Еще через полчаса подняли в ружье наряд. Может быть, напиши выдававшая пропуск баба фамилию правильно: Петров-Водкин, через девис — ничего бы и не произошло. Но глупая тетка накорябала на бумажке: Петров, Водкин. Поставила не черточку, а запятую!

Всю ночь сотрудники охраны с собаками и мегафонами носились по бесконечным помещениям, вскрывая опечатанные двери и, оглашая окрестности воплями:

— Водкин, Водкин, Водкин...

Естественно, они никого не нашли. Утром было объявлено осадное положение. Сначала позвонили в институт, где трудился Петров-Водкин, и спросили у начальника отдела:

— Ваш сотрудник Петров на рабочем месте?

— Да, — спокойно ответил заведующий, — трудится на благо науки.

— А Водкин?

— У нас такого нет и никогда не было, — удивленно ответил тот.

Дело в том, что Петров-Водкин всегда представлялся всем как Петров, двойную фамилию называл только там, где требовался паспорт...

Начальнику охраны «Изумруд» чуть не стало плохо, когда он понял, что на секретное предприятие сначала проник невесть кто, а потом, что уж совсем ужасно, ухитрился удрать, минуя все посты...

Пришлось звать на помощь КГБ. Через полчаса после того, как в здание прибыли незаметные мужчины сорока лет в штатских костюмах, досадное недоразумение выяснилось. Петров-Водкин был вычислен, сотрудница бюро пропусков вместе с начальником охраны уволены.

Вот это были секьюрити! Настоящие церберы! А теперь мальчишки! Впустил в охраняемое помещение иностранку! Никакой бдительности.

Продолжая бубнить себе под нос, я дошла до приемной и, положив перед хорошенькой девчонкой синий паспорт, пропела:

— Господина Шульца, как это по-русски...

— Герра Шульца нет на месте, — на вполне сносном, очевидно, выученном в специализированной школе французском ответила девчонка, — вы по какому вопросу?

Я затарахтела словно пулемет. Французы говорят намного быстрей русских, обязательно повышая голос в конце каждой фразы, словно постоянно задают вопрос.

— В вашей конторе работала сотрудница Кабанова Наталья. Она погибла, катаясь в горах на лыжах с одним из вице-президентов концерна «Филипс»...

Девица вытаращила накрашенные глаза.

— Простите, вы не могли бы говорить чуть помедленней? Я не слишком хорошо владею вашим языком, может, перейдем на английский?

Настоящий француз сильно недолюбливает жителей Великобритании, а уж американцев просто терпеть не может, поэтому язык Шекспира в Париже знают только те, кто вынужден пользоваться им на работе: сотрудники гостиниц, проститутки, работники международных организаций. Среднестатистический парижанин абсолютно уверен в том, что никакой другой язык, кроме родного «франсе», ему никогда не понадобится. Попробуйте-ка спросить где-нибудь на площади Бастилии у прохожего по-английски:

— Простите, как добраться до Лувра?

В лучшем случае вам ткнут пальцем в «ажана», полицейского, в худшем спокойно пройдут мимо, равнодушно бросив:

— Я вас не понимаю.

Это не Москва, где иностранцу с картой в руках кинется помогать все население от мала до велика, выскребая со дна памяти остатки школьных знаний!

Поэтому я высокомерно фыркнула:

— Не умею говорить по-английски!

Что, между прочим, чистая правда.

— Тогда повторите еще раз, помедленней, — попросила девица.

— Ваша сотрудница Наталья Кабанова погибла, катаясь на горных лыжах с одним из вице-президентов компании «Филипс». Я адвокат из страховой компании...

— Что-то вы перепутали, — возразила секретарша, — у нас действительно работала Наталья Кабанова, но она погибла в автокатастрофе. Приходил ее брат, он и сообщил о смерти сестры. Мы еще небольшую сумму ему передали, в качестве материальной помощи, на похороны.

Я хлопала глазами.

— Вы уверены? Она не ездила на лыжах с вашим вице-президентом?

— Нет, конечно, — пожала плечами девушка, — Наташа работала простой переводчицей, она не общалась даже с Шульцем... И потом, где бы она познакомилась с самим вице-президентом!

Последнюю фразу секретарша произнесла с придыханием.

— Говорят, он к вам приезжал, сюда, в торговое представительство.

Собеседница рассмеялась.

— Ну что вы! Чиновник такого ранга никогда не поедет в какое-то отделение... Для нас простой сотрудник центрального офиса уже огромное начальство! А вице-президент! Кто вам рассказал такие глупости?

Не успела я придумать, как лучше закруглить разговор, как дверь отворилась, и в приемную вошла Алена.

Увидав меня, она удивилась:

— Ну как? Нашли родственников Кабановой? Странная, однако, история с телевизорами! Мы ведь здесь ничем не торгуем, для этого магазины есть!

Я молчала, лихорадочно соображая, как поступить.

— Алена, — сказала секретарша, — эта дама — француженка, из страховой компании, по-русски плохо понимает.

— Да ну? — изумилась девушка. — Час тому назад она представилась мне как директор одного из московских детских домов, и, смею тебя уверить, Жанна, по-русски она говорила не хуже, чем мы с тобой!

Жанна разинула рот, Алена нахмурилась. Глупо улыбаясь, я быстренько открыла дверь и позорно бежала, чуть не сбив по дороге конторку с беспечным охранником.

Севка и Тузик стояли у «Форда».

— Где ты пропадаешь? — накинулся на меня Лазарев. — Холод жуткий, ветер, ждем уже час!

Я открыла «Форд».

— Безобразие, — зудел Севка, — немедленно включи печку, Тузику нельзя ни в коем случае простужаться, ты безответственная особа! Знаешь, что больной человек будет стоять на ледяном ветру, и уходишь на полдня! Гадко и отвратительно. Да Тузик чуть в обморок не упал!

Нос действительно выглядел бледно, но, на мой взгляд, насморк, хоть и доставил ему кучу проблем, умертвить мужика не мог. Севка сильно преувеличивает размер несчастья. Сопли скоро пройдут.

В холле нашего дома стоял омерзительный «аромат» чего-то горелого. Я чихнула и крикнула:

— Что случилось?

Высунулась Ирка и мигом наябедничала:

— У Катерины сгорел пирог!

Вот уж невиданное дело! Наша кухарка просто ас в кулинарии, и подобных огрехов с ней не случалось на моей памяти ни разу. Хотя неудача может приключиться с любым человеком!

— Она поставила пирог, — сплетничала Ирка, — а тут сломался холодильник, мотор не заводится, вот Катя и стала продукты вынимать...

— Холодильник не работает? — изумилась я. — Он же совсем новый.

— А его водой залили, когда пожар тушили!

— Какой пожар? — очумело поинтересовалась я.

— Так СВЧ-печка, что на холодильнике стоит, загорелась, — тарахтела возбужденная Ирка. — Иван прибежал и давай воду на нее лить...

— Ничего не понимаю, — затрясла я головой.

— Чего же тут сложного? — хмыкнула Ирка. — Вспыхнула печка, она находится на рефрижераторе, ее облили водой, жидкость попала в мотор, сломался «Бош», а пока продукты вытаскивали, пирожок-то, тю-тю, весь и почернел, ну да и черт с ним, только Катю жалко!

— Почему?

— Так ее на «Скорой» увезли.

Я села прямо на стеклянный журнальный столик и спросила:

— Как на «Скорой»? Куда?

— Не знаю, — сообщила Ирка, — вот Аркадий Константинович с Ольгой вернутся и расскажут, они с Катей поехали. Ой, ногу ей раздуло, такой ожог!

— Что?

Ирка глянула на меня и завела сначала:

— Ну чего непонятного, Дарья Ивановна? Ведь по-русски объясняю! Загорелась СВЧ-печка, стали заливать водой, сломался холодильник, пока мясо в другой перекладывали, кулебяка в угли превратилась. Катя расстроилась, схватилась за противень и не удержала... Уронила его прямо себе на голую ногу, такой ожог! Ясно теперь?

— Ага, — кивнула я, — конюшня сгорела?

— Какая конюшня? — оторопела Ирка. — У нас нет никаких конюшен!

Слава богу, что нет. «А в остальном, прекрасная маркиза, все хорошо, за исключеньем пустяка: сгорел ваш дом с конюшней вместе...»

— И что? — неожиданно поинтересовался Тузик. — Сильно пахнет?

— Просто отвратно, — ответила я.

Нос заломил руки.

— Боже, ничего, я совершенно ничего не ощущаю. Катастрофа! Нет, покончу с собой, прямо сейчас, вот сию же секунду залезу в ванну и перережу все вены и горло в придачу!

Всхлипывая, он бросился вверх по лестнице.

— Тузик, — взвыл Севка, — дорогой, любимый, стой!

Не снимая ни куртки, ни ботинок, он ринулся за приятелем, перепрыгивая через две ступеньки.

— Не мешай мне, — визжал Тузик, — жизнь кончена, все!

Они побежали по коридору, громко ругаясь. Ирка посмотрела на меня и сообщила.

— Сумасшедший дом! Вы бы встали со столика, не ровен час продавите, стекло все-таки!

— Оно толстое, — вздохнула я, — ничего не случится.

Но не успела я договорить фразу, как раздался сухой треск, и в ту же секунду я оказалась на паласе в куче осколков. Ощущение было такое, словно села на ежа. Как назло, именно сегодня вместо любимых джинсов или уютных, толстых вельветовых брюк я невесть зачем влезла в костюмчик из шелковистого тоненького трикотажа.

Ирка всплеснула руками:

— Говорила же!

Произнеся эту фразу, домработница опомнилась и кинулась поднимать хозяйку.

— Ну что тут еще случилось? — разъяренно спросил Севка, свешиваясь со второго этажа.

— Дарья Ивановна столик продавила! — радостно выкрикнула Ирка.

— Жрать меньше надо, — резюмировал он и скрылся.

Я поднялась к себе, зашвырнула испорченный костюм в угол спальни, повертелась, изгибаясь перед большим зеркалом, чтобы оценить размеры урона, и, обнаружив, что просто заполучила пару царапин, натянула джинсы, свитер и поехала в неизвестный район, расположенный за Митином.

Детство мое прошло на улице Кирова, нынешней Мясницкой. Потом жизнь забросила в Медведково. Честно говоря, этот район, простите за каламбур, показался мне после шумного центра настоящим медвежьим углом. Но только теперь, разыскивая неведомое Касьяново, я поняла, что Медведково — это центр.

«Форд» ехал и ехал. Митино осталось позади. По обе стороны дороги замелькал лес. Господи, где это я? Интересно, время тут московское?

Наконец впереди появились кварталы блочных домов. Касьяново! Сбоку промелькнул щит: «Покупайте квартиры в фирме «Белстрой». Выглядел район инфернально. В октябре темнеет рано, да еще сегодня над столицей с самого утра повисли черные, плотные тучи... Одним словом, часы показывали только пять, но впечатление было такое, будто наступает ночь. Однако в окнах домов, мимо которых катил «Форд», не было видно света, на улицах не было прохожих, не сверкали огнями витрины магазинов, не шумела веселая толпа у вагончиков «Русские блины» и «Крошка-картошка». Да и самих торговых точек не было. Впечатление такое, будто едешь внутри фильма Бергмана... Этот режиссер любил показывать такие вот мертвые пейзажи. Для полного сходства не хватало только уличных часов без стрелок и прохожих без лиц! Вспомнив про свой ночной кошмар, я вздрогнула, поднажала на газ и неожиданно, миновав квартал незаселенных зданий, вылетела на небольшую площадь.

Сразу стало веселей. Здесь обнаружились люди, пара магазинчиков, а в многоэтажных домах ярко светили люстры.

Запарковавшись возле палатки, бойко торговавшей видеокассетами, я пошла по тропинке к дому № 7.

— Кто там? — раздался из-за двери женский голос.

Вспомнив огромный щит, расположенный при въезде в новый район, я сказала:

— Представитель фирмы «Белстрой».

Дверь распахнулась. На пороге появилась женщина, вытиравшая руки о фартук.

— Здравствуйте, — расцвела я в улыбке, — отдел покупательского спроса фирмы «Белстрой», инспектор Дарья Васильева. Вы ведь у нас квартиру покупали?

— Сережа, — крикнула тетка, — выгляни!

Высунулся встрепанный мужик:

— Чего надо?

— Фирма «Белстрой» проводит опрос среди своих покупателей. Владельцы квартир автоматически становятся участниками нашей лотереи.

— Какой? — насторожился Сергей.

— Если ответите на мои вопросы, загляну в ваш договор купли-продажи и посмотрю, какой приз выпал на его номер, — трещала я, — у нас и автомобили разыгрывают, и телевизоры, и холодильники, на худой конец, электробритву получите.

— Заходите, — пригласил Сергей, — вон тапки лежат, серенькие...

Мы прошли в гостиную.

— Давайте, спрашивайте, — приказал хозяин.

— Давно вы въехали в квартиру?

— В апреле, 28-го числа.

— Как получили жилплощадь?

— Не понял?

— Ну, сами купили? Или подарил кто?

Сергей рассмеялся:

— И много вы видели людей, которым такие хоромы преподнесли на блюдечке с голубой каемочкой?

— Бывает, — пожала я плечами, — родители часто детям подарки делают!

Кабанов скривился.

— У меня мать пенсионерка, из бывших учительниц. Нет, сам купил. Заработал и приобрел. Мне подарков ждать неоткуда! Все сам!

— Квартиру оплатили полностью?

— А как же, — удивился Сергей, — естественно, сполна денежки отдал, до копеечки.

— Жилплощадью довольны?

— Вполне.

— Далековато от метро будет, — вздохнула я, — небось три часа до работы добираетесь...

— Ну, во-первых, тут чистый воздух, — парировал Сергей, — во-вторых, у нас машина, а, в-третьих, я работаю в Митине, рядом...

— И какой у вас автомобиль?

— «Нексия», — ответил мужчина.

— Хорошая тачка, — вздохнула я, — дорогая небось.

— Да нет, — пожал плечами Сергей, — за шесть тысяч пятьсот нашел, новую!

— Рублей?

— Долларов, конечно! — ответил собеседник. — Ну и что я выиграл?

— Несите договор купли-продажи!

Мужик открыл один из шкафов, порылся на полках и вытащил листок бумаги, густо покрытый текстом. Я пробежала глазами по бумажке... Да, хоромы он и впрямь приобретал сам! Причем выложил довольно крупную сумму... Теперь следовало перейти к завершающей части комедии.

— Ваша фамилия Кабанов, а зовут Сергей Павлович! — ахнула я. — Наталья Павловна Кабанова, покойная, вам кто?

— Сестра, — удивленно ответил мужик.

— Ну надо же, — «изумлялась» я, — мы работали вместе в торговом представительстве «Филипс». Только меня сократили летом! Я даже к вашей маме, кажется, ее Раиса Андреевна зовут, с соболезнованиями приходила! Какой ужас, молодая, здоровая, красивая! Как же такое произошло?

Сергей вздохнул:

— Поехала с приятелями на дачу в выходные, март месяц был, холодно еще, на дороге ледяная каша... Водитель не справился с управлением и влетел в бетонный забор. Ната сидела спереди, возле шофера... Недаром говорят, что это «место смертника»... Хорошо хоть погибла сразу, не мучилась.

— Надо же, — протянула я, — значит, автокатастрофа! А Раиса Андреевна сказала, что Ната погибла, катаясь на горных лыжах в Грузии... Очень переживала, что могилки нет, говорила, тело не нашли, лавиной снесло...

Сергей махнул рукой:

— У мамы в голове тараканы, последний ум потеряла, не обращайте внимания. Надо бы ее квартиру продать, да к себе старуху забрать, только она с моей Веркой вечно цапается, житья не станет. Вот и тяну с воссоединением... Совсем мать из ума выжила, такое навертеть! Горные лыжи, Грузия... Прямо кино! Небось сериалов насмотрелась.

В этот момент где-то в соседней комнате зазвонил телефон.

— Вера, сними трубку, — крикнул мужик.

— У вас телефон? — удивилась я.

— Чего же тут странного? — спросил Сергей. — Эка невидаль.

— Да нет, ничего, конечно, — протянула я, — только, помнится, маменька ваша страшно переживала о двух вещах: что могилы у дочери нет и что вам позвонить невозможно, телефон еще не поставили...

Сережа слегка порозовел, но не растерялся.

— Теперь понимаете сами, что она сумасшедшая? Наташа похоронена в апреле на Митинском кладбище, а телефон, вон он, тренькает! Так какой мне приз положен?

— Фотоаппарат, — обнадежила его я, — ждите, сейчас принесу, в машине лежит!

Во дворе я влезла в свой помятый «Форд» и покатила в сторону кладбища. Надеюсь, Сергей еще долго прождет обещанный фотоаппарат. Надо же, какой противный парень! Спорю на что угодно, он специально наврал матери, будто не имеет телефона, просто не хочет, чтобы старуха названивала с бестолковыми разговорами и жалобами на здоровье.

Глава 18

Я не люблю кладбища. Может, оттого, что мои мать и бабушка давно умерли... Невольно возникает мысль, что следующая в очереди на тот свет ты сама... Хотя у меня был еще и отец. Но его судьба мне неизвестна, он очень давно развелся с моей матерью и исчез из нашей жизни...

И потом, на кладбищах всегда царит дикий холод, даже жарким летом там пробирает озноб и даже на тех, которые давно превращены в музеи. В усыпальнице французских королей, Сен-Дени, расположенной недалеко от Парижа, я замерзла так, что, выйдя на залитую солнцем июньскую улицу, кинулась в ближайший бар выпить кофе. Веселый бармен пододвинул ко мне чашечку и спросил:

— Небось из Сен-Дени?

Я глотнула обжигающую жидкость:

— Намекаете, что похожа на привидение?

Бармен захохотал:

— Нет, просто все, кто оттуда выбирается, опрометью кидаются сюда, чтобы согреться...

Над Митинским кладбищем носились с криком стаи ворон. Низкое, серое небо нависло над ним, из высокой трубы крематория вился легкий синеватый дымок, чья-то душа отлетала, оставив на земле заботы. Настроение у меня испортилось окончательно. Глубоко вздохнув, я отправилась искать контору.

Полная дама в слегка старомодном темном трикотажном костюме, придав лицу серьезно-скорбное выражение, поинтересовалась:

— Могу я вам помочь?

— Понимаете, — залепетала я, — наверное, я выгляжу дурой, но в самом начале апреля, в первых числах, похоронила здесь сестру, Кабанову Наталью Павловну... А сейчас приехала и не могу вспомнить, где могила... Ужасно!

— Не расстраивайтесь, — успокоила служащая. — Такое часто случается. Тут немудрено запутаться, в особенности среди новых захоронений, где еще памятников нет... Погодите секундочку.

Она ловко включила компьютер, задвигала мышкой.

— Кабакова, Кабальчи, Кабаносова... Нет, Кабановой Натальи Павловны не вижу...

— Может, мы ее хоронили в конце марта, — робко предположила я.

Женщина покачала головой.

— У нас теперь компьютер, и время захоронения не играет никакой роли, просто вносим фамилию в список. Кабановой Натальи Павловны нет. Есть Кабанова Вера Георгиевна 1924 года рождения и Кабанов Андрей Михайлович, 1942-го, но это не те могилы. А вы точно помните, что хоронили на Митине?

Я кивнула.

— Вы могли случайно не учесть могилу?

— Такое невозможно, — отрезала дама, — у нас строже, чем в аптеке...

Я молча глядела на компьютер, потом со вздохом сказала:

— Извините, пойду брату позвоню, может, и впрямь не Митино...

— Скорей всего, — без тени удивления ответила служащая и выключила системный блок.

Небось она насмотрелась на разных посетителей, и очередная идиотка ее не удивила!

Наш дом в Ложкине сиял огнями, словно ювелирный магазин в канун Нового года. Но несмотря на то что в столовой горела восемнадцатирожковая люстра, а в гостиной все торшеры, там никого не было. В кабинете, в кресле, замотанный в пледы, сидел у камина Тузик, на его коленях пристроились Хучик и Жюли, а внизу на ковре разлеглись остальные собаки. Чуть поодаль, у компьютера, щелкал мышкой Аркашка.

— Я ничего не чувствую! — горестно оповестил Тузик. — И Хуч, и Жюли, и Кеша — все пахнут одинаково.

— Надеюсь, не грязной собачатиной, — хмыкнул сын и, откинувшись в кресле, потянулся. — О, господи, голова опять заболела!

— Тут очень душно, — сказала я и приотворила окно.

Прохладный сырой воздух ворвался в комнату, откуда-то издалека ветер донес звуки разухабистой музыки и громкие голоса. Очень странно, обычно в нашем поселке царит полнейшая тишина.

— Закрой сейчас же, — заволновался Нос, — я еще хуже простужусь!

Я проигнорировала это замечание. В конце концов Тузик может пойти в свою спальню и там устраивать климат, как в инкубаторе. Кабинет же общая площадь!

— Что там за веселье? — спросила я у Кешки.

— Старший сын Сыромятниковых женится, свадьба у них. Нас тоже приглашали.

А и верно. Неделю тому назад домработница банкира принесла красивый розовый конверт, украшенный изображениями двух ангелочков... Надо же, я совсем забыла.

— Зайка с Машкой там, — продолжал Кешка, — и Севка пошел.

— Он любит тусовки, — обиженно протянул Нос.

— А вы чего остались? — поинтересовалась я.

— Голова болит, — вздохнул сын.

— У меня насморк, — напомнил Тузик.

Я только хмыкнула. Мужчины — изнеженные существа, просто фиалки. Если температура мужского организма подбирается к 37 градусам, большинство представителей сильного пола рушатся в кровать с воплем: «Умираю!»

Во всяком случае все мои бывшие мужья, натянув до носа одеяло, поступали так. Супружники начинали капризничать, требуя попеременно горячего чая с медом, боржоми с молоком, клюквенного морса и яблок... «Болезнь» затягивалась дней на десять, и после нее они чувствовали себя слабыми, изможденными...

А теперь скажите, милые дамы, вам придет в голову заползти в постель даже тогда, когда ртутный столбик упрется в самый верх? Впрочем, может, и положите голову на подушку, только заснуть все равно не удастся. Домашние начнут бегать в спальню, без конца задавая вопросы:

— Где суп?

— Можно взять котлеты?

— Дай денег на проездной!

— У нас есть сахар?

— Не могу найти брюки...

Завершится вечер безумным скандалом. Это муж, никогда доселе не заглядывавший в детские тетрадки, внезапно обнаружит, что его сынишка или дочурка ничего не понимает в математике, и начнет орать:

— Я в твоем возрасте имел сплошные пятерки!

Удивительное дело, все мои мужья были в школьном возрасте отличниками! Оставалось только удивляться, отчего Константин писал слово «здесь» как «сдесь», а Макс, складывая девять и семь, каждый раз получал новый результат.

Потом достанется и собаке, которая, отчаявшись дождаться вечерней прогулки, решит свои проблемы у входной двери, и муженек, естественно, наступит в кучку... Совсем поздно вечером, даже ночью, в спальню войдет обиженный ребенок и, трагически вздыхая, сообщит:

— Мне не дали поужинать, живот прямо подвело.

Не знаю, сколько женщин из десяти долежит в кровати до этой стадии, я обычно вскакивала в момент поиска брюк.

Но самую впечатляющую сцену я наблюдала в онкологическом диспансере. Одной из моих подруг, Вере Селезневой, делали курс химиотерапии.

Я провожала ее до процедурного кабинета. Сначала Верка завернула на рынок и затарилась под завязку, потом мы промчались по хозяйственным магазинам, заглянули в книжный и наконец, притащив неподъемные торбы, сели на стулья возле двери, поджидая своей очереди. Впереди нас находились одни женщины. Почти рядом со всеми стояли туго набитые сумки, две дамы споро вязали шапочки. Правильно, чего зря время терять.

И тут в конце коридора показалась живописная группа из пяти человек. Посередине, с лицом Христа, идущего на крестную муку, двигался мужчина лет сорока. Под руки его держали две женщины, одна помоложе, другая постарше. Сзади, готовясь мгновенно подхватить, если папа станет рушиться в обморок, шли дети-подростки. Добредя до кабинета, мужик окинул мученическим взглядом ряд женщин и проныл:

— Вы, конечно, пропустите меня вперед! Видите, как мне плохо, мне химию колют!

Верка, поправив на лысой голове паричок, попробовала возразить:

— Тут всем химию делают. И потом, у вас волосы свои, а мы все в париках, значит, вам ерунду вводят, циклофосфан какой-нибудь, от него не тошнит и растительность не выпадает...

Но дамы, сидевшие впереди, неожиданно встали на сторону нытика:

— Естественно, пропустим, идите!

Не сказав «спасибо», мужик, подталкиваемый родными, исчез за облупленной дверью.

Верка фыркнула:

— Цирк прямо!

— Мужчин тут надо пропускать вперед, — растолковали ей товарки по несчастью. — Сядет такой в конец, и все, житья не даст, будет два часа бубнить и жаловаться, а то еще в обморок завалится! Нет уж, пусть лучше поскорей проходит, а мы посидим, отдохнем, дома-то живо работа найдется.

— И то верно, — согласилась Верка, покосившись на свои туго набитые сумки, — расслабиться не мешает!

Ночью ко мне никак не шел сон. Однако Сергей Кабанов оказался замечательным вруном. Зачем он рассказал матери сказочку о лавине? И почему Наташа сообщила Раисе Андреевне о поездке в Грузию? Что за план придумали брат с сестрицей? Скорей всего они хотели скрыть от матери, что Ната жива... Раиса Андреевна — женщина пожилая, не слишком сообразительная, вот и поверила Сергею, когда тот сообщил о кончине сестры... Небось никаких официальных бумаг ей не демонстрировали, тела, естественно, не показывали... Ай да молодцы! Но зачем?

Я села на подоконник и принялась курить, стараясь, чтобы дым вылетал во двор... Господи, да ведь все очень просто! Деньги! Лена Артюхина должна была получить большое наследство. Кабанова выдает себя за Артюхину и становится обладательницей богатства. Вот откуда у Сергея квартира и «Нексия». Он тоже в курсе дела. А милейший Каюров сам все затеял!!!

Это, однако же, какая интересная вещь получается! Лену Артюхину куда-то увезли в «Скорой помощи», живую! Небось сделали укол... Где-то бабу спрятали, а она, ухитрившись удрать, убила

Наташу Кабанову... Каким-то образом проникла на конюшню и обстряпала дельце... Вот почему Каюров упорно отрицает свою вину. Надо сказать, что он попал в неприятное положение. Он отлично знает, кто убийца, но признаться не может, тогда выплывет неприглядная правда про аферу с Кабановой...

Внезапно в моей душе поднял голову червячок сомнения, а Рита Назарова тут при чем? Но я мигом затоптала его. Нет-нет, сначала разберемся с Леной, ее следует немедленно отыскать. Но как? Девушка воспитывалась в детдоме, родственников не имеет... Друзья... Наверное, в последние годы их просто не было, иначе б Михаил не сумел столь легко «поменять» жену. Впрочем, можно отправиться в больницу № 262, где работала до замужества Лена, вдруг там остались люди, помнящие девушку...

Клиника находилась за городом, в районе Красногорска. На ее воротах висела пугающая вывеска «Онкологическая больница», не самое приятное место...

Но здание, стоявшее в глубине большого парка, было только что отремонтировано, а внутри него царствовала настоящая роскошь — мраморные полы, настолько отполированные, что я, пару раз поскользнувшись, пошла очень медленно и аккуратно. Конечно, такое покрытие очень красиво, но каково больным людям бродить по этому «катку»?

Отдел кадров оказался в подвале. Я постучала, потом всунула голову внутрь и спросила:

— Можно?

— Минуту, — равнодушно бросила дама, восседавшая у компьютера. — Я занята!

Но я бросила взгляд на экран и увидела, что там красуется самая обычная «бродилка».

Тетка щелкнула мышкой и раздраженно сказала:

— Прием с трех! По вопросу найма?

— Нет, я из юридической консультации, адвокат.

— В чем дело? — напряглась дама. — Претензии к врачам принимаются в кабинете у главного...

— Нет, — мило улыбнулась я, — в вашей клинике работает Лена Артюхина, медсестра.

— И чего? — продолжала сурово смотреть кадровичка.

— Она так чудесно ухаживала за одним больным, что он оставил ей в наследство квартиру!

— Вот это да! — ахнула собеседница. — В первый раз про такое слышу! Ну и ну! И кто же это?

Я снова расплылась в счастливой улыбке:

— Не имею права разглашать данные завещателя.

— Зачем же вы пришли? — недоумевала тетка.

— К сожалению, ваш бывший пациент не знал никаких координат Артюхиной, кроме места работы...

— Ага, — понятливо кивнула дама, — сейчас, разберемся!

Она ловко открыла нужный файл и через секунду заявила:

— Так. Артюхина Елена Сергеевна, пишите...

Я покорно записала адрес, тот самый, отлично

мне известный, где на первом этаже проживает милая старушка Алевтина Марковна, и сказала:

— Огромное спасибо.

— Только Артюхина уволилась по собственному желанию!

— Для нас этот факт не имеет значения, а в каком отделении она работала?

— Абдоминальном, — сообщила дама и не утерпела: — А квартира хорошая?

— Очень, — выпалила я, — четырехкомнатная, на Арбате.

Дама подавила завистливый вздох. Я пошла разыскивать отделение с труднопроизносимым названием...

Оно оказалось на третьем этаже. Вытащив из багажника заранее приготовленную коробку с огромным тортом, я вскарабкалась наверх и подошла к хорошенькой девчонке, сидевшей за конторкой.

— Вам кого? — спросила та, лениво листая «Космополитен».

— Артюхину Елену.

— В какой палате лежит? — так же нехотя продолжала девица, не поднимая головы.

— Она тут медсестрой работает!

На этот раз девочка смерила меня удивленным взглядом.

— Где? У нас в абдоминальном?

— Да.

— Нету тут такой!

— Не может быть, а была?

Дежурная отложила журнал и зевнула:

— Не знаю, я сама только с лета работаю, а вы

идите по коридорчику до самого конца. Там старшая сидит, у нее и поинтересуйтесь!

Я послушалась и почти побежала по длинному, пахнущему хлоркой помещению.

Старшая медсестра оказалась полной, даже тучной женщиной примерно моих лет.

— Ну работала Артюхина, — настороженно ответила она, — а в чем дело?

Все мои свекры к настоящему моменту скончались, поэтому, совершенно не боясь дурных примет, я ответила:

— Тут лежал отец моего мужа, рак у него. Лена за ним очень хорошо ухаживала, вот свекор и велел тортик ей свезти.

Медсестра вздернула брови.

— Артюхина уже больше года тут не работает! Поздно спохватились!

— Раньше недосуг было, — вздохнула я и вытащила из кошелька сто долларов.

Женщина, словно загипнотизированная, уставилась на бумажку. Я помахала купюрой перед ее носом.

— Это чего? — удивилась баба.

— Да свекор еще просил Лене денежку передать... Не знаете, куда Артюхина делась?

Старшая замялась:

— Не имею понятия.

Я поставила торт прямо перед ней, подсунула ассигнацию под коробку и нежно прошептала:

— Знаете, мне кажется, что я поступлю правильно, если оставлю подарки вам! Ну не одна же Артюхина мужика выхаживала! Кстати, меня Даша зовут...

— Валя, — ошарашенно представилась собеседница.

— Может, чайку глотнем? — предложила я.

— Правильная мысль, — одобрила Валя, — отдохнуть не мешает!

Через десять минут, прихлебывая мерзейший напиток, получившийся в результате ополаскивания в кипятке пакетика под названием «Персиковый аромат», я вздохнула:

— Честно говоря, не понимаю, отчего эта Лена так понравилась свекру. На меня она произвела странное впечатление, на сумасшедшую похожа! Глаза блестели, лицо бледное... Один раз мне даже показалось, что она пьяная.

Валя отковырнула ложечкой кремовую розочку и сказала:

— Артюхина не пила.

— Но с первого взгляда казалась алкоголичкой, — настаивала я на своем, глядя, как толстуха накладывает себе второй, огромный, бисквитно-кремовый кусок.

Валечка шумно вздохнула:

— Нет, она не пила, с ней беда похуже приключилась...

— Какая? — жадно поинтересовалась я.

— У нас больница особая, — завела старшая, — онкологическая, нам наркотики выдают... Вот Ленка и села на иглу.

Сначала никто из коллег не понял, что с девушкой, да и Артюхина вела себя крайне осторожно. Количество выданных полных ампул у нее всегда совпадало с количеством сданной пустой тары. И только потом выяснилась неприглядная правда. Выписанные для тяжелобольных наркотики на самом деле им не вводились, Леночка оставляла их для себя.

— Кстати, — откровенничала Валя, — я давно заподозрила неладное, мы одно время вместе в коммуналке жили. Лена из детдома, вот ей комнатку и дали, а когда она вселилась, я узнала, что она медсестра по образованию, и пристроила ее сюда, думала, вместе работать веселей! А оно вон как вышло. Это небось ее муж с толку сбил.

— Почему? — удивилась я.

— А она до знакомства с ним ни о чем таком и не думала, — вздохнула Валя, — комнатку продала, домик купила, крохотный, из двух комнат всего, в деревне Вешкино. Муженьку ее очень дачку хотелось, сама к нему переехала, ну и началось потом!

То, что бывшая соседка стала наркоманкой, опытная медичка Валя поняла сразу. Она только не догадывалась, что Лена обворовывает больных.

Когда все выяснилось, главврач, не желая, чтобы на больницу легло пятно, не стал устраивать шумных разбирательств. Артюхиной велели быстро писать заявление по собственному желанию и даже выдали ей хорошую характеристику, чтобы поскорее избавиться от нее. Лена взяла бумаги и исчезла в неизвестном направлении, чему Валя была только рада.

— Умерла небось, — вздохнула медсестра и положила себе на тарелочку третий кусочек жирного тортика.

— Может, выздоровела, — возразила я.

Валя прожевала торт и спокойно заявила:

— Знаешь, я скажу тебе, как медицинский ра-

ботник, если кто заявляет, что навсегда соскочил
с иглы, не верь.

— Почему? Делают же всякие очистки крови,
печени...

— Оно верно, из организма можно удалить
наркотики, только проблема на самом деле — в
голове. Рано или поздно кто-нибудь предложит
дозу, и поехало по новой. Нет, наркоманы конче-
ные, люди без будущего, по мне, так лучше раком
заболеть, чем на наркоту подсесть.

— Может, она жива-здорова, сидит себе в этой
деревеньке, напомни ее название.

— Вешкино, — ответила Валя, — 80-й кило-
метр Ново-Рижского шоссе. Все, конечно, случается, только думается, что Ленка, если и не померла, то старых привычек не бросила.

Глава 19

Было два часа дня, когда я, вырулив на Ново-
Рижское шоссе, посильней нажала на педаль газа.
Разбитый капот совершенно не мешал «Форду», и
«капля» неслась вперед. Вообще говоря, я никогда не езжу со скоростью больше шестидесяти километров в час, но Ново-Рижская трасса только
что отремонтирована, машин на ней практически
нет, поэтому стрелочка спидометра замерла на
восьмидесяти и стояла там, не колыхаясь.

Впрочем, эту скорость удалось поддерживать
только до указателя «Вешкино, 5 км». Свернув с
трассы, я попала на проселочную дорогу и заска-
кала по ней, чертыхаясь сквозь зубы.

Вешкино оказалось небольшой деревенькой,
вытянувшейся вдоль быстрой, узкой речки. Не-

сколько ветхих, покосившихся избенок и сельпо. Я вошла в магазинчик, оглядела консервно-жвач-но-водочное изобилие, купила, чтобы поддержать коммерцию, абсолютно ненужную пачку «Собра-ния», бог весть зачем завезенную в эту дыру, и по-интересовалась у пожилой, ярко накрашенной продавщицы:

— Не подскажете, где дача Артюхиной?

— Артюхина, Артюхина, — забормотала тор-гашка, — это кто же такая?

Потом ее неожиданно осенило, и она радостно воскликнула:

— Ленка-психопатка! Идите по бережку, по-том через поле, они у Воронихи избенку купили, на отшибе, у самого леса...

— Там есть кто? — поинтересовалась я.

— Конечно, — радовалась тетка, — Клавка при ней, сестра ейная, без отрыву сидит. И то верно, разве такое сокровище одно оставишь? Избу по-дожжет или в речку сиганет. Иди, иди, не сомне-вайся, в дому они, никуды не ходят.

— Проехать можно?

— Э, милая, только пехом и допереть. Машину тут брось, я постерегу. Впрочем, у нас тут воров нет, чай, не Москва. Иди, иди, не бойся, не тро-нут твой автомобиль!

Я заперла «Форд» и пошла в указанном на-правлении. Было сыро и холодно. От реки дул резкий ветер, предвестник будущей зимы. Вне-запно деревня кончилась. Впереди расстилалась узкая полянка, через которую вилась колдобистая дорожка. Вдалеке, у самого леса, виднелась крас-ная крыша.

Я пошла по «нитке», поеживаясь от пронзительных порывов ветра. Конечно, жарким летом очень хорошо жить у воды, но потом приходит осень и в дом начинает заползать сырость. Мне всегда было жаль жителей Венеции и нашего московского района Строгино, небось, они постоянно ходят искусанные комарами...

Тропинка кончилась, упершись в большой, абсолютно глухой забор. Я оглядела бетонные плиты, совершенно гладкие, с колючей проволокой сверху, железные ворота, домофон и присвистнула. Надо же, ощущение такое, что передо мной тщательно охраняемый военный объект. Интересно, какие тайны скрываются внутри?

Недолго думая я ткнула пальцем в кнопку.

— Кто там? — донеслось из динамика.

— Откройте, Клава, — крикнула я в ответ, — от Миши Каюрова.

Раздался легкий скрип, калиточка приотворилась, я юркнула внутрь и увидела деревенскую избу, больше похожую на блокпост, чем на жилище мирного селянина.

Окна избушки украшали железные решетки и ставни, выполненные, похоже, из стали. Правда, сейчас они были открыты. Дверь, кажется, из чугуна, даже издали видно, какая она толстая и тяжелая. Сам домик выкрашен в темно-зеленый цвет, покрыт отличной красной черепицей. Знаю, знаю, какая дорогая вещь подобная «шапка», сами недавно перекрывали ложкинский дом и выложили кругленькую сумму за похожую черепицу. Гребень крыши украшала спутниковая антенна. Ну просто тайное жилище Джеймса Бонда! Теперь понятно, отчего оно расположено возле речки. Небось тут есть специальный док, где греет мотор атомная подводная лодка.

— Слава богу, — воскликнула женщина лет пятидесяти с виду, стоявшая на каменном крыльце, — честно говоря, уж я и не знала, что подумать! Миша в условленный день не приехал, деньги не привез. Звоню ему, звоню — никто трубку не берет, ни дома, ни по мобильному, прямо извелась вся!

— Тут неприятность получилась, — вздохнула я, — Мише плохо с сердцем стало, инфаркт.

— Господи, — всплеснула Клавдия руками, — да идите в дом.

Мы прошли через просторные сени в большую, обставленную недорогой, но добротной мебелью комнату. Все здесь говорило об устойчивом достатке хозяйки. Широкий диван и два кресла, обитые ярким зеленым велюром, «стенка», сверкающая полированными дверцами шкафов, телевизор, хрустальная люстра, два ковра: один на полу, другой на стене...

Клавдия села в кресло, но потом сразу вскочила.

— Чего это я, давайте чаю попьем! Небось устали. К нам-то от станции семь километров переть.

— Я на машине, оставила ее у магазина, но от чашечки чаю не откажусь.

— Сейчас принесу, — засуетилась хозяйка.

— Давайте лучше на кухню пойдем, — предложила я, — незачем из меня «парадную» гостью делать!

Мы сменили место дислокации и оказались в просторном «пищеблоке», оборудованном не

хуже, чем наш, ложкинский, — холодильник
«Бош», СВЧ-печка, плита «Электролюкс», ком-
байн, кофемолка.

— Какой ужас, — вздыхала Клавдия, распахи-
вая шкафчик и вытаскивая банку дорогого кофе
«Черная карта», коробочку шоколадных конфет
«Коркунов» и пакетик с печеньем.

— Сейчас уже опасность миновала, — я поспе-
шила ее успокоить, — угрозы для жизни нет, но
Миша лежит в Боткинской больнице, в кардиоре-
анимации, а туда сотовый даже вносить не разре-
шают, он им какие-то приборы замыкает. Так что
аппарат выключен, вот почему вы дозвониться не
могли. Уж извините, сразу приехать не получилось...

— Понятное дело, — закивала Клава, — хорошо хоть сейчас выбрались, чего не позвонили-то
мне? Знаете, как я нервничала? Брат не едет и не
едет...

Я посмотрела на тетку. Вот оно что, это сестра
Михаила, похоже, старшая...

— Я растерялась сначала, а потом никак не
могла телефонную книжку найти, куда-то он ее
засунул. Спрашиваю у Миши номер — не помнит.
Он же сейчас под действием сильных лекарств,
только бормочет. Адрес-то я знала, Вешкино! Ну
и поехала, кстати, сколько денег вам оставить?

Клавдия пожала плечами.

— Смотря на какой срок. Как мне вас вели-
чать? Наташа или Лена?

Я улыбнулась. Какая удача, значит, она не видела Кабанову, только знает о той понаслышке.

— Вообще-то, с детства я была Наталья Павловна Кабанова, но, наверное, будет лучше, если

даже среди своих станем поддерживать легенду. Зовите меня Леной Артюхиной. Ну, как она?

Клавдия вздохнула.

— А как всегда, хотите взглянуть?

Я кивнула. Клава провела меня в небольшую комнату, где, кроме софы, не было никакой мебели, и зажгла верхний свет.

На диване лежала худая, просто изможденная старушка. Уж не знаю, можно ли было назвать ее состояние сном. Когда под потолком вспыхнула лампа, Лена даже не пошевелилась. Крохотное, с кулачок, личико было обтянуто желтоватой, пергаментной кожей. Волосы коротко острижены, почти обриты, тоненькие, какие-то синеватые руки безвольно покоились поверх пледа. Так выглядит человек, находящийся в глубоком наркозе. Вроде и жив, присутствует среди врачей, споро делающих операцию, а с другой стороны, личности нет, и совершенно непонятно, где в данный момент путешествует его душа...

— Вот, — кивнула Клава, — приходится большую часть суток ее в таком виде держать. И то уже по деревне слушок пополз, что Лена сумасшедшая, ну да и бог бы с ним, от Москвы далеко, не волнуйтесь, Наташенька, она не убежит. Впрочем, даже если и удерет, то далеко не уйдет...

— И как же с ней такое произошло? — спросила я, вернувшись на кухню.

— Разве Миша не рассказывал? — удивилась Клава.

— Нет, только обмолвился, что жена села на иглу...

— Именно так, — подтвердила Клава, — вот только причины, отчего ее к наркотикам потянуло, я не знаю. Честно говоря, я всегда была против их брака...

— Почему? — поинтересовалась я.

Клава опять вздохнула.

— Родители у нас умерли рано, я-то Миши на десять лет старше, вот и стала ему вместо матери.

Жили не слишком богато, Михаил женился, потом развелся, провел несколько лет холостяком и встретил Лену. Артюхина сразу не понравилась Клавдии. Во-первых, сирота, из детского дома, голь перекатная. А Клава очень хотела, чтобы брат сделал хорошую «партию». Так нет! Кругом столько молодых женщин из приличных семей, мечтающих выйти замуж, но Мишу просто заклинило на Лене, у которой, кроме комнаты в коммуналке, больше ничего не было. Словом, совсем не то, о чем мечталось.

После тихой свадьбы настроение у Клавы совсем испортилось. Детдомовка Лена, выросшая в системе государственного призрения, совершенно не умела управляться с домашним хозяйством. К тому же лишенная с раннего детства материнской ласки, девушка выросла грубоватой, резкой на язык и совершенно не обладала женской мягкостью и слабостью. Леночка, твердо усвоившая постулат: кругом одни враги, — привыкла не просить, а отнимать. Скандалы в молодой семье начались сразу после брачной ночи. А потом появились наркотики.

Клава узнала о беде не сразу. Любимый брат, приведя в дом новобрачную, отдалился от старшей сестры, которая пару раз, не сдержавшись, делала Лене замечания. Клавдия, обожавшая Михаила, поняла, что ее взаимоотношения с братом могут рассыпаться в прах, если они по-прежнему будут проживать вместе, и предложила разменять квартиру.

Мишка с Леной поселились отдельно, и Клава не слишком хорошо знала, что происходит у них за закрытой дверью. И только когда страшная правда выплыла наружу, Михаил перестал стесняться сестру.

— Сколько он с ней мучился, — горько говорила Клава, — одному богу ведомо. В больницу клал, в санаторий возил, гипнотизера приглашал, какие-то невероятные лекарства покупал.

Но толку чуть. Выйдя из клиники, пополневшая и повеселевшая Лена первый месяц держалась и не приближалась к шприцу, но затем неизбежно следовал срыв.

— Миша меня никогда не слушал, — качала головой Клава, — я просила, не женись! Нет, побежал в загс. Умоляла потом, разведись... Ведь когда она только начинала колоться, можно было бы разбежаться...

Но нет, Каюров хотел вылечить жену, а когда стало понятно, что дело безнадежно, посчитал непорядочным бросить инвалида. К тому же у Лены от употребления наркотиков капитально съехала крыша...

— Любил он ее, — пояснила Клава, — не хотел в психушку отдавать. Прямо дергался весь, стоило заговорить о сумасшедшем доме.

— Извини, Клава, — отвечал брат на все призывы сестры поместить жену в психиатрическую клинику, — это невозможно. Там ее будут морить голодом и бить. Уж потерпи немного, наркоманы долго не живут, пусть умрет спокойно, дома.

Но, несмотря на ежедневное употребление дури, Артюхина не собиралась отъезжать в страну вечной молодости. Михаил окончательно обнищал, все заработанные средства уходили на «лекарство» для Лены.

— Иногда мне казалось, что он мазохист, — откровенничала Клава, — просто получает удовольствие от несчастий и неприятностей. И я очень, очень вам благодарна!

— За что? — изумилась я.

Клавдия улыбнулась.

— Давно хотела с вами встретиться, да все никак. Мишенька много о вас рассказывал, какой вы замечательный человек! Целых полгода общались с моим братом, а когда он наконец решился и рассказал вам о Лене, сказали:

— Ничего, я подожду, жаль беднягу!

Я смущенно потупилась.

— Право, ерунда... Просто я хотела поддержать Мишу...

— Ну а потом завертелась история с этим наследством, — закончила Клава, — Миша примчался ко мне ночью, взъерошенный...

Клавдия онемела, услыхав, о какой сумме идет речь.

— Что делать, что делать! — метался брат по крохотной, пятиметровой кухне.

Клава растерянно смотрела на него. Ей, как и Михаилу, было понятно, что Лену просто невозможно показать сотрудникам ингорколлегии, даже если накачать ее всеми придуманными для психов лекарствами. Артюхина, говоря юридическим языком, была недееспособна и не могла стать обладательницей капитала. Впрочем, может, это и не так, Михаил не знал точно... Каюров, честно говоря, опасался другого. У Артюхиной иногда случались просветления, во время которых баба говорила и действовала как нормальная. Вот получит она наследство, и что? Мигом потратит большую часть на наркоту?

Проведя бессонную ночь, брат с сестрой придумали простой план, к выполнению которого привлекли давно мечтавшую о деньгах Наташу Кабанову. Та, явившись в ингорколлегию с документами Артюхиной, великолепно справилась со своей ролью. Никто и не засомневался. У чиновницы Кабанова подозрений не вызвала, пришла вместе с мужем, вывалила на стол кучу бумаг — метрику о рождении, свидетельство о браке, диплом об окончании медицинского училища, паспорт... Впрочем, в последнем имелась фотография, но взгляните на снимок в своем документе, удостоверяющем вашу личность, и положа руку на сердце скажите: это вы? Я получаюсь на всех официальных фото похожей на кого угодно, кроме себя. Отчего-то мое узкое лицо с маленьким подбородком и небольшим носом трансформируется в широкую рожу с тяжелой нижней челюстью и огромным «шнобелем», по бокам которого торчат крохотные испуганные глазки, причем черного цвета, ничего похожего на мои голубые очи... Может, все дело в неправильно установленном свете?

Получив деньги, Каюров зажил в свое удовольствие. Оборудовал купленный когда-то в Вешкине дом и перевез туда Лену. Сначала он хотел нанять медсестру для наблюдения за Артюхиной, но тут Клавдия, всю жизнь мечтавшая жить на свежем воздухе, да в таком месте, чтобы вокруг никого не было, вызвалась сторожить несчастную.

— Хлопот с ней не много, — спокойно объясняла она мне, — вовремя укол сделать, еды дать да еще горшок вынести. Раньше-то она буйная была, хулиганистая, убегала, орала, а теперь ослабела и тихой стала. Спит в основном целый день, небось скоро скончается. Но у нас с братом совесть чиста!

Я выложила на стол пятьсот долларов.

Клавдия убрала их в шкатулку. Я уже совсем собралась откланяться, как раздалась тревожная трель домофона.

Глава 20

— Кто бы это мог быть? — насторожилась Клава, быстро пряча деньги.

— Может, соседи за чем пришли? — предположила я.

— Женщина покачала головой.

— Нет, я всех отвадила. Раньше, правда, шлялись, на бутылку выпрашивали, а потом поняли, что не дам, и перестали...

Звонок вновь залился нервным писком.

Клавдия ткнула пальцем в кнопку.

— Кто там?

— Каюрова Клавдия Юрьевна здесь проживает? — донеслось из окошечка.

— Слушаю.

— Откройте, пожалуйста, милиция, полковник Дегтярев Александр Михайлович.

Я похолодела, Клавдия тревожно глянула на

меня и ответила, старательно прикидываясь деревенщиной:

— Ой, погодьте минутку, раздетая я, ща только натяну чего-нибудь.

— Хорошо, жду, — спокойно ответил полковник.

Клава поманила меня пальцем. На цыпочках мы прошли в кладовку. Хозяйка осторожно распахнула дверь шкафа, за ней оказались не полки с банками, а железная створка, запертая на несколько огромных щеколд. Аккуратно отодвинув задвижку, Клавдия приоткрыла выход на улицу и велела:

— Иди прямо, вдоль забора, в углу калиточка, возьми ключ, откроешь и в замке оставишь.

Я выскользнула во двор и сразу увидела небольшую дверку. Ключик легко повернулся в скважине, и перед глазами простерся лес. Осторожно, аккуратно оглядываясь, я пошла назад, обходя дом Каюровой. Надеюсь, полковник один.

Внезапно раздалось тихое ржание. Я глянула вправо. На небольшой полянке пасся жеребец. Красивое, элегантное, явно молодое животное. Что-то знакомое почудилось мне в его стройной фигуре. Конь вновь заржал, казалось, он говорил мне:

— Здравствуй!

После катания на Каролине я перестала бояться лошадей, поэтому подошла поближе к красавцу, вгляделась в его карие ласковые глаза, увидела широкие коричневые ноздри и два белых пятна, словно очки, сидящие на «носу».

— Лорд, — ахнула я, — ты жив!

Конь вновь заржал и приветливо закивал мор-

дой. Порывшись в кармане, я нашла конфетку
«Холлс» и протянула ее коню...

Лорд взял и тут же выплюнул угощение, наверное, ему не понравился вкус ментола.

— Лорд, — повторила я, — Лордик, милый,
как я рада, что ты жив! Значит, Михаил не застре-
лил тебя, а просто увез, чтобы спрятать. Но зачем?

Конь, ничего не ответив, принялся рыться
носом в куче опавших листьев. Я похлопала его на
прощание по горделиво изогнутой шее и пошла к
магазину.

«Форд» стоял на месте. Никаких других машин
рядом не было, неужели Александр Михайлович
приехал на электричке? Бедный толстячок! У полковника повадки нашего Хуча, меньше всего приятель любит совершать длительные пешие прогулки, а тут пришлось топать от станции на своих
двоих целых семь километров, да еще назад возвращаться. Может, подождать бедолагу и транс-
портировать назад с комфортом?

Ну уж нет! Я села в «Форд» и завела мотор.
Представляю, какой допрос с применением недо-
зволенных мер устроит Дегтярев, обнаружив меня
в непосредственной близости от фазенды Каюровой. Впрочем, он наверняка на служебном авто.

«Капля» резво поскакала по направлению к
шоссе. Нет, все-таки хорошая машина, и правильно, что я сменила «Вольво», тот бы уже давным-давно скреб глушителем по кочкам, а «фордик» едет себе и едет.

Впереди мелькнула лента шоссе, я свернула
вправо, прибавила газу, но через пару минут сообразила, что нахожусь не на Ново-Рижской ма-

гистрали. Простиравшаяся передо мной дорога была намного уже и содержалась совсем не в таком порядке, не было никаких указателей или щитов, а вокруг ни одной машины. Мне стало немного страшно, начал спускаться ранний, осенний вечер, еще не темно, но уже сумеречно... Может, пока не поздно, вернуться назад? Скорей всего, отъезжая от магазина, я просто повернула не в ту сторону... Ага, а там Дегтярев... Внезапно мелькнул голубой щит с белой стрелкой, указывавшей влево, «Ново-Рижское шоссе, 8 км».

Вот и отлично, значит, я просто сверну и через пару минут окажусь там, где надо.

Я въехала на довольно узкую дорогу и включила фары, потом врубила и радио. «Восьмиклассница-а-а, — завыл противным голосом «Мумий Тролль», — восьмиклассница-а-а...» Я не слишком люблю этот шедевр культовой группы, но лучше ехать под бодрое завывание Лагутенко, чем в полной, настороженной тишине. Проселок шел сквозь лес, вокруг стояли темные, мрачные ели...

Я еще прибавила газу, но тут сзади что-то застучало, «Форд» начал судорожно подпрыгивать, какая-то неведомая сила поволокла только что послушную машину к обочине. Боясь съехать в довольно глубокий овраг, я быстренько постаралась остановиться, потом вылезла наружу. Большее несчастье трудно себе и представить!

Оба задних колеса оказались по ужасной случайности проколоты, а в багажнике лежит всего одна запаска. Но, кстати, даже если бы травмированным было всего лишь одно колесо, я ничего не смогла бы поделать. Поменять его мне не под силу. Нет, теоретическую сторону проблемы я представляю себе очень хорошо, даже знаю: чтобы отвернуть гайки, нужно взять вон ту изогнутую штуку с длинной ручкой под названием «баллонный ключ». Только, как это очень часто бывает, теория на деле расходится с практикой, а в моем случае просто разбегается в разные стороны... Господь наградил меня очень слабыми руками, ничего, тяжелей столовой ложки я давно в них не держу... Может, конечно, если я начну прыгать на баллонный ключ всем телом, то сумею отковырнуть гайки, но вот завернуть их никаких шансов нет!

Выкурив сигарету, я поежилась. Дело плохо, ни одна машина не проехала по дороге, похоже, ею редко пользуются. Ладно, сейчас вызову по мобильному телефону службу «Ангел». Хотя как я объясню им, где нахожусь? Ну, что-нибудь придумаю!

Я влезла в «обезножевший» «Форд» и открыла сумочку. Но внутри телефона не было! Иногда я засовываю его просто в карман... Но ни в куртке, ни в брюках, ни в бардачке, ни на сиденье, ни в багажнике, ни на коврике под креслами — нигде не нашелся крохотный «Сименс С-25», купленный мной исключительно потому, что по размеру не превосходил пачку сигарет.

Безуспешно обыскав «каплю», я чуть не зарыдала. В такое положение я попала в первый раз! И что делать? Просидев почти полчаса, я поняла, что помощи ждать неоткуда, нехотя выползла на дорогу, заперла «Форд», включила сигнализацию и быстрым шагом пошла по дороге. Делать нечего, дойду до Ново-Рижского шоссе, не так уж это и далеко, каких-то восемь километров, тьфу, добегу и не замечу.

Году этак в 80-м я снимала дачу в деревне Глебово, как раз где-то в этих краях, возле станции Холщевики. От электрички до деревеньки ходил одышливый рейсовый автобус, еле вползавший в горку. Но я в те времена работала до восьми вечера и оказывалась на платформе около половины одиннадцатого. Автобус в то время давным-давно отдыхал в гараже, а я неслась сквозь лес, держа в каждой руке по пудовой сумке, набитой всем необходимым. Двадцать лет тому назад в области нельзя было купить ни мяса, ни сосисок, ни сыра...

И ведь ничего, управлялась меньше чем за полчаса. Неужели сейчас не дойду? Налегке, без сумок. Одна беда, как все автомобилисты, я никогда не ношу теплые вещи или длинное, уютное пальто. Да и зачем бы? Всегда можно включить печку. Вот и сейчас на мне тоненькая курточка из плащовки, ажурный свитерок, подаренный лучшей подругой Оксаной, и джинсы, под которыми нет колготок. Эх, надо было взять с заднего сиденья плед и закутаться в него! «Лестничное остроумие», как говорят французы, или «задним умом крепка», если вспомнить русскую народную мудрость...

Холод добрался до костей, я побежала, чтобы согреться, но мигом запыхалась и вновь перешла на шаг. Вокруг сгустилась темнота. Внезапно из глубины леса послышался жуткий, надрывный вой. Волки! Взвизгнув от ужаса, я припустила что есть мочи вперед, не разбирая дороги. Правая нога запнулась, я рухнула в довольно глубокую лужу. Вой несся теперь откуда-то сбоку, ноющий, протяжный, никогда в жизни мне не было так страшно. Даже тогда, когда десятилетней девочкой, поспорив с приятелями, я отправилась ночью на кладбище, даже когда сдавала экзамен на право вождения автомобиля, даже когда узнала, что стану бабушкой близнецов.

Не чуя под собой ног, я неслась вперед, периодически падая, ноги почему-то отказывались слушаться. В какой-то момент, пытаясь оторвать правую ступню, я понимала, что она не поднимается, и хотела остановиться, но тело по инерции наклонялось вперед. Непонятная ерунда творилась именно с правой конечностью, левая действовала совершенно нормально.

Минут через десять запыхавшаяся, покрытая ровным слоем грязи, я вылетела на внезапно открывшуюся площадь и увидела слева шоссе, по которому неслась лента автомашин с зажженными фарами, а справа бензозаправочную колонку. Тут только железная рука страха, сжимавшая одновременно желудок, сердце, печень и все другие органы, разжалась, я шагнула вперед, правая нога опять отказалась повиноваться, и я рухнула прямо к ногам круглощекого парнишки, одетого в зеленый комбинезон.

Заправщик хихикнул, я осторожно принялась собирать себя в кучу. Может, у меня приключился инсульт и поэтому нога «тормозит»?

— Тетенька, — замер паренек, наблюдая, как я аккуратно встаю из грязи, — вы бы шнурок завязали, а то не ровен час опять завалитесь.

Я опустила глаза вниз и увидела, что длинный белый шнурок от кроссовки «Адидас», в которую была обута моя правая нога, превратившись в черную, жутко грязную веревку, волочится по земле. Все стало на свои места. Слава богу, я только постоянно наступала на шнурочек, никакого инсульта нет и в помине.

— У вас есть туалет?

— Вон там, — мотнул головой заправщик, — но он платный.

Я порылась в карманах, выудила кошелек и пошла приводить себя в порядок. Через полчаса, измотав два рулона туалетной бумаги, я кое-как оттерла грязь с волос, лица и рук. Косметичка с губной помадой и пудрой осталась в «Форде», поэтому нарисовать себе лицо я не могла.

Выйдя из ватерклозета, я нырнула в крохотное кафе и потребовала:

— Чашку очень горячего кофе и бутерброд, желательно раскаленный, а еще лучше яичницу, но чтобы прямо с огня.

Но парень лет двадцати, тосковавший за стойкой в отсутствие посетителей, совершенно не собирался кидаться со всех ног исполнять заказ.

Оглядев меня презрительным взглядом, мальчишка скривился, а потом велел:

— Иди откуда пришла, тут не подают!

Я вытащила из недр полуопустевшего кошелька стодолларовую банкноту и спросила:

— Разменяешь?

Парень глянул на купюру, потом вновь ощупал меня взглядом, не понимая, как реагировать на странную посетительницу, но потом его взор упал на элегантные золотые часы «Картье» с мелкими бриллиантами, болтавшиеся на моем запястье.

— Господи, — воскликнул бармен, — дама, что с вами случилось?!

Получив чашку восхительно горячего, но отвратительного по вкусу кофе, я кратко живописала мои неприятности.

Окончательно убедившись, что смахивающая на бомжиху тетка на самом деле вполне обеспеченная особа, бармен начал проявлять чудеса заботливости. Сначала он вытащил платяную щетку и старательно почистил то, что еще утром было курткой от Саги и джинсами от Гуччи. Затем приволок из подсобки бутылку коньяка и пояснил:

— Это настоящий «Арманьяк», для себя держу.

Проглотив двадцать граммов, я почувствовала, как желудок начинает согреваться, и попросила:

— Напишите на бумаге ваш адрес. Если пришлю завтра фирму «Ангел», покажете им, где стоит «Форд»?

— Без проблем, — ответил парень, пряча за пазуху приятную зеленую бумажку, — давайте отвезу вас домой.

Уже подъезжая к Ложкину, я пробормотала:

— Вот никогда бы не подумала, что в Подмосковье водятся волки.

Шофер удивился:

— Какие волки?

— Так выли ужасно, там, на дороге, где «Форд» остался.

Парень расхохотался:

— Это не волки. Митька Глазунов на своем огороде штуку такую поставил, ветряк называется. Ветер дует, а она издает жуткие звуки!

— Зачем?

— Так ворон пугать или воров, которые за картошкой лезут. У нас постоянно с огородов бомжи все прут. Катаются на электричках, в тепле, потом жрать захотят, выходят на ближайшей станции и давай по огородам лазить.

Я только вздохнула. Сколько раз убеждалась: самые таинственные обстоятельства имеют, как правило, простые объяснения.

Наш дом стоит последним на охраняемом участке, от общих ворот к нему ведет узкое шоссе и маленькая дорожка для пешеходов. Дом ближайшего соседа, банкира Сыромятникова, прячется за густыми елями, мы не видим даже света из его окон. Потом простирается довольно большой сад, где Иван разбил клумбы. Но сейчас цветы давным-давно умерли, и вся земля покрыта слоем красно-желто-коричневых листьев. Наш садовник уверяет, что убрать палую листву до конца невозможно.

— Только смел, — жаловался он сделавшей ему замечание Зайке, — а она вновь налетела! Чего поделать, осень.

К слову сказать, двор Сыромятниковых всегда блистает чистотой, непонятно почему, но их садовнику удается сгребать в кучу упавшие листья.

Подходя к дому, я увидела недалеко от входа два довольно высоких холмика. Ага, значит, все-таки Ольга заставила Ивана поработать граблями и метлой. Под ангельской внешностью Зайки скрывается железный характер. Все начатое она всегда доводит до конца.

Внезапно один из холмов зашевелился и...

поднял голову. Следом те же действия предприняла и вторая куча.

Я онемела от страха. На полянке перед нашим домом сидело два волка, нет, медведя, нет, льва... Одним словом, разобрать, что за звери оказались на лужайке, было невозможно!

В не слишком ярком свете фонаря, горевшего над парадной дверью, виднелись только общие очертания жутких тварей, их большие, неестественно круглые головы. Отчего-то лоб и темя отливали золотым цветом, а уши и сами морды были иссиня-черными. Головы сидели на мохнатых тучных туловищах. Желтая, какая-то странная, словно искусственная, шерсть торчала клочьями в разные стороны. Я никогда в жизни не встречала подобных зверей. Выглядели они, как оживший кошмар алкоголика, глюк из белой горячки. Таких особей нет и быть не может в природе! Вдруг в голове мелькнула слабая надежда: наверное, Зайка купила украшение для сада. Сейчас можно приобрести все, что угодно. Стоит же у Сыромятниковых прямо на подъездной аллее огромная корова из гипса, выполненная так натурально, что служба «77», привозящая продукты, каждый раз пугается! Буренка даже помахивает хвостом и иногда издает протяжное «Му-у-у».

Но не успела я успокоиться, как монстры поднялись и молча бросились ко мне. Никогда в жизни я не бегала с такой скоростью, вернее, не прыгала, потому что пространство примерно метров в пять, отделявшее меня от высокой, раскидистой ели, преодолела единым махом и мгновенно взлетела вверх по веткам, словно одуревшая белка. Сама не понимаю, как такое вышло. Нижние ветви находились от земли на приличном расстоянии, и к ним вел совершенно гладкий ствол, покрытый влажной корой.

Ужасные создания уселись у подножия и стали издавать странные звуки, то ли стоны, то ли вопли. Из разверстых, клыкастых пастей вывалились огромные розовые языки, с которых капала слюна.

Я поплотней прижалась к ветке. Господи, да они бешеные! Вот положение, хуже и не придумать. Кричать бесполезно, все окна закрыты, и никто не услышит... Неужели придется сидеть тут до утра, пока кто-нибудь из домашних не выйдет наружу? А вдруг я засну и свалюсь вниз? Представляю, что случится с Кешкой, когда он обнаружит на полянке обгрызенные косточки незадачливой матери.

Но не успела я оплакать собственную кончину, как входная дверь приоткрылась и выглянула Манюня, одетая в тепленькую фланелевую пижамку. Монстры ринулись к ней.

Глава 21

— Маня! — завопила я, теряя от ужаса рассудок. — Немедленно закрой двери, они тебя разорвут!

Но девочка отчего-то не испугалась чудищ, более того, погладив их по головам, она крикнула:

— Кто здесь?

— Я.

— Мамуся!

— Именно я.

— Где ты?

— Тут.

— Где?

— На елке сижу.

Маруся, шлепая домашними тапками по грязным дорожкам, добралась до моего убежища и удивилась:

— Мусечка, что ты там делаешь?

Более идиотского вопроса и не придумаешь.

— Отдыхаю, — рявкнула я.

— На дереве? — глупо спросила Маня.

— Да!

— Лучше слезай, — велела дочь, — пока Аркадий с Зайкой не увидели. Представляешь, что они с тобой сделают!

Я поглядела вниз.

— Кисонька, а кто эти жуткие животные?

— Какие? — удивилась девочка.

— Ну вон они...

— Мусенька, ты что, с дуба упала? Это же Снап и Банди.

От удивления я и впрямь чуть было не свалилась к подножию ели.

— Снап, Банди? Но они гладкошерстные, с темной шерстью, а эти клочкастые, ярко-желтые...

Маруся помолчала, а потом сдавленным от смеха голосом сообщила:

— Зайка купила им комбинезоны из искусственного меха с шапочками. Правда прикольно?

Я глупо хихикнула. Прикольнее не бывает! Только теперь придется тратить целое состояние на краску для волос, потому что небось я вся поседела от страха.

— Слезай, — настаивала Маня.

Я опять посмотрела вниз. Земля была далеко.

— Нет, боюсь.

— Прыгай, — приказывала дочь, — ну, быстрей!

Но перспектива оказаться в Склифосовского с переломанными ногами совершенно не впечатляла.

— Не могу.

— Как же ты туда влезла?

— Сама не понимаю.

— Ладно, — заявила Маня, — сейчас попробую притащить лестницу.

Но не успела она сделать и пару шагов, как распахнулась входная дверь и выглянула Зайка, в халате.

— Маня, — крикнула невестка, — ты куда пропала?

— Зая, — завопила дочь, — я тут, возле мамы.

— Дарья приехала?

— Она на дереве сидит, — радостно оповестила девочка.

— Где? — изумилась Ольга.

— Тут, — подала я голос из ветвей, — на елке.

Зайка, подобрав полы красивого темно-красного бархатного халатика, дошла до моего «насеста» и сердито заявила:

— Ну ты даешь! Немедленно слезай!

— Не могу.

— Кеша, — завопила невестка, — а ну давай сюда!

Появился сын в шелковой пижаме от Кендо. Я не буду пересказывать вам слова, которыми дети награждали мать, с трудом подтаскивая огромную садовую лестницу.

Но все усилия оказались напрасными. Ее длины хватило только наполовину. На шум пришли Тузик и Севка. Первый в стеганом черном халате, второй в непонятном одеянии, больше всего смахивающем на комбинезон космонавта.

— Как ее снять, ума не приложу, — вздохнул Кеша.

— Давайте натянем внизу брезент от машины, — предложил Тузик, — я видел в кино, так людей из горящих зданий спасают!

— Ни за что, — твердо заявила я, — и не надейтесь, что прыгну в кусок тряпки, который вы наверняка не удержите!

— Может, тряханем все вместе ель? — спросил Севка.

— Зачем? — удивилась Зайка.

— Сама свалится, — довольно заржал Лазарев.

Но Кеша уже исчез. Минут через пять появились Сыромятников, его камердинер Николай и Аркашка. Втроем они тащили гигантскую лестницу.

Крякая от натуги, мужики установили ее, и я на дрожащих ногах начала спуск вниз.

— Ну, Дарья Ивановна, — покачал головой сосед, — кто бы мог подумать, что вы так любите по деревьям лазить!

— Боже, в каком ты виде! — завопила Зайка.

— А где машина? — поинтересовался Кеша.

Вот так всегда, состояние автомобиля волнует его больше, чем здоровье человека...

— Немедленно в ванную, — приказала Зайка, — да налей туда побольше геля, желательно «Сейфгард», говорят, он всех микробов убивает...

— А еще лучше добавить хлорки, — посоветовал Аркашка, — на худой конец туалетного «утенка», да не подходи близко к собакам, живо блох от тебя подцепят...

Не обращая внимания на издевательства, я пошла в ванную, легла в теплую воду и с наслаждением почувствовала, как вконец озябшее тело начинает медленно согреваться.

Многие мои подружки любят перед сном полежать в пене. Говорят, что эти процедуры их успокаивают. Я же, наоборот, выскакиваю из воды бодрая. Вот и сегодня, несмотря на то что денек выдался, мягко говоря, суматошный, спать мне расхотелось.

Я села за стол и вытащила любимую записную книжку, толстую, покрытую серой кожей. Как многие преподаватели, готовящиеся ежевечерне к предстоящим занятиям, я приобрела привычку записывать свои мысли.

Итак, что стало известно. Убитая в конюшне женщина на самом деле носит имя Наташа Кабанова. Милый Миша обманул чиновников ингорколлегии и некоего Исаака, родного брата Лены Артюхиной, чтобы получить наследство. Интересно, почему тот не заметил подмены?

Покусав ручку, я усмехнулась. Ну ты даешь, Дашутка! Совсем разум потеряла от сидения на елке. Исаак-то никогда не видел сестричку! Никаких фотографий у его матери, подбросившей дочурку к двери детского дома, естественно, не было. Так что парень элементарно не знал, как выглядит ближайшая родственница! Михаил абсолютно не рисковал. Скорей всего он приказал, на всякий случай, перевести капитал на его имя или еще как-то обезопасил себя... Помнится, в лесу, ругаясь с мужем, Лена-Наташа пугала того, что перепишет завещание, и упрекала его в том, что Каюров начал роман с Назаровой...

Я отложила ручку и уставилась в черное, незанавешенное окно... Да уж, я узнала целый ворох чужих семейных тайн, но ни на миллиметр не продвинулась в своем расследовании. Похоже, что вообще я бежала не в том направлении...

Человек, убивший женщину в конюшне, поднял руку на Наташу Кабанову, а не на Артюхину. Несчастная наркоманка практически не имела друзей. Да она, похоже, год вообще не выходила на улицу. А вот Кабанова... Следовательно, убийцу нужно искать в окружении Наташи, среди ее круга общения. Решено, завтра поеду опять к Раисе Андреевне и попрошу у старушки телефонную книжку дочери.

В доме стояла тишина. Внезапно дверь в мою спальню приотворилась, и в широкую щель всунулись две непонятного вида рыжие головы с черными ушами и мордами. В суматохе со Снапа и Банди не сняли новые прикиды.

— А ну идите сюда, мальчики, — велела я.

Пит и ротвейлер вошли в спальню, сзади ковылял Хуч, за ним виднелась любопытная морда пуделя.

— Да, ребятки, — сказала я, вытряхивая псов из мохнатых комбинезончиков, — жадные, однако, у нас Зайка с Кешей оказались. Хучику с Черри пальтишек не купили.

Снап благодарно лизнул меня в щеку. Я обняла его за крепкую шею, взглянула в преданные глаза и спросила:

— Как думаешь, дружок, а вдруг это Михаил убил Наташу? Захотел забрать все деньги, а затем решил избавиться от ненужной дамы? Лошадь пожалел и спрятал, а Кабановой размозжил голову...

Банди тихо гавкнул, а Черри подсунула морду мне под левую руку. Машинально поглаживая пуделя, я вздохнула. Нет уж, будем считать, что Каюров ни при чем. Иначе кто снимет с нас проклятие, которое, следует признать, работает просто отлично. Разнообразные неприятности сыплются на нас со всех сторон с такой частотой, что делается страшно. Что-то нас ждет завтра? Пожар? Наводнение? Эпидемия бубонной чумы?

Утром первым делом я вызвала «автомобильных спасателей» и, велев им доставить «Форд» прямо к нашему дому, отправилась в сторожку.

Иван, напевая, мастерил какую-то штуку, больше всего похожую на проволочный ящик.

— Ваня, — попросила я, — можно на денек взять вашу «девятку»?

Садовник почесал в затылке.

— Берите на сколько угодно, только вам после «Вольво» и «Форда» не в кайф будет, меня самого ломает на ней ездить!

— Ничего, Ванюша, — в тон парню ответила я, — меня так ломает на «бомбистах» передвигаться, прямо крючит всю.

Иван протянул ключи. Я обошла сторожку сзади и уставилась на кабриолет. Да уж, больной скорее мертв, чем жив! Вообще-то девятая модель

«Жигулей» — красивая машина. С длинным, устремленным вперед передним крылом и немного тяжелой задней частью, она похожа на стрелу, летящую в цель. Но руины, представшие передо мной, мало походили на автомобиль. Капот черный, очевидно, Иван недавно поменял его, но почему-то не покрасил. На дверцах тут и там виднелись вмятины и пятна ржавчины, вместо одного из боковых стекол был натянут кусок полиэтиленовой пленки...

Пока я оглядывала ходячее несчастье, появился Ваня, несущий в руках проволочную клеточку.

— Ну как? — спросил он.

— Она ездит? — робко поинтересовалась я.

— Иногда, — хмыкнул садовник, — когда в хорошем настроении.

Потом, увидав мою вытянувшуюся физиономию, быстро добавил:

— Но сегодня миролюбиво настроена, садитесь!

Я покорно влезла внутрь довольно узкого салона и, вдохнув неприятный, «кокосовый» аромат, исходивший от зеркальца заднего вида, на котором болтался освежитель, спросила:

— Что это вы несете?

— Так ловушку, — охотно разъяснил Ванька, — какая-то дрянь в саду поселилась! Корни грызет у деревьев, кусты пообглодала.

— Может, волк? — предположила я.

Ваня хотел было засмеяться. Уголки его рта начали разъезжаться в разные стороны, но потом парень, очевидно, вспомнив, что говорит с хозяйкой, все же удержался:

— Нет, волков тут не бывает, скорей уж крыса

хозяйничает! Вот кусок сыра положил, эта дрянь забежит внутрь, дверка захлопнется, тогда и поглядим, что за разбойник!

Я поерзала на неудобном, жестком, продавленном сиденье и включила мотор. Неожиданно он ровно заурчал, я выжала сцепление и бодро покатила к воротам.

Увидав меня на пороге, Раиса Андреевна удивленно спросила:

— Вы? Что-то случилось?

Я смущенно заулыбалась.

— Уж извините, бога ради, понимаю, что беспокою вас... Такая ерунда получилась, можно пройти?

— Конечно, — разрешила бывшая учительница, — входите, входите...

Я прошла на грязноватую, по-старушечьи заставленную банками кухню, села на липкую табуретку и забормотала:

— Понимаете, денежки счет любят, я вам доллары-то дала, а расписочку не взяла. Меня на работе отругали, начальник прямо ногами затопал, иди, говорит, бери бумажку.

— Господи, милая, — замахала руками Раиса Андреевна, — о чем разговор. Говорите, что писать...

Подождав, пока она нацарапает на бумажке несколько слов, я пробормотала:

— Уж извините, но у нас там такие люди! Наташа небось рассказывала!

Раиса Андреевна вздохнула.

— Да, говорила, что очень все чванливые, малоприветливые, в особенности начальство.

Буркнут сквозь зубы и все. Никто не улыбнется, ни поговорит по-людски. В общем, ты начальник — я дурак, я начальник — ты дурак. У нас тоже в школе директор такой был, чистый индюк. И смешно, и противно. Наташа иногда приходила усталая и жаловалась. «Ох, мамусечка, кабы не деньги, ей-богу, бросила б пресмыкаться».

Раиса Андреевна вздохнула, я мигом подхватила тему:

— Да уж, дружить там не с кем, не знаю, как у Наташи, а у меня ни одной родной души не нашлось!

Кабанова машинально стряхнула с полинялой клеенки какие-то крошки.

— У Наты тоже там подруг не было. У нее вообще по жизни всего несколько-то их и было, а если честно говорить, то вообще одна, Риточка Назарова.

— Кто? — изумленно спросила я.

— Маргарита Назарова, — совершенно спокойно повторила Раиса Андреевна.

— Рита?!

— Вы ее знаете? — удивилась старушка.

— Ну не слишком хорошо, шапочно, — начала я выкручиваться, — просто один раз пригласили на прием переводчицей, а госпожа Назарова была там с мужем. Но как же они подружились? Насколько я понимаю, Рита очень обеспеченная женщина, даже богатая, и потом, она старше Наташи...

Раиса Андреевна усмехнулась.

— Насчет возраста это верно, а насчет богатства... Оно к ней не сразу пришло, а с первым мужем. Был когда-то такой актер Инджикян, может, слышали?

Я напрягла память.

— Инджикян? Арам? Он, кажется, играл всяких злодеев, мошенников... Такой картинно красивый, восточный мужчина... Но, погодите, вы ничего не путаете? Он же жутко старый, я видела фильмы, снятые с его участием в пятидесятые годы...

Раиса Андреевна кивнула.

— Правильно, он и есть.

— Как же так, такой дедуля... А вы сами где познакомились с Ритой?

— Квартира наша была коммунальной, — принялась упоенно рассказывать старушка.

Ничто так не радует пожилого, живущего в одиночестве человека, как возможность поболтать с внимательным собеседником. Вернее, не поболтать, а высказать все, что накопилось в душе.

Раисе комнату в Большом Козловском дали сразу после войны, как фронтовичке и орденоноске. Сначала в этой квартире обитало три семьи, но потом одна выехала и ее площадь досталась учительнице. Теперь у нее стало две комнаты — девять и одиннадцать метров. В самой же большой кубатуре, двадцатипятиметровом зале, проживала Евгения Николаевна Назарова с дочерью Ритой. Потом мать умерла, и Риточка осталась одна. Была она красивой, но какой-то бесшабашной. Вокруг нее постоянно крутились кавалеры, многие приходили в гости, и тогда до глубокой ночи в комнате Назаровой звучала гитара и слышался тихий смех. Но Раиса Андреевна никогда не ругала соседку. Молодость — дело понятное, ну когда же еще повеселиться? Когда на руках дети, уже не хочется петь до зари или хохотать до упаду, всему свое время...

Риту и Наташу разделяло несколько лет, и младшая с обожанием смотрела на старшую. Когда одной стукнуло двенадцать, другая отметила семнадцатилетие, пропасть, разделявшая соседок казалась огромной, но зато, когда Нате исполнилось шестнадцать, Риточке было чуть больше двадцати, и именно Назарова показала малышке, как пользоваться губной помадой и пудрой, какую прическу лучше выбрать и куда подложить вату, чтобы обрести пикантные формы. Наверное, для Риты это была своеобразная игра, но Наташенька считала ее своей лучшей подругой, поверяла все тайны и мечты.

Потом Ритуля неожиданно для всех выскочила замуж за старика Инджикяна. Раиса Андреевна, узнав о предполагаемой свадьбе, осторожно поинтересовалась у Риточки:

— Деточка, не будет ли тебе с ним скучно? Все-таки возраст у товарища Инджикяна почтенный...

Соседка ухмыльнулась:

— Нет, тетя Раечка, с таким кошельком он для меня всегда молод!

От подобной откровенности учительница обомлела. Рита уехала к супругу, ее комната досталась Раисе Андреевне, давно стоявшей на очереди...

Честно говоря, Раиса Андреевна была только рада такому повороту событий. Ей не слишком нравилось влияние Риты на Наташу. Если мать хотела видеть своих детей духовными людьми, то Назарова открыто говорила ее дочери:

— Эх, Натка, уж поверь мне, если у мужика в зубах мешок денег, то он, как муж, всегда будет прекрасен. А уж потом, заполучив его мошну, можно себе все позволить: и любовника молодого, и кольца бриллиантовые, и шубу норковую...

Как-то раз Раиса решила поспорить с Ритой и завела длинную, по-учительски нудную сентенцию, суть которой сводилась, собственно говоря, к простой мысли: главное для девушки не богатство, а тонкость души, чистота мыслей и тела.

— Лучше простая, но свежая блузочка, — вздыхала Раиса, — чем богатый наряд, добытый порочным путем.

Рита хмыкнула и поинтересовалась:

— Тетя Рая, а ты детей методом непорочного зачатия завела или другим способом?

Раиса Андреевна вспыхнула до корней волос.

— Не говори глупостей, и потом, при чем тут супружеские обязанности?

— А при том, — спокойно ответила соседка, — что вам не повезло. Другие раздвинут ноги и имеют за это шубы, дачи и ожерелья. А у вас только дети получились.

— Какие ты гадости говоришь, — вышла из себя Раиса, — это проститутки, содержанки...

— Вовсе нет, — хладнокровно парировала Назарова, — многие таких мужей находят, старше себя, богатых. Дорвется старичок до молодого, сладкого тела и готов потом женщину золотым дождем осыпать.

Ошеломленная Раиса не нашлась что ответить. Но самое ужасное было то, что мать поняла: Ната на стороне подруги.

Вот поэтому учительница страшно обрадовалась, когда Назарова уехала. Она искренне надеялась, что Рита и Наташа перестанут тесно общаться. Но, к сожалению, ничего не вышло. Встречались они значительно реже, но близость не исчезла. Риточка, став богатой, сбрасывала подружке с барского плеча свои платья, ставшие немодными, а один раз отдала вполне хорошую шубку из белки, посчитав, что такой простецкий мех для нее самой слишком беден.

— Последнее время, правда, месяца за три-четыре до Наташиной гибели, — вздыхала Раиса, — они не встречались, все недосуг было, Света, та прибегала иногда, а Рита нет. А после того, как Наташа умерла, она ни разу ко мне не пришла и даже не позвонила.

— Кто такая Света? — полюбопытствовала я.

— Одноклассница Наташи, Светлана Реутова, — пояснила Раиса Андреевна,— в нашем же подъезде живет, только на последнем этаже. Вот та совсем другая девочка, полная противоположность Рите. Ребеночка недавно родила. Знаете, я иногда вижу, как она с коляской катит по улице, сердце так и щемит. Наташенька-то не успела детками обзавестись. Хотя, может, оно и к лучшему, сейчас бы сироты остались.

Глава 22

На верхнем этаже оказалось не три двери, а две. Я позвонила сначала в ту, на которой не было номера. Высунулся лысый красноносый мужик в спадающих рваных джинсах.

— Чего надо? — рявкнул он, обдавая меня запахом чеснока.

— Светлану Реутову.

— Ну так и звони ей, — гаркнуло небесное видение, — людей не тревожь!

Чуть не ударив меня по лицу дверью, он ее захлопнул.

Я вздохнула и нажала на другой звонок. На этот раз выглянула полная женщина с простоватым, милым российским лицом. Светло-русые волосы, вьющиеся мелкими кудряшками, стояли дыбом, на ней был байковый халат, на ногах — замечательно уютные замшевые тапочки.

— Вам кого? — шепотом спросила она.

— Светлану Реутову, — тоже шепотом ответила я.

— Входите, — улыбнулась женщина, — только Вовка спит.

— Кто? — удивилась я.

— Ну сынишка мой, Володечка, — пояснила хозяйка и скорей утвердительно, чем вопросительно, сказала: — Вы ведь по вызову, из поликлиники? Сопли у него потекли, и кашель бьет. В аптеке какие-то таблетки посоветовали, да больно дорогие, целых сто двадцать рублей, и...

— Я из милиции.

— Откуда? — изумилась Светлана.

— Из милиции, отдел по раскрытию убийств, майор Васильева, Дарья Ивановна. Извините, что отвлекаю, понимаю, что явилась некстати, у вас ребенок болен...

— Ничего, — махнула рукой Света, — он все равно часов до трех проспит. А что случилось?

— Вы хорошо знали Наталью Павловну Кабанову?

— Конечно, в одном классе учились, а что случилось?

— Вы знаете, что она погибла?

— Да, в горах разбилась, поехала с клиентом... Да вы проходите, проходите...

Толстушка впихнула меня в кухню, где царил редкостный бардак. Стол, подоконник и табуретки были завалены горами вещей, непонятно как очутившихся в месте, где готовят пищу. Убрав с одного из стульев бутылку с шампунем, Светлана радушно предложила:

— Давайте я вас кофе угощу.

Не дожидаясь моего ответа, она вытащила из шкафчика не слишком хорошо вымытую кружку, кинула туда несколько гранул «Максвелл хауз», щедро насыпала сахара, плеснула воды и добавила сливок.

Я посмотрела на получившийся «коктейль» и подавила ухмылку. Такой напиток носит в нашем доме название «услада Аркадия». Все домашние, а также многочисленные друзья и гости хорошо знают, что ни в коем случае нельзя просить Кешу сделать кофе. Сын очень экономно кладет заварку, ну, примерно четверть чайной ложечки на поллитровую кружку, зато рафинад бросает от души, куска четыре, а еще лучше пять, а чтобы смесь получилась еще более гадкой, он разбавляет ее сливками, после чего содержимое чашки по цвету начинает напоминать любимую Зайкину помаду фирмы «Живанши». Весь Париж увешан этой осенью огромными рекламными щитами, на которых изображены дамы с губами, накрашенными помадой тона «натуральный беж». Каждый раз, глядя на их лица, я вспоминала Кешу. И вот ведь странность! Чай он пьет крепкий, совсем несладкий. Из напитков предпочитает виски, без содовой и льда. А вот с кофе отчего-то получается такая ерунда.

— Наташа поехала с клиентом, — продолжила я начатый в коридоре разговор, — но с каким? Она же работала переводчицей.

Светлана кивнула.

— Да, в торговом представительстве «Филипс», тут недалеко. К ним кто-то из начальства заявился, вот ей и велели переводить. Ужасная история. А, собственно говоря, в чем дело?

Я вспомнила полковника Дегтярева и мигом воспроизвела часто повторяемую им фразу.

— К сожалению, я не могу сообщить никаких деталей или подробностей, по делу идут оперативно-разыскные мероприятия...

Правда, после этих слов он, как правило, добавляет:

— И, сделай милость, не лезь не в свое дело, не суй свой длинный нос куда не следует, а то ведь и прищемить могут!

Но сказать подобное Светлане я, естественно, не могла, поэтому завершила речь по-другому:

— И вы бы очень помогли следствию, ответив на ряд вопросов, без протокола, по-дружески. Это не допрос, а просто беседа. Вам же, наверное, хочется, чтобы тайна гибели Наташи была раскрыта до конца?

— Спрашивайте, — пожала плечами Света.

— Вы были ее лучшей подругой...

— Не совсем так, — спокойно поправила меня она, — вернее, одно время, в младших классах, мы очень дружили. Знаете, две девочки-одногодки, ходят в один класс, сидят рядом за партой, живут, можно сказать, в соседних квартирах... Но когда мы стали старше, у Наты появилась другая закадычная подружка, Рита Назарова.

Потом девушки поступили в разные институты и совсем отдалились друг от друга. Но хорошие отношения сохранили, иногда пили вместе чай и бегали в театр. Затем Света вышла замуж, и они совсем разошлись.

— При всем желании не могу сообщить никаких подробностей о ее личной жизни, — вздыхала Светлана, — я только знала, что у Наты никак не получалось найти мужа, но она сама виновата.

— Почему?

— Завышенные требования предъявляла. Знаете, как в песне поется:«Чтоб не пил, не курил, всю зарплату приносил...»

А мужчины вокруг Наташи появлялись. Но она вела себя, как капризная принцесса из сказки: этот толстый, тот глупый, третий противный, у четвертого ноги кривые...

— Ну и чем дело закончилось? — усмехнулась Света. — Выбирала, выбирала и провыбиралась, пропали кавалеры. Да и возраст, прямо скажем, уже не юный. Появился у нее потом один кадр, но она о нем говорила неохотно, я поняла, что мужчина женат, но вроде супруга больна... Но, честно говоря, эти сказочки про болезненную вторую половину большинство парней рассказывает... Знаете, это ее Рита Назарова с толку сбивала, все про деньги ей внушала. Мол, без разницы, какой муж, лишь бы состоятельный... А Натуся очень хотела разбогатеть. Но, наверное, не зря говорят, что господь никогда не дает человеку того, о чем тот страстно мечтает. Денег-то у Наты никогда не было. По крайней мере, так она говорила всем, но...

Тут Света неожиданно захлопнула рот и тревожно глянула на меня.

— Что «но»? — тут же отреагировала я.

Реутова помялась, затем со вздохом пробормотала:

— Это никакого отношения к ее смерти не имеет.

— Нет уж, договаривайте, раз начали!

Света принялась суетливо наводить на столе порядок, двигать в разные стороны чашки, сахарницу и перекладывать газеты.

— Ну, — поторопила я ее, — выкладывайте, все равно я не отстану.

— Собственно, и сообщить особо нечего, — замямлила Света.

Но потом она, очевидно, приняла решение и заявила:

— Ладно, Наташа ведь умерла, да и плохого ничего не было, просто она просила сохранить тайну от всех.

Примерно в январе этого года, точное число Света не помнила, к ней неожиданно заглянула Наташа, причем в необычное время, где-то около часа дня.

— Ты не на работе? — удивилась Реутова, распахивая дверь.

— Обедать ушла, — ответила подруга и спросила: — Николай дома?

— Ну что ты, — отмахнулась Света, — муж никогда дома днем не сидит, на службе он.

— Хорошо, — сказала Ната и вошла в квартиру.

На кухне молча она вытащила пакет и попросила:

— Слышь, Светка, будь другом, спрячь это куда подальше.

— Что здесь? — спросила Реутова.

Наташа развернула пакет и вытряхнула на грязную клеенку... деньги. Тугие зеленые пачки, перехваченные розовыми резинками.

— Это что? — растерянно повторила Света.

— Доллары, — спокойно ответила Ната, — десять тысяч, как одна копеечка.

— Откуда? — потрясенно спросила Реутова, оглядывая прорву деньжищ. — Где ты это взяла?

И тут Кабанова, усмехнувшись, сказала загадочную фразу:

— От белочки, от такой милой рыжей белочки, которая не умела плавать с больным сердцем.

— Какая белка? — совсем обомлела Света. — Ну ничегошеньки не понимаю!

— А и не надо, — продолжала ухмыляться Наташа, — знай только, что получила я их абсолютно честным путем за кое-какую работу. Знаешь, хочу на квартиру насобирать и от матери съехать. Надоела мне эта старая идиотка хуже горькой редьки. В дом никого привести нельзя, сразу начинает поучать человека, прямо кошмар какой-то!

— Зачем ты мне их принесла, — не успокаивалась Светка, — у себя спрячь!

Наташа скорчила гримасу.

— Так мать любопытная, жуть! По всем моим шкафам лазает, все чего-то ищет, вынюхивает. Представляешь, какой скандал начнется, если деньги найдет.

— В сберкассу положи, — из последних сил сопротивлялась Светка, не желавшая стеречь такую огромную сумму.

Ната уставилась на подругу во все глаза.

— Ты чего! А если опять режим поменяется! Ну-ка припомни, сколько раз государство нас накалывало! Нет уж, я свои денежки чужому дяде не отдам.

Света удрученно молчала. Очевидно, чтобы сломить сопротивление подруги, Кабанова добавила:

— Недолго-то они у тебя пролежат, меньше года. Я теперь каждый месяц буду по тысяче откладывать, а как до двадцати дойдет, мигом хатку прикуплю. А тебе за хранение сто долларов в месяц отсчитаю, идет?

Света, сидевшая дома в декретном отпуске и имевшая крохотный доход, дрогнула, но все же ядовито сказала:

— Вот оно как! Что же Риточке своей Назаровой, лучшей подруженьке, не снесешь? У той небось сейф есть, и квартирка на охране стоит. Понадежней будет.

— Не хочу, чтобы она о них знала, — серьезно ответила Ната, — хоть, если начистоту, заработать мне Ритка помогла...

Света только покачала головой, но сверток взяла и спрятала на антресоли, в чемодан со старым бельем. Мужу она не сказала ни слова, а на полученные первые сто долларов купила себе кое-какие вещи, косметику и радиоуправляемую машинку для Вовки. В феврале и марте Наташа принесла еще по тысяче. Словом, на момент ее смерти в пакетике лежало ровнехонько двенадцать штук.

В конце марта Свете неожиданно повезло. Мужу на работе дали путевку в санаторий, и они всей семьей укатили на две недели. Вернулись десятого апреля, а пятнадцатого Света спустилась вниз и отдала Раисе Андреевне «хованку». Перед этим Реутова провела бессонную ночь, ворочаясь в жаркой кровати возле мирно похрапывающего мужа. Соблазн оставить себе эту огромную, невероятную сумму был слишком велик. Но Света была честной женщиной и, задушив в душе все ростки жуткой жадности, она вручила бывшей учительнице баксы.

Раиса Андреевна расстерялась и заставила бывшую одноклассницу дочери раз пять повторить рассказ о деньгах, копившихся на отдельную квартиру.

Отдав «сокровище» Раисе, Светлана вздохнула свободно, но не надолго. В двадцатых числах апреля ей позвонила женщина, назвавшаяся Леной Артюхиной.

— Такой гнусавый, противный голос, — рассказывала Света, — насморочный...

Я кивнула. Знаю, знаю, сама иногда зажимаю себе нос пальцами и бубню в телефонную трубку:

— Даши нету дома, звоните через неделю.

Самый простой, но эффективный способ, чтобы вас не узнали...

Женщина без всяких предварительных вступлений сообщила:

— Наташа Кабанова дала вам на сохранение деньги. Сначала десять «тонн», потом еще две. Вы

положили деньги в чемодан с рваными пододеяльниками.

— Точно, — растерялась Света, — а откуда вы
такие подробности знаете?

— Так Ната рассказала, — спокойно ответила
дама и продолжила: — Грины принадлежат мне.

— Почему это?

— Я дала их Наталье в долг, в счет работы, которую она обязалась сделать, но не успела, — пояснила Лена, — так что вам придется вернуть за-
начку. У меня на руках нотариально заверенные
документы.

— Какие? — испуганно спросила Света, похо-
лодев от ужаса.

— Во-первых, расписка Кабановой, а во-вторых, ее письменный рассказ о том, кому доверены
деньги и где они лежат. Значит, так, милочка. Завтра в любой удобный час явитесь в банк «Омо»,
пройдете в отдел ячеек, покажете паспорт, вам от-
кроют ящик № 12, туда и положите денежки.
Адрес хранилища...

— Я не могу, — пролепетала Света.

— Ладно, — покладисто согласилась собеседни-
ница, — понимаю, у вас ребенок. Хорошо, назы-
вайте любой удобный день.

— Денег у меня нет, — шепнула Реутова.

Воцарилось молчание.

— Как нет? — раздалось потом. — Куда они
делись?

Светочка принялась бестолково излагать суть
проблемы:

— Ну, понимаете, Ната умерла...

На том конце провода слушали молча. И только

когда Реутова, прозаикавшись, завершила рассказ, дама поинтересовалась:

— Значит, отдали все двенадцать тысяч?

— Нет, — пробормотала Света, — одиннадцать девятьсот. Сто долларов оставила себе за апрель, мне Ната обещала платить.

Женщина помолчала, потом, коротко ругнувшись, бросила трубку. Несколько месяцев после этого разговора Светлана вздрагивала от каждого телефонного звонка. Но больше ее никто не беспокоил и денег не требовал.

— Значит, Ната сказала, что тысячи получила от белочки? — уточнила я.

— Ага, — кивнула Света, — так странно усмехнулась и выдала: от белочки, от такой милой рыжей белочки, которая не умела плавать с больным сердцем...

Я вышла на лестницу, спустилась на один пролет вниз, села на подоконник и закурила. Значит, Наташа решила забрать у подруги деньги... Интересно, что помешало ей сделать это накануне превращения в Артюхину? Может, то, что Света уезжала? Ай да Кабанова, ай да молодец! Изменила голосок, даже абонировала ячейку... Только облом вышел. Честная Светочка уже отдала деньги. Представляю, как милая Наточка злилась... Впрочем, осталось уточнить еще одну маленькую деталь.

Быстро сбежав на первый этаж, я позвонила в дверь к Раисе.

— Опять вы? — слегка раздраженно спросила учительница. — А теперь что?

— Извините, кажется, я забыла у вас на кухне мобильный телефон!

— Идите, — буркнула пенсионерка.

Полазив для вида под столом, я продемонстрировала свой аппаратик, потихонечку вынутый из кармана.

— Нашла.

— Ну и хорошо, — ответила Раиса Андреевна, — вовремя пришли, я как раз собиралась в поликлинику, на пять записана, могу опоздать!

Я пошла по коридору и у самой двери вздохнула:

— Штукатурка-то у вас осыпалась, и обои подрались, что же ремонт не сделаете?

Раиса Андреевна сердито ответила:

— Он денег стоит, а откуда они у меня? Пенсия всего восемьсот рублей.

Я притормозила у двери, обитой кое-где продранным дерматином, посмотрела на торчавшие из прорех куски грязной, серо-желтой ваты и проникновенно спросила:

— А двенадцать тысяч долларов?

— Какие такие тысячи? — отшатнулась Раиса Андреевна и мигом добавила: — Врет все, ничего мне не давала.

Я рассмеялась и сказала:

— Прощайте, да не бойтесь, мне ваша заначка без надобности, так просто поинтересовалась, из чистого любопытства!

Сев в «девятку», я сначала с наслаждением закурила «Голуаз», потом решительно содрала с зеркальца освежитель, распространявший вокруг себя жуткие миазмы, и включила зажигание. Не тут-то было. Издав несколько раз странный звук «цык-цык», мотор не завелся. Я боролась с ним минут десять, потом, плюнув, вызвала сервисную службу.

Потекли томительные минуты безделья. Вот оно значит как! Рита Назарова дала Наташе шанс заработать. Где? За что ей заплатили сначала аккордно десять тысяч, а потом начали давать еще по куску в месяц. В принципе, не такие уж это огромные деньги, но для меня. Наташе они должны были казаться невероятной суммой. Что за дело прокрутили они с Назаровой? И кто такая таинственная белочка с рыжими волосами и больным сердцем?

Глава 23

Мальчишка, приехавший по вызову, долго бродил вокруг «девятки», цокая языком, потом спросил:

— На автомобильном кладбище подобрали бедолагу?

— Не умничай, — обозлилась я, — чини давай!

Мастер взъерошил короткие темные волосы.

— Понимаете, я здесь на месте не справлюсь, у нее движок сдох.

— И чего?

— Ничего, надо другой ставить.

— Действуй, — велела я, — да побыстрей.

— Говорю же вам, — втолковывал юноша, — работы здесь не на один день. И потом, лучше еще чуть-чуть добавить и купить за две тысячи пятьсот новую «шестерку»!

Вспомнив счет, выставленный дилером за «Форд», я искренне удивилась:

— Две тысячи пятьсот?

— Долларов, — на всякий случай уточнил парнишка, — но зато будет не доходяга, а нормальная тачка... На эту знаете сколько истратите?

— И где можно купить «Жигули» за такие смешные деньги? Ты не обманываешь?

Мальчишка сунул мне в руку визитку. «Салон «Ростокино».

— А можешь меня туда отвезти?

— Ну, — замялся механик.

— За деньги, конечно, сейчас оформим заказ.

— Какой? — насторожился парень.

— Ну сначала доставишь меня в это «Ростокино», а потом оттащишь «девятку» в коттеджный поселок Ложкино, идет?

— Не-а, — помотал механик головой, — это надо спецмашину вызывать, эвакуатор... Денег, конечно, хочется, но начальство по ушам надает, коли узнает, что подкалымил. Уж извините, не могу.

Следующий час я провела в неработающей машине, поджидая службу, которая оттащит калеку-«девятку» в Ложкино, потом ловила частника, который бы согласился отвезти меня в «Ростокино». Как назло, всем надо было совершенно в другую сторону...

Короче говоря, в магазине, торгующем машинами, я оказалась около семи часов и мигом была взята в оборот говорливыми продавцами, невесть как догадавшимися о моих финансовых возможностях. Сначала они пытались внушить, что даме моего ранга следует купить «десятку», на крайний случай все ту же «девятку», ну ладно, так уж и быть, «пятерку», но я стояла насмерть.

— Хочу эту, самую дешевую.

— Цвет только «баклажан».

— Плевать.

— Она давно вышла из моды...

— Мне без разницы...

— Слишком простая, вот «десятка»...

— Мальчики, — рявкнула я, потеряв всякое терпение, — отвяжитесь, у меня есть «Форд», эту покупаю садовнику.

— Ладно, — протянули мальчишки недоверчиво и принялись оформлять бумаги.

Но тут я раньше времени вытащила «платиновую» кредитку, ребятки, очевидно, встречавшиеся с клиентами, носящими в портмоне карточки подобного цвета, сначала замолкли, а потом предприняли новый раунд переговоров, пытаясь все же всучить мне «десятку».

Наконец процесс покупки завершился. Правда, меня раскрутили еще на «зимнюю» резину, автомагнитолу и страховку, но все равно в пересчете на доллары это оказалось всего три тысячи, просто смешно, если вспомнить, сколько денег было отдано за мой «Форд» и Зайкин «Фольксваген». О цене за Аркашкин «Линкольн-Навигатор» я даже не хочу и вспоминать...

Домой я вернулась около девяти. Во дворе стояли Аркашкин джип и Зайкин «Фольксваген». Очевидно, дети только что приехали, потому что не загнали машины в гараж. Я кинула в холле куртку и вошла в столовую.

— Мусечка пришла, — завопила Манюня, размахивая куриной ножкой.

— Сядь, — велела Зайка, — съешь, а потом кричи.

— Не ругай ребенка, — буркнул Кеша, — она

просто не может скрыть радость при виде любимой матери, с которой не слишком часто встреча-
ется!

Я решила сделать вид, что не слышу последнего высказывания, и спросила:

— «Форд» привезли?

— В гараже стоит, — вздохнул Кеша.

— Кушай, милый, — сказал Тузик и засунул в
рот Бандику кусок куриной грудки, обжаренной в
сухарях.

Пит щелкнул зубами и проглотил подачку, не
жуя. Снап, сидевший рядом, тихонько взвыл, на-
мекая на то, что и ему было бы неплохо получить
такое же угощение.

— Курочку хочешь? — улыбнулся Севка. —
Сейчас, дорогой.

— Собакам нельзя давать курятину, — сказала я.

— Это почему? — удивился Лазарев. — Диети-
ческое мясо, больным подходит, и им жутко нравится, смотри!

Банди и Снап радостно улыбались, всем своим
видом демонстрируя: да, да, нам очень вкусно,
дайте еще.

— Нельзя кормить животных всем без разбо-
ра, — не сдавалась я.

— Ну не вредничай, милочка, — пропел Тузик, — такие собачки милые, голодные к тому же!

Я посмотрела на Черри и Жюли, мирно спав-
ших в кресле, и ответила:

— Всех животных покормили.

— Ну и что? — не сдавался Лазарев. — А они
еще хотят.

Тут в спор вмешалась Манюня:

— Как будущий ветеринар, я должна сказать, что мусечка права. Во-первых, собакам нельзя давать ничего жареного, тем более в сухарях, во-вторых, курица — аллерген, в-третьих, не надо приучать животных клянчить...

— А в-четвертых, ты жуткая зануда, — брякнул Севка, — что, между прочим, очень странно в таком юном возрасте!

Маруська вскочила и вылетела из столовой. Зайка слегка порозовела:

— Вообще-то она права!

— Между прочим, — фыркнул Тузик, — будущий ветеринар только что на моих глазах кормила собак чипсами. На мой взгляд, курица намного лучше мерзких кусков картошки, обжаренных бог знает на каком масле и разложенных в пакетики руками грязных негров.

— Вы расист? — спокойно осведомился Кеша.

— Нет, но негров не люблю, — ответил Нос.

— Так это неправильно, — сообщил сын, — вы не любите африканцев, другой не выносит азиатов, третий евреев, а кое-кому не по душе геи и лесбиянки.

Тузик побагровел и отшвырнул вилку с такой силой, что она перелетела через стол и приземлилась у торшера.

— Вы хотите меня оскорбить?!

— Нисколько, — улыбнулся Аркадий, — разве вы азиат или африканец? И потом, как можно унизить человека, если просто назвать его национальность или привычки?

— Севочка, — прошипел Тузик, — нам...

Понимая, что сейчас разразится дикий скандал, я быстро спросила:

— Интересно, а где Хучик? На столе курица, а его не видно!

Мопс обожает бройлеров и, когда к столу подают любое блюдо, в котором есть хоть намек на цыпленка, мигом усаживается на стул, кладет морду на скатерть и начинает гипнотизировать присутствующих.

— Вон он, — ткнула Зайка пальцем в пледы, — зарылся в одеяла!

— Нет уж, — противным голосом Тузик завел свару заново, — вы хотите сказать, что геи — люди второго сорта по сравнению с вами, натуралами?

— Отнюдь, — парировал Кеша, — просто если живешь в стеклянном доме, не стоит швыряться камнями.

— Что? — не понял Севка.

Зайка мило улыбнулась:

— Аркадий просто хотел донести до вас простую мысль. Если вы принадлежите к секс-меньшинствам, то не следует презирать людей с другим цветом кожи. А уж коли приехали в гости, то не надо вводить в доме свои правила.

Повисла тяжелая, душная тишина. Не в силах больше терпеть эту сцену, я встала и, пробормотав:

— Пойду гляну, что с «Фордом», — быстро выбежала в сад.

Пусть устраивают «гладиаторские бои» без меня.

На улице было совсем темно, но дорожка от дома до гаража освещалась двумя довольно яркими фонарями. Я вытащила сигареты, закурила и пошла вперед. Стояла тишина, столь приятная после криков, которые только что раздавались в столовой. Честно говоря, возвращаться назад мне не хотелось. Я слишком хорошо знала, что последует дальше. Сначала в спальню ворвется Маня с воплем:

— Имей в виду, пока эти тут живут, я не буду спускаться в столовую.

Затем войдет Аркадий и протянет:

— Ну ладно, бывших папочек с их маменьками я еще готов терпеть, все-таки они хоть какая-то родня, но этот-то что здесь делает? К твоим многочисленным супругам он никогда не принадлежал...

Еще через пару минут влетит обозленный Севка и гаркнет:

— Естественно, твои дети не имеют ни малейшего понятия о приличиях, да и откуда бы им научиться хорошим манерам при такой маменьке!

Почему-то всегда получается, что я оказываюсь виноватой у всех... Нет, домой решительно не хотелось. На улице лучше, правда, сыро, зато тихо.

Вдруг откуда-то со стороны увядшей клумбы раздался жалобный, тонкий визг.

— Кто там? — крикнула я, невольно останавливаясь. — Кто?

Раздался плач. Вроде ребенок, хотя нет, не слишком похоже... Ноги сами понесли меня вперед, через секунду глаза натолкнулись на проволочную ловушку, которую сегодня утром на моих глазах мастерил Иван. Садовник установил ее под большим дубом, намереваясь поймать того, кто нагло хозяйничает у нас во дворе. Надо сказать, что он преуспел.

В желтом свете фонаря было отлично видно, что внутри клетки сидит довольно тучное существо темно-серого цвета с черной мордой. Больше всего оно походило на гигантскую мышь, если только в природе встречаются такие огромные экземпляры грызунов.

Очевидно, несчастное животное было напугано до последнего предела, потому что оно рыдало в голос. Увидав, как к ловушке приближается человек, бедняга завопила столь отчаянно, что у меня сильно заколотилось сердце. Даже если эта крыса и погрызла у нас кусты, зачем ее так мучить? Нет, надо что-то делать, нельзя оставлять бедолагу в таком состоянии до утра, она просто умрет...

Я не слишком боюсь крыс. У нас дома жили несколько штук, правда не диких, а ручных. Эта скорей всего может здорово укусить. Ладно, сейчас подойду поближе и подумаю, как ее отпустить. Может, открыть дверку длинной палкой?

Пока я так и этак обдумывала проблему, подошла вплотную к проволочному «домику» и увидела, что внутри, рыдая от ужаса и отчаяния, сидит не крыса, не особо тучная мышь, не белка, не бурундук и не лиса, а... Хуч.

— Хучик, — закричала я, кидаясь к плененной собачке. — Господи, бедный, как же ты сюда попал?

По складчатой морде мопса текли крупные слезы, толстенькое тельце тряслось, как под током. Вот ведь ужас! Сейчас около одиннадцати, вернее, четверть двенадцатого, а собак последний раз, как правило, выпускают в сад около девяти. Честно говоря, за псами никто не следит. Просто кто-нибудь из домашних распахивает входную дверь и кричит:

— Эй, гулять!

Цокая когтями, стая несется на улицу. Конечно, если бы мы жили в городе, то обязательно надевали на собак поводки, а на Банди и Снапа еще и намордники. Люди часто боятся питов и ротвейлеров, что, в общем-то, совершенно понятно. Но нашим повезло, в отличие от животных, обитающих в квартирах, они носятся по огромной территории часами, это зимой и осенью, а летом никто их вообще не ограничивает, дверь всегда раскрыта. Кстати, назад четвероногие всегда приходят сами, и Ирка страшно злится, если они не садятся у входа, поджидая, пока им вытрут лапы.

Вот и сегодня все, побегав, вернулись в столовую, а Хучик застрял в ловушке... Но зачем он полез туда? Приглядевшись повнимательней, я заметила на коричневых складках обиженной мордочки мелкие желтые крошки. Все сразу стало на свои места. Сыр!

Иван положил внутрь клетки хороший кусок «Эдама». А Хучик просто обожает любые продукты, сделанные из молока: йогурты, кефир, ряженку, брынзу... Сыр же вне конкуренции. Значит, наш обжора унюхал знакомый запах, потом увидел лакомый кусочек, втиснулся в ловушку и... попался.

Я попыталась открыть дверцу. Не тут-то было, она не хотела отворяться. Хитрый Иван сконструировал клетку таким образом, что толстенькое тельце Хуча не давало дверце открыться. Может, вы видели когда-нибудь сельскохозяйственную машину, уж не знаю, как она называется, которая захватывает пучки соломы, а через пару секунд «выплевывает» их в виде тугих тюков, перетянутых со всех сторон проволокой? Получаются такие аккуратные пачки? Вот Хучик больше всего и напоминал такой брикет. Мопс сидел, сжавшись в комок. Решетки давили на его тело, и сквозь дырки высовывались куски шкуры. Издали казалось, что Хуч превратился в шахматную доску, только все квадратики серые. Наверное, проволока довольно сильно жала, потому что Хучик не мог даже пошевелиться. Толстый, скрученный «бубликом» хвостик, всегда задорно лежащий у него на спинке, сейчас выпрямился и, вывалившись в одно из отверстий, безвольно покоился на холодной осенней земле.

Я схватила Хучика и прижала к себе. Даже сквозь куртку чувствовалось, какой он ледяной. Мопсы — гладкошерстные собачки, они подвержены простудам, и Хуч запросто мог подцепить воспаление легких. Виданное ли дело, пролежать неподвижно в такой холод на мокрой траве!

Быстрее баллистической ракеты я понеслась в дом. Домашние по-прежнему сидели в столовой и вели разговор на повышенных тонах.

— Все, все люди, сделавшие хоть что-то в области искусства, — вопил Тузик, — все были из наших! Чайковский, Меркьюри, Нуриев...

— Ерунда, — отмахнулся Кеша, — между прочим, еще есть Плисецкая!

— Она баба!!! — рявкнул Севка и, увидев меня, удивился: — Дашка, а зачем ты Хуча туда засунула?

Я грохнула «темницу» с мопсом прямо на стол, возле блюда с пирожными. Хучик скосил глаза, увидал, что находится в непосредственной близости от восхитительных корзиночек с белковым кремом, и завыл в голос.

Минут десять мы пытались его вытащить.

Сначала дергали в разные стороны дверцу, но полный зад собачки не давал свободы для маневра. Затем Кеша сказал:

— Надо перекусить проволоку, — и ушел в гараж.

Пока сын отыскивал нужные инструменты, Маня взяла чайную ложечку, зачерпнула крем и стала угощать пленника. Хуч прекратил рыдать, высунул в отверстие между прутьями длинный язык и начал слизывать взбитую массу.

— Дай-ка я ему курятинки предложу, — сказал Тузик и просунул в другую дырку кусок обжаренной грудки.

Хуч мигом проглотил и эту подачку. Я отметила, что он прекратил трястись и выть. Скорей всего создавшееся положение даже начало ему нравиться. Оно, конечно, не слишком комфортно сидеть в жестких путах, зато какое меню!

Появился Кеша с красным чемоданчиком. Целых полчаса он пытался и так и эдак разломать ловушку, но никакого успеха не достиг.

— Дай сюда, — велел, наконец, Севка, — я хоть и голубой, но посильней тебя буду!

Еще минут пятнадцать над железками трудился Лазарев, но ловушка стояла насмерть. В конце концов Севка отшвырнул инструменты.

— Интересно, где ваш садовник добыл эту проволоку? Похоже, ею скрепляют части космических кораблей!

— Знаю! — завопила Маня.

Все повернули к ней головы.

— Надо нагреть клетку как следует! От огня она станет гибкой и...

— Молчи уж лучше, ветеринар, — хмыкнул

Севка, — хочешь получить шашлык из мопсятины? Боюсь, Хучу не слишком понравится процесс поджаривания живьем, Жанна д'Арк по-ложкински!

Мы молча уставились на клетку. Тузик машинально засунул в пасть Хучу очередной кусок птички и оповестил:

— Курица закончилась.

— Может, Сыромятникова позвать? — тихо предложила Зайка.

— Уже бегу, — завопила Маруська и мигом исчезла.

Наш сосед банкир Сыромятников — человек чудовищной силы. Уж не знаю, чем он занимался до того, как стал выдающимся финансистом, но внешне выглядит ужасающе. Надежда нашей олимпийской сборной, подавшийся в недобрый час в политику борец Карелин просто ребенок по сравнению с Иваном Александровичем. Костюм сосед носит 72-го размера, а ботинки его можно запросто использовать при кораблекрушениях вместо шлюпок.

— Уж извините, — прогудел Сыромятников, вдвигаясь в столовую, — прямо в пижаме явился, Маня переодеться не дала...

Потом он увидел Хучика и воскликнул:

— Вот ексель-моксель, бедняга!

Ручищами, похожими на огромные свиные окорока, он ухватил какой-то инструмент, приналег... И ничего не вышло.

— Не беда, — вздохнул Сыромятников, — ну-ка дайте вон те «крокодильчики»...

Кеша с готовностью протянул требуемое. Послышался резкий звук «клац», и вверх взметнулись два конца.

— Ура, — заорали все.

Иван Александрович перекусывал дальше. «Клац», «клац», «клац»... Дорожка из раскрытых «клеточек» ширилась, потом послышалось резкое «хрясь», это сломались щипцы.

— Не беда, — вновь оптимистично заявил банкир, — всего ничего осталось. Середину-то освободили. Давай, Аркадий, берись с левой стороны, я с правой. Потянем одновременно и разогнем.

Сказано — сделано. Иван Александрович с Кешей приняли исходную позу, уперлись ногами и...

Раздался жуткий звук, это банкир в азарте, крикнув:

— Ио-хо-хо, — дернул изо всех сил ловушку в свою сторону.

Мой двухметровый сын, словно пушинка, перелетел через обеденный стол. Сыромятников, не ожидавший подобного эффекта, не устоял и опрокинулся на спину, Аркашка свалился прямо на него, подминая под себя верещащего Хуча. Мы кинулись поднимать бедняг. Когда Кеша встал, все увидели, что Хуч наконец-то оказался на свободе. Иван Александрович просто отодрал боковую стенку клетки.

— Ну и сила же у вас в руках! — пробормотал Тузик и осторожно коснулся своими тонкими пальцами бицепса Сыромятникова.

Банкир, продолжавший сидеть на полу, напряг мускул и ответил, показывая на огромный, вздувшийся под тонкой шелковой курточкой шар:

— 63 сантиметра в диаметре, мне предлагали в

шоу «Силач мира» выступать. Это что, я могу рубль пальцами сломать.

— Ой, — обрадовалась Манюня и, порывшись в карманах, достала блестящую монетку, — вот, пожалуйста!

Сосед зажал ее между указательным и большим пальцами правой руки, легко свел их вместе и продемонстрировал два куска — все, что осталось от рубля.

— Скажите, пожалуйста, — бормотал Тузик, ощупывая Сыромятникова, — какой мужчина! Ой, а у вас одеколон «Кензо», его последний аромат, в голубом флаконе. Кстати, дизайн омерзительный, а букет ничего, хотя и неоригинальный. Нет, вы определенно приносите счастье! Мой нос ожил!

И Тузик опять прикоснулся к Сыромятникову.

— Прекрати, — взвизгнул Севка, — отвяжись от мужика.

— Ну что ты, дорогой, — протянул Тузик и бросил на Ивана Александровича затуманенный взгляд, — а вы здесь где-то живете?

— В соседнем доме, — ответил ничего не понимающий банкир, — в двух шагах.

— Можно к вам в гости заглянуть?

— Милости прошу, после десяти вечера в любое время.

— О, — протянул Тузик, — я очень, очень люблю ходить к приятелям вечером, это так романтично.

— А ну двигай отсюда, — озверел окончательно Севка и поволок слабо сопротивляющегося Носа наверх, в спальню.

— Какие странные молодые люди, — удивился

так ничего и не понявший Сыромятников, — и чего он меня все время трогал?

Кеша спокойно ответил:

— Привычка такая.

— Тузик... — начала было Маня, но, почувствовав пинок, повернулась к Зайке: — А чего ты дерешься? Просто я хотела сказать Ивану Александровичу, что Тузик...

Но тут послышались булькающие звуки. Это бедный Хучик, проглотивший слишком много курятины вперемешку со сладким белковым кремом, опустошал набитый желудок прямо на ковер. Милый семейный вечер завершился на нужной ноте.

Глава 24

Утром я проснулась около десяти и пошла пить кофе. Столовая была прибрана, ковер вычищен, и стояла потрясающая тишина. Кеша и Зайка уехали на работу, Маня в школу, Нос с Севкой то ли спали еще до сих пор, то ли куда-то подевались. Решив насладиться одиночеством по полной программе, я ткнула пальцем в пульт и уставилась в экран телевизора.

Во всем хорошем есть свое плохое. Став богатыми и обзаведясь прислугой, мы полностью потеряли возможность остаться в доме без чужих глаз. Даже когда домашние разбегаются кто куда, в доме остаются Ирка и Катерина. Поэтому я не могу, например, выйти из ванной голой и продефилировать на кухню за чаем. И сидеть в туалете с открытой дверью тоже теперь невозможно... Зато убирать остатки курятины, прошедшей через желудок Хучика, пришлось вчера не мне... И кашу не я варила, и посуду сейчас не мою. Нет, во всем плохом есть свое хорошее.

Бодрая девушка, рассказывающая об изумительных прокладках «Олвейс ультра», пропала, и на экране появилось больное, усталое лицо Леонида Филатова.

— Сегодняшняя передача из цикла «Чтобы помнили» посвящена замечательной актрисе кино Изабелле Марковой, — начал ведущий.

Я редко смотрю телевизор. Иногда включаю сериал про ментов или фильм, снятый по Агате Кристи. Новости стараюсь не слышать и не видеть. Ничего хорошего ни у нас, ни за рубежом не происходит. Тонет подводная лодка, взрывается переход, горит телебашня, идет война в Чечне и на Ближнем Востоке... Развлекательные программы раздражают глупостью участников и ведущих. «Поле чудес» вызывает рвотные судороги, а «О, счастливчик!» — чувство глубочайшего удивления. Они что, и впрямь не знают, на каком языке говорили в объединенной Югославии и кто открыл радиоактивность? Об юмористических программах лучше помолчу.

Вот и сегодня я включила телик и расстроилась. Знала ведь, что Леонид Филатов, актер легендарной Таганки, тяжело болен, но чтобы он так плохо выглядел... Жаль беднягу!

— Изабелла Маркова, — продолжал тем временем ведущий, и не подозревающий о том, какую бурю он вызвал в моей душе, — ушла от нас рано, ей едва исполнилось тридцать. Глупая, нелепая смерть рыжеволосой белочки...

Я выронила чайную ложечку и сделала погромче звук.

— Именно так, белочка, звали ее друзья, — неслось с экрана. — Никто из приятелей Беллы не смог объяснить мне, откуда взялось это милое прозвище. Может, оттого, что она была рыжеволосая, с раскосыми карими глазами. А может, дело в имени. Изабелла, Белла, Беллочка... Яркая, красивая, молодая, талантливая... Не зря говорят, что смерть забирает лучших.

С раскрытым ртом я слушала Леонида. Рыжеволосая белочка! Может, это она дала деньги Наташе Кабановой?

Надо отдать должное Филатову, передачу он подготовил великолепно, скрупулезно изучив биографию Марковой.

Детство и юность Изабеллы прошли счастливо, в обеспеченной семье. Отец — режиссер, не самый знаменитый, но достаточно известный. Мать — актриса, правда, не на главных ролях, но активно выступающая. Дом был полон друзей из мира театра и кино. Белла, естественно, поступила во ВГИК, сниматься начала уже на третьем курсе...

Ей пророчили большое будущее. Девушка действительно оказалась талантливой. В короткий срок она стала любимицей зрителей... Яркий, какой-то вертикальный, карьерный взлет. Потом счастливое супружество. Все вокруг знали, как муж обожал Беллу. Впрочем, ей не завидовали. У женщины, обладавшей ровным, ласковым характером, просто не было недоброжелателей. Режиссеры и операторы только удивлялись ее послушанию. В отличие от многих звезд Маркова никогда не устраивала на площадке скандалы, не пила, не заводила любовных романов, она даже не ругалась матом... Начав получать хорошие деньги, Беллочка охотно давала в долг и никогда не настаивала на отдаче... После того как Белла уходила из гостей, оставшиеся не говорили о ней гадости, это редкий случай в творческой среде.

Изабелла словно бежала ясным летним утром по залитой солнечным светом поляне... Молодая, красивая, счастливая, талантливая, богатая, любящая и любимая... Казалось, впереди ее ждут долгие годы, наполненные удачей, но...

27 июня 1997 года ее тело прибило течением к берегу реки в деревеньке Заплетово. За несколько дней до этого Белла, уставшая на очередных съемках, отправилась отдохнуть в санаторий «Зеленый сад», расположенный в Подмосковье. Естественно, у нее была дача, и не где-нибудь, а на Николиной Горе, но в июне муж Беллы уехал на несколько месяцев за границу, и она не захотела жить без него в огромном доме. Оказалось, что блестящая киноактриса боялась одиночества...

Вскрытие не показало ничего криминального. Версия ее смерти была проста. Как выяснилось потом, после разговора с безутешным супругом, Беллочка страдала мерцательной аритмией. Болячкой, которая накидывается на человека приступами. Нападает, доводит до потери сознания, а потом исчезает, как будто ее и не было. Поздним вечером Белла пошла полюбоваться на закатное солнце, села на косогоре, прямо над широкой и глубокой в том месте Москвой-рекой и, очевидно, потеряв сознание, скатилась в воду. Плавать

Маркова не умела. Трагическая, нелепая случайность, оборвавшая песню на полуслове...

На экране возникла огромная фотография, сделанная скорей всего во время каких-то кинопроб. Нежный овал лица, чуть раскосые карие глаза, роскошная копна рыжих волос, радостная улыбка на красиво очерченных, полных губах... Беллочка была не только чертовски хороша, но мила и обаятельна.

В полной тишине портрет повисел на экране, потом начал медленно исчезать. Филатов, опытный актер и режиссер, знал, каким образом можно пронять зрителя до глубины души.

Последними пропали глаза, ставшие отчего-то грустными.

— Чтобы помнили, — сказал в абсолютной тишине Леонид, и побежали титры.

В волнении я вскочила на ноги, опрокинув на пол чашку с кофе. Вот это да! Белочка, с больным сердцем, не умеющая плавать. Это она! Но только каким образом могла Маркова передать Наташе Кабановой в январе этого года деньги? Ведь актриса утонула в 1997-м!

— Ой, — воскликнула Ирка, — кофе пролился, да прямо на ковер!

Не обращая внимания на ее причитания, я понеслась в кабинет, сжимая в руке телефон. Следовало хорошенько обдумать ситуацию.

Плюхнувшись в вертящееся кожаное кресло, я побарабанила пальцами по столу. В плавном рассказе Филатова было несколько нестыковок. В самом начале он говорил, что дом Марковой всегда был полон людей, а потом сообщил, будто она поехала в санаторий, чтобы не оставаться на даче в одиночестве. Она что; не могла позвать к себе подруг, имя которым легион? И потом, более чем обеспеченная дама, живущая на Николиной Горе, явно имела домработницу, а может, еще и кухарку в придачу... Значит, она никак не могла остаться совсем одна... Ну зачем Изабелла отправилась в «Зеленый сад»? Неужели ей захотелось казенного уюта? Почему так осторожно говорил Филатов о причине смерти?

Не в силах сдержать любопытство, я быстренько набрала рабочий телефон Оксаны.

— Эндокринология, — тут же отозвался тоненький голосок.

— Позовите Оксану Степановну.

— По какому вопросу?

— Очень срочно, — завопила я, — просто невероятно срочно...

В трубке заиграла противная, заунывная музыка, а затем раздалось бодрое:

— Алло!

— Слышь, Ксюта, при вскрытии можно обнаружить, посмотрев на сердце, что у человека была мерцательная аритмия?

— Иногда да, — без тени удивления ответила подруга, — но чаще нет. Понимаешь, нарушение ритма — это не инфаркт! Внешне все может выглядеть нормально.

— А как врач мог узнать, что человек страдал этой штукой?

— Родственники рассказали, — пробурчала Ксюта и велела: — Вот того два кубика.

— Кубики тут при чем?

— Это я не тебе, а сестре, — ответила Оксана, — если вопросов больше нет, извини, побегу, мне еще троих оперировать!

Из трубки полились гудки. В полном ажиотаже я подскочила к книжному шкафу, вытащила справочник «Все Подмосковье», вмиг нашла санаторий «Зеленый сад» и набрала номер. Трубку сняли тут же.

— Санаторий.

— У вас есть свободные номера?

— Да.

— Можно приехать?

— Сутки в одноместном номере стоят тридцать долларов.

— Давайте адрес.

Безукоризненно вежливая женщина начала объяснять, как до них доехать.

— Проедете музей «Архангельское» и сразу за его оградой увидите узкое шоссе...

На место я прибыла к обеду и сразу отправилась искать «Reception». Но портье, за которым в специальном шкафчике висят ключи с бирками, не нашлось, впрочем, не было и стойки, на которой бы валялись «карточки гостей».

У входа расположился гардероб, а в кресле дремала бабуся с вязаньем. Я кашлянула, бабка не пошевелилась. Пришлось «увеличить звук».

— А, — проснулась старуха, — есть тут кто?

— Где можно оплатить номер?

— По коридору до конца, налево, — ответила старушка и вновь погрузилась в сон.

Я пошла по красной ковровой дорожке мимо совершенно одинаковых коричневых тяжелых дверей. Впечатление было такое, будто я на машине времени перенеслась в начало семидесятых годов. Тут и там горели небольшие простые бра производства братской Чехословакии, на окне в конце коридора колыхались желтые шелковые занавески, висевшие когда-то во всех советских учреждениях, стены «украшали» гипсовые барельефы, изображавшие рабочих в спецовках и женщин в косынках. Очевидно, при коммунистах санаторий принадлежал какому-нибудь профсоюзу. Миновав большие стеклянные двери, ведущие в столовую, я вдохнула запах борща, гречневой каши и чего-то мясного. Взор уперся в табличку: «Директор Королькова Алла Михайловна».

Так, в этом заведении и директриса небось соответствует обстановке. Этакая дама килограммов сто весом, одетая в слегка заношенный костюм из трикотажного полотна, на голове у нее «хала», а глаза густо намазаны голубыми тенями.

Приоткрыв дверь, я всунула внутрь голову и спросила:

— Можно увидеть Королькову?

Худенькая, коротко стриженная женщина примерно моих лет оторвалась от каких-то бумаг и вежливо, но без улыбки ответила:

— Слушаю.

— Вы Алла Михайловна? — удивилась я.

— Да, что вы хотели?

— Отдохнуть у вас пару дней.

— Проходите, пожалуйста, — расцвела Королькова.

Следующие пять минут она рассказывала о номерах. Они тут были на любой вкус. Одноместные, люкс, полулюкс, для двух и более человек...

— Моя хорошая знакомая Беллочка, Изабелла

Маркова, — прервала я Королькову, — очень хвалила когда-то ваш санаторий, только вот не помню, в каком номере она жила...

Алла Михайловна сняла красивые очки в элегантной оправе и спросила:

— Вы дружили с Изабеллой Юрьевной?

— Ну это громко сказано, просто мы встречались у общих знакомых!

— Какая нелепая смерть, — вздохнула Королькова.

— Она у вас умерла?

— Не в корпусе, — ответила директриса, — если пойти вверх по дорожке, за беседку, там фигура стоит, олень гипсовый. Вот возле него и нашли сложенный плед и ее платок... Ужасно, мы тут очень долго не могли в себя прийти. Такая светлая личность, просто солнышко ясное. Идет, бывало, улыбнется, и на душе хорошо делается...

— Она у вас долго прожила?

Алла Михайловна наморщила лоб.

— Дай бог памяти, месяца два или три...

— Да ну? — удивилась я. — Я думала, недельку, не больше.

— Изабелла Юрьевна не находилась тут постоянно, — пояснила директриса, — уезжала и приезжала, иногда ночевала. В столовую не ходила. Да и жила она не в корпусе.

— А где?

— У нас на территории есть четыре коттеджа, второй занимала Маркова. Он на отшибе стоит, мы иногда и не знали, на месте она или нет... Второй коттедж редко снимают...

— Чем же он привлек Беллу?

Алла Михайловна вздохнула.

— Она была актрисой, целыми днями на виду, приходилось «держать лицо». Она говорила мне, что устает от общения и хочет побыть в одиночестве, поэтому и есть не ходила, не хотела, чтобы ее узнали и начали приставать. Народ ведь простой, раз актриса, давай автографы... Да и, честно говоря, в коттедже пошикарней будет, три комнаты, кухня, санузел большой.

— Можно мне его снять?

— Пожалуйста, только стоит это удовольствие сто долларов в сутки.

Я достала кошелек и заплатила за три дня.

— Пойдемте, — сказала Алла Михайловна.

Мы вышли на улицу, обошли корпус сзади и углубились в лес, метров через триста показался небольшой деревянный домик. Королькова открыла дверь и сказала:

— Прошу.

Внутри коттедж оказался просторным. Спальня, гостиная, кабинет... Большая ванная комната, безукоризненно чистая. Мебель, правда, не новая, но добротная. Матрац на кровати не продавленный, подушки мягкие, одеяло теплое, белье целое... Вот только полотенца отсутствовали.

— Непорядок, — покачала головой директриса, — вы уж извините, сейчас Веру пришлю, горничную.

После этой фразы она ушла. Я осталась в одиночестве, слушая невероятную тишину. Ни звука не долетало до ушей. В Москве невозможно найти места, где бы полностью отсутствовал шум. Всегда либо трамвай проедет, либо собака залает, либо соседи заведут пьяные песни. Даже у нас в Ложкине слышно, как тревожно гудит, подъезжая к станции, электричка.

Послышался легкий стук, и в комнате появилась девушка, даже девочка, чуть старше Маруси по виду.

— Здрассти, — сказала она и показала стопку полотенец, — куды вам их положить?

— Да вот на столе оставь.

— Не-а, — протянула девочка, — Алла Михайловна ругать станет. Вы ей потом скажете, что я все побросала...

Я внимательно посмотрела на горничную. Низкий лоб, глубоко посаженные, просто «утонувшие» в черепе маленькие глаза, нос — картошкой и слишком крупный рот с влажными губами. Некрасивая голова с плохо подстриженными волосами сидела на полном туловище человека, привыкшего есть в любое время, не ограничивая себя. Скорей всего у нее легкая форма болезни Дауна, позволяющая адаптироваться к жизни и даже работать.

— Ты права, детка, — со вздохом ответила я, — свои обязанности следует выполнять четко. Большое полотенце повесь в ванной на крючок, среднее положи на кровать, а маленькое, льняное, отнеси на кухню...

Девица с шумом понеслась выполнять указания.

Потом она вновь возникла перед моими глазами и отрапортовала:

— Сделала.

Я достала из бумажника пятьдесят рублей.

— Спасибо.

— Чегой-то? — спросила девочка, во все глаза глядя на бумажку.

— Это тебе, на чай.

— Я его не люблю...

— Ну купишь себе кока-колу или мороженое...

— Спасибо, большое спасибо, просто огромное спасибо, — принялась благодарить девица.

Мне стало неудобно, небось зарплата у несчастной рублей четыреста, не больше. Горничные мало получают, а уж таким небось вообще платят копейки...

— Тетенька, — неожиданно сказала девочка, притормозив у двери, — вы добрая, хорошая, я вам правду скажу...

— Какую, солнышко?

— Уезжайте из этого домика!

— Почему, дружок?

Девочка напряглась, потом неожиданно сообщила:

— Меня Верой зовут.

— Очень приятно, Дарья Ивановна.

— Ой, — обрадовался бесхитростный ребенок, — как мою бабушку, можно вас тетей Дашей звать?

Я улыбнулась. Странное дело, но так меня никто не называл ни разу в жизни. Как-то сложилось, что дети подруг мигом начинали обращаться ко мне просто: Даша. Потом ребята подрастали, и я превращалась в Дашутку.

— Конечно, милая. А почему лучше уехать в другой коттедж?

Верочка перешла на трагический шепот:

— В этом люди как мухи мрут, просто жуть!

Место несчастливое, проклятое, мне мамусечка рассказывала. Хотя живут иногда и ничего, здоровехоньки остаются, только вы добрая, мне вас жаль! Бегите к Алле Михайловне и в другую коттеджу переезжайте. Они у нас все пустые стоят! И чего она вас сюда поселила? Сама же на днях моей маме говорила: «Надо сломать второй номер, прямо проклятое место!»

Я спросила:

— И кто же тут умер?

Верочка села на стул и стала перечислять:

— Сначала дядька, пожилой уже, аккурат вот на этом диванчике, в июне преставился. До него женщина в ванной мылась, поскользнулась и черепушкой о пол приложилась, жуть! Кровищи было, еле отмыли. Еще раньше, год примерно назад, люди-то живы остались, да у них ребенок утонул, маленький. Они купаться пошли, тута место есть специальное, и недоглядели. Неделю искали и не нашли... А совсем давно тетенька утонула, красивая! Актриса! По телевизору играла! Ой, вот ее мне жалко было! Добрая, навроде вас! Шарфик мне подарила, такой голубенький, он у меня парадный теперь, и денег давала...

— Постой, постой, — прервала я ее рассказ, — Изабелла умерла в 97-м году. Она никак не могла тебе ничего дать!

— Почемуй-то? — удивилась Вера. — Я здесь всю жизнь работаю, с четырнадцати годков, как школу закончила, у меня восьмилетка, я образованная. Мы тута с мамочкой служим, но она, конечно, раньше нанялася. Таперича мамуля эта, как ее, забыла, ну при белье...

— Кастелянша?

— Чего?

Я вздохнула.

— Сестра-хозяйка?

— Во, точно, хозяйка, а я в горничных, Анна Касьяновна мамусю зовут.

— Сколько же тебе лет, деточка?

— Тридцать, — преспокойно ответила Вера.

Я постаралась ничем не выдать своего удивления. Оксана как-то сказала:

— Старимся-то мы не от физиологических процессов, а от постоянных забот. Забьем голову разными мыслями, и, пожалуйста, морщины бегут.

Помнится, я возразила:

— Ну уж прямо-таки от мыслей!

— А ты как-нибудь посмотри на олигофрена или дауна, — парировала подруга, — вечные дети. Что в голове, то и на морде.

— Мамочка твоя здесь?

— Где ж ей быть? Туточки сидит, в главном корпусе.

— Пошли, — велела я и потребовала закрыть коттедж.

Но ключ, столь легко слушавшийся Аллу Михайловну, не хотел поворачиваться в замке.

— Да бросьте, — посоветовала Вера, — потопали.

— Нельзя, — ответила я, пытаясь справиться с тугим замком, — вдруг телевизор унесут или холодильник!

— Тута воров нет, — пояснила горничная, — здесь лишь мрут, чисто как тараканы.

Глава 25

Увидав нас на пороге, кастелянша, полная женщина с абсолютно седыми волосами, спросила:

— Верочка, ты полотенца отнесла?

— Ага, не уронила даже, — ответила дочь и, вытащив из кармашка халатика купюру, показала матери, — гляди, чего дали. Пойду в буфет, накуплю всего и съем.

— Ступай, — вздохнула мать, — покушай.

Когда Вера с топотом убежала, сестра-хозяйка сказала:

— Верочка отстает в развитии, еле-еле читать и писать научилась, школу, правда, закончила, вспомогательную. Только там никакой профессии не дали, конверты они клеили. Вот пришлось сюда взять. Вы уж извините, коли что не так. Она старательная, аккуратная, только болтает невесть какие глупости и стоп-сигнала при виде еды нет.

— Очень милая девушка, — улыбнулась я, — никогда бы не подумала, что отстающая. Добрая, услужливая...

Кастелянша зарделась.

— Спасибо на добром слове. Верушку действительно тут любят. Она ведь по развитию как десятилетний ребенок, бесхитростная...

— Я хотела у вас спросить...

— Да, пожалуйста...

— Это правда, что у второго коттеджа дурная слава?

Анна Касьяновна вздохнула.

— Верочка наболтала, да? Хотите переехать? Очень вас прошу, не говорите Алле Михайловне правду. Она давно на Верушку зуб точит, все ругает: «Не трепи языком, работай молча». Уж скажите, будто вам мрачно показалось, темно... Там окошки-то прямо в лес смотрят...

— Так это правда, про смерти?

Анна Касьяновна кивнула и быстро добавила:

— Только ничего странного нет, просто совпадение вышло. У Алексея Петровича Разуваева случился инфаркт. Он специально снимал этот коттедж, чтобы жить на отшибе.

— Зачем?

— Пил запоями, по-черному наливался. В корпусе несподручно нажираться, народу полно, вот и ехал в домик. Сколько раз его в себя приводили, откачивали потихоньку, просили не злоупотреблять... Нет, без толку! Так я и думала, что неприятность приключится. Хорошо хоть не курил, а то ведь мог и номер спалить!

— Зачем же вы его пускали?

Анна Касьяновна всплеснула руками.

— Так не прежние времена. Мы теперь частное заведение, акционерное общество, зарплата от выручки зависит. Есть клиентура — хорошо, нету — соси лапу, пустую. Вот из-за этого и мирились с пьянчугой. Алексей Петрович — человек был состоятельный, перед отъездом всех одаривал по-царски, понимал небось, сколько неприятностей причинял... Ничего в его кончине загадочного нет!

— А тетка, которая в ванной упала?

Анна Касьянова принялась перекладывать полотенца из одной стопки в другую.

— Римма Михайловна, между прочим, тоже неспроста все время во второй домик просилась...

— Да ну?

— Именно. Женщина пожилая, за шестьдесят уже, а безобразница!

— В каком смысле?

— В прямом, хулиганка! Любовников приводила, я бы постеснялась в эти годы! И ведь представьте, самой-то уж в могилу пора, а с мальчишками связывалась! Один другого младше. В последний раз приехала просто со школьником, по-моему, у него и усы еще не росли. Вошла к директору и поет: «Добрый день, Алла Михайловна, вот, с племянником к вам!» Ой, мы прямо обсмеялись все. Хорош родственничек! Да она его из кровати не выпускала. Ясное дело, разве может старческий организм подобные перегрузки выдержать? Пошла наша сексуальная львица в ванную, напустила пару, а паренек, бедняжка, мигом заснул. Заездила его бабулька. Помылась она, значит, давление и скакнуло. Мигом мозговой удар случился. Нам в милиции потом объяснили, что она уже на пол падала мертвой. Сосуд в голове разорвался, и кранты. И опять ничего удивительного, закономерное окончание событий.

— Ребенок-то, который утонул, он, надеюсь, не пил и не вел беспорядочную половую жизнь?

Анна Касьянова отмахнулась.

— Ну вы сказали! Мальчонка крохотный, годик всего. Только снова любому было понятно: не жилец он был.

— Почему?

Кастелянша тяжело вздохнула.

— При таких родителях... Матери едва семнадцать исполнилось, да и отцу чуть больше. Сами еще дети, ну зачем им сынишка! Они не слишком за ним приглядывали, да и раздражал их мальчонка. Пару раз в столовой я видела, как они ему оплеухи раздавали, это младенцу! Знаете, как они во втором домике оказались?

— Нет.

— Сначала жили в корпусе, в обычном номере, причем самом дешевом. А потом, дело летом было, народу понаехало много, почти все с детьми, жаловаться их соседи начали. Мол, спать невозможно. Мальчишка всю ночь напролет кричит, прямо заходится, у людей дети просыпаются.

Алла Михайловна заглянула к молодым родителям и попросила принять меры. Но мать ответила:

— Еще чего, буду я ночью вскакивать, повизжит и заткнется. Кстати, я сплю спокойно, нечего соседям придумывать.

Алле Михайловне осталось только уйти. Но потом ударила жара, народ начал распахивать на ночь балконы, и жалобы полились рекой. Детский нервный крик слышен был во всех номерах не только первого, но и второго этажа. Тогда директриса приняла соломоново решение. Предложила беспечным родителям переехать в коттедж, пообещав, что он будет стоить им, как номер.

— Они вечером купаться пошли, — выкладывала Анна Касьяновна, — потом в кустиках устроились, на природе, а мальчонка к воде сполз. Когда хватились, он уже давно утонул... Жаль, конечно, да только не жилец ребенок был. За детьми пригляд нужен, а этому, видно, на роду было написано рано убраться. И чего тут странного? Никакой мистики. Просто второй коттедж на отшибе стоит, вот в него и едут всякие... Живите себе спокойно, ничего не бойтесь!

— Чем же плохим занималась Белла Маркова? — задала я главный вопрос.

Кастелянша пожала плечами.

— Вот ее по-настоящему жаль! Такая милая дама, талантливая. Как раз в то время фильм по телику шел с ее участием, очень интересный! Она даже в столовую не ходила, я ей на подносе еду носила. Очень уж Беллочка не хотела, чтобы народ привязываться начал. Жалко Маркову, только снова ничего особенного... Сердце у нее болело. Несколько раз при мне схватывало. Она вдруг пошатнется и скорей лечь торопится.

Первый раз поняв, что постоялице плохо, Анна Касьяновна перепугалась и предложила:

— Сейчас «Скорую» вызовем.

— Не надо, — прошептала Изабелла, — пока машина придет, уже отпустит, я таблетку приняла. Не переживайте так, болячка у меня неприятная, но не смертельная. С аритмией десятилетиями живут, это не инфаркт. Я помирать не собираюсь.

— Словно накаркала бедолага, — вздыхала Анна Касьяновна, — на следующий день пошла на косогорчик посидеть и все! Муж приехал с друзьями, убивался, плакал, артист!

— Он тоже в кино снимался?

Сестра-хозяйка скорчила гримасу.

— Не в том смысле артист! Изображал, что горюет, прямо смотреть противно было. А уж кем работает, не знаю, но видно сразу: не простой человек. Шофер у него, машина шикарная, одет с иголочки...

— Почему же вы решили, что он неискренне переживал?

Кастелянша хмыкнула:

— Знаете, я тут всю жизнь работала в санатории... Люди отчего-то считают, что обслуживающий персонал состоит исключительно из дураков. Вроде как мы слепые и глухие, ничего не понимаем... Маркова-то с любовником тут встречалась!

— Не может быть!

— Очень даже может!

— Но все вокруг говорили, что у нее счастливый брак!

Анна Касьяновна рассмеялась.

— Что же за труд хорошей актрисе любовь при посторонних изобразить! Только скажу вам правду. Сюда к ней мужчина приезжал!

— Как его звали?

— Вот чего не знаю, того не знаю, я его не видела!

— А говорите, приезжал!

Анна Касьяновна прищурилась.

— Так постельное белье рассказало, мы его раз в неделю обязательно меняем. И по простыням видно было: не одна она спала.

— Может, муж ее навещал!

— Нет, — покачала головой кастелянша, — любовник. Муж бы подъехал открыто, пошел к центральному входу. Только никто его тут не встречал. Кавалер через заднюю калитку небось шмыгал, она как раз у второго коттеджа. Такие вот дела.

— Ну уж и напридумывали, — подначила я бабу, — наговорили на честную женщину!

Анна Касьяновна побагровела.

— Вот и нет, святая правда!

— Все равно верится с трудом, Беллочка обожала мужа.

— Да ежели хотите знать, ее любовничек — писатель был, книжечки выпускал, — азартно выкрикнула кастелянша.

— И это придумали!

— Правду говорю!

— Откуда вы знаете? — презрительно фыркнула я, чувствуя, как сильно начинает колотиться сердце.

— Когда Беллочка умерла, — немедленно сообщила Анна Касьяновна, — супруг прибыл и давай сухие глаза платком промокать.

Потом прошел в корпус, сел у директора в кабинете и деловито спросил:

— Номер она оплатила или должна осталась?

— Все в порядке, не волнуйтесь, — успокоила его Королькова и велела Анне Касьяновне: — Анюта, собери вещи Марковой.

Но муж замахал руками:

— Ни в коем случае, тряпки не возьму, боюсь, не смогу на них даже взглянуть!

Анна Касьяновна отправилась убирать коттедж. Минут через пятнадцать туда без стука ворвался шофер безутешного вдовца и командным голосом возвестил:

— Драгоценности где?

— Какие? — испугалась кастелянша, складывавшая вещи в элегантную дорожную сумку «Самсонит».

— Такие, — передразнил грубиян, — кольца,

серьги... Смотри, коли сперла, мало не покажется!

Никогда еще в жизни Анну Касьяновну так не оскорбляли, с каменным лицом женщина ответила:

— Посмотрите на тумбочке у кровати, если было золото, оно скорей всего там!

— Было оно, не сомневайся, — гаркнул водитель и прошел в спальню.

Через пару минут, держа в руках небольшую коробочку, он вновь возник перед кастеляншей.

— Подождите, — попросила женщина.

— Чего надо? — насторожился грубиян.

— Вещи заберите, я чужим не пользуюсь.

— Это говно хозяину без надобности, — хрюкнул парень и ушел.

— Ну и при чем тут любовник-писатель? — вздохнула я.

— Платья нам с Верочкой не подошли, узкие слишком, отдали их Леночке Ковригиной, уборщице из большого корпуса. Себе только косметику оставили да книги. Их там несколько штук было, хорошие, вон, гляньте, на полочке...

Я подошла к стене, отодвинула стекло. Шекспир «Двенадцатая ночь», Борис Пастернак «Стихи», «Поэзия серебряного века» и «Разговор со стальной крысой». Последнее произведение удивило, оно как-то выбивалось из общего строя остальной литературы. Дешевое бумажное издание, так называемый покет. Книжонка, предназначенная для чтения в метро, да она и стоит чуть дороже газеты, рублей десять, не больше!

— Берите вон ту, про крысу, — велела кастелянша.

Я послушно вытащила книгу. Обложку украшал яркий рисунок какой-то неизвестной планеты. Темно-синее солнце освещало мрачный пейзаж в бордовых тонах. В центре композиции помещалось изображение зверя, сильно смахивающего на динозавра, на нем верхом сидела женщина в кожаном комбинезоне. Вместо лица у нее была морда крысы. Ни за что бы не стала даже прикасаться к такому изданию.

— Да вы откройте на первой странице, — торопила меня Анна Касьяновна.

Я глянула внутрь и увидела фразу, написанную аккуратным, каким-то детским почерком.

«Белочка, любимая, смотри страницу 146, твой Сергей»

Руки сами нашли нужную страницу.

«— Когда же мы будем вместе? — спросил Роберт у Крысы.

Та спокойно ответила:

— Не в этой жизни, дружок!

— Но почему, я не нравлюсь тебе?

— Ты молод, слишком молод для меня.

— Но и ты не стара...

— Я прожила очень много жизней и слишком много видела, на самом деле мне две тысячи лет.

— Я люблю тебя, дорогая, и мечтаю просто молча сидеть рядом, разреши, стану твоей собачкой.

Крыса рассмеялась.

— Нет, у собаки короткий век, лучше превратись в камень».

Закрыв книжонку, я глянула на обложку. Сергей Сомов, издательство «Астра».

— Подарите мне эту вещь!

Кастелянша насторожилась.

— Зачем?

— Я давно слышала про «Разговор со стальной крысой», но нигде не могла достать.

— Вы любите подобную литературу?

— Нет, сын очень просил.

— Ну не знаю... может, Вера почитать захочет.

Я подавила ухмылку, вытащила из кошелька триста рублей и протянула бабе.

— Купите дочери более подходящую литературу, сказки, например.

Кастелянша быстро спрятала розовые бумажки.

— Берите, коли вам так надо!

Я взяла книжонку, пошла было к двери, но на пороге притормозила и спросила.

— Разве сюда милиция после смерти Марковой не приезжала?

— А как же, — фыркнула Анна Касьяновна, — слетелись менты, словно вороны на падаль.

— Что же про книжку вы не рассказали?

— Никто меня не спрашивал. Только поинтересовались, где вещи, и к Алле Михайловне пошли. Она с ними дело имела...

— Сами-то почему не принесли им повесть?

Сестра-хозяйка побагровела.

— Ненавижу ментов, сволочи они все. Мужа моего, пьяного, в отделении так отделали, что помер через полгода, почки отбили, ну не гады? Знаю я их! Ухватят за бесплатно и привет. Нет, думаю, кому-нибудь книжечка-то понадобится. Вот вы и прибыли.

Она помолчала, а потом хитро добавила:

— Знаю зачем!

— Ну и зачем? — удивилась я.

— Так небось этот писатель вам муж, — выпалила Анна Касьяновна, — вот и решили следы замести.

— Ты в своем ли уме? — обозлилась я и вышла, хлопнув дверью.

Ясно теперь, отчего у нее родился ребенок даун. Муж был алкоголик, регулярно попадавший в милицию, а сама Анна Касьяновна — непроходимая дура. Видали ли вы таких идиоток! Через три года после того, как благополучно закрыли, дело, я явилась «заметать следы»!

Глава 26

Перед тем как уехать из санатория, я обошла второй коттедж со всех сторон и увидела калитку. Небольшую, незаметную на первый взгляд дверку. Она была заперта не на замок, а на большую ржавую щеколду. Я подергала задвижку, ладони мигом приобрели ярко-оранжевый цвет. Нехотя чугунный «язык» поднялся. Петли протяжно заскрипели. Входом явно давно не пользовались, но открыть его ничего не стоило, даже теперь. Пара капель любого масла, и дверка станет как новая.

Домой я ехала, пытаясь выстроить в голове версию. «Жигули» уже не казались такими неудобными, единственно, что раздражало, — жесткое сиденье с идиотски изонутой спинкой и тугой руль. У «Форда» и у «Вольво» кресло приятно поддерживает спину, а «баранку» можно легко вращать одним мизинцем.

Ворота поселка за время моего отсутствия превратились из коричневых в ярко-зеленые. В такой же цвет красили и забор. Несколько маляров неславянской наружности споро махали кистями и валиками. За рабочими внимательно наблюдал один из охранников. Увидав незнакомый автомобиль, секьюрити повелительно поднял руку и крикнул:

— Стой, тут частное владение.

Я высунулась в окошко.

— Добрый вечер, Григорий Петрович.

— Ох, Дарья Ивановна, — изумился мужчина, — на «Жигули» пересели?

— Это временно, пока «Форд» в ремонте. А вы забор перекрашиваете?

— Вот уж дурость, так дурость! — с чувством воскликнул Григорий.

— А что такое? — заинтересовалась я.

Выяснилась смешная вещь. Сегодня утром, едва пробило восемь часов, явился курьер из местных органов управления с пакетом. В нем содержался, нет, не приказ, настоятельная просьба выкрасить забор и ворота в цвет молодой листвы.

— Зачем? — удивилась я.

— Вроде тут правительственная трасса, и все должно быть одного тона, для красоты.

— Но у нас коттеджный поселок, мы-то им не подчиняемся!

— Так-то оно так, — вздохнул Григорий, — да и стоим в глубине, с шоссе не видно, только управляющий решил не спорить и нанял маляров. Хотите зеленую ограду — нате. Эти местные чиновники такие злопамятные, начнут потом вредничать да по пустякам привязываться.

Бурча себе под нос, секьюрити щелкнул брелком, ворота медленно открылись. Я покатила к дому. У наших чиновников неистребимо желание угодить начальству. Одна из моих подруг, Рада Коноплева, жила на Ленинском проспекте, там есть такой огромный дом из светлого кирпича, на первом этаже которого находится магазин «Кинолюбитель». Место для проживания не из лучших, шумно, грязно и очень много всякого народа. Но Коноплева притерпелась и даже перестала реагировать на гул бешено летящих машин.

Как-то раз, в выходной денек, она перестирала груду белья, развесила на балконе и решила наградить себя чашечкой ароматного кофе. Но не успела коричневая пенка подняться в джезве, как в дверь позвонили. Радка распахнула дверь. Шел 1976 год, и москвичи еще не успели обзавестись стальными дверями, панорамными глазками и системами автоматической наводки гранатометов на любую движущуюся цель.

На пороге стоял пожилой, страшно серьезный милиционер. Не сказав «здравствуйте», он рявкнул:

— Снимай немедленно трусы!

Рада перепугалась до потери пульса.

— Зачем?

— Скидавай живей, сказали же!

Мысленно простившись с невинностью, Коноплева проблеяла:

— Вы хотите меня изнасиловать? Но, боюсь, не сумею доставить вам удовольствия, я еще никогда не имела дела с мужчиной. Может, вам лучше обратиться в 73-ю квартиру, там живет

Зина, она уже три раза побывала замужем и сейчас как раз свободна!

— Гражданочка, — прошипел мужик, — заканчивайте ваньку валять. Идите на балкон и снимите белье.

Рада, поняв, что никто не собирается валить ее на пол с желанием удовлетворить животный инстинкт, успокоилась и возмутилась:

— Это почему? Мой балкон, что хочу, то на нем и делаю!

— Ни в коем случае, — погрозил ей пальцем милиционер, — тут правительственная трасса. А ну как кого из космонавтов мимо повезут или еще самого... А тут трусы на ветру полощутся.

Люди в 1976 году были иными, чем сейчас. Если бы кто явился с подобным заявлением к Коноплевой в нынешнее время, она бы просто, послав по матери всех: космонавтов, мента и даже... самого, захлопнула бы дверь и пошла допивать слегка остывший кофе. Но в 1976 году Рада покорно побежала на балкон и безропотно сняла исподнее.

Да, времена-то изменились, но некоторые люди остались прежними, во всяком случае, те, кто хочет угодить начальству.

Дома я проскользнула тихонько в спальню, стараясь, чтобы дети не услышали моих шагов. Кажется, сегодня все находились в великолепном настроении. Из-за закрытых дверей гостиной раздавались взрывы смеха и бодрый голос Тузика:

— Нет, нет, не обманете, это отварная свекла.

— Не подглядывай, — радовалась Маня, — а здесь чего?

Воцарилось молчание, потом Нос неуверенно протянул:

— Вроде мясо...

Все просто застонали.

— Еще раз, — взвыла Маня, — нюхай как следует!

Послышался звонкий лай. Это собаки веселились вместе со всеми. Вот и слава богу, пусть лучше вопят от восторга, чем ругаются и выясняют отношения. Я же слишком устала сегодня для того, чтобы изображать заботливую хозяйку.

Утро началось с промозглого, серого дождя, но мне было наплевать на погоду. Даже если бы на улице бушевал тайфун «Эдуард», я бы все равно поехала в издательство «Астра». Адрес был указан на последней странице повести про крысу: Волоколамское шоссе, дом 18а, корпус 3...

Проплутав полчаса между совершенно одинаковыми кирпичными домами, все под номером 18, я наконец-то набрела на нужное здание. Но попасть внутрь было не так-то просто. Вход закрывала абсолютно гладкая стальная дверь без всяких отверстий, в ней не было даже ручки. На косяке я нашла маленькую кнопочку и ткнула в нее пальцем. Раздался тихий скрип. Я задрала голову вверх и увидела под потолком небольшую камеру, медленно разворачивающуюся в мою сторону.

— Вы к кому? — раздался голос, звучащий словно из загробного мира.

— Я писательница, начинающая, хотела предложить рукопись...

Послышался щелчок, дверь приотворилась, и я оказалась внутри просторного холла, перед закрытым турникетом. С правой стороны стоял стол, за которым восседал парень, одетый, словно фашист, в черную, перетянутую ремнями форму.

— Давайте рукопись, — велел он.

— Но мне хотелось бы поговорить с кем-нибудь из сотрудников «Астры».

— Здесь такой порядок, — принялся растолковывать секьюрити, — я беру ваши бумаги и отдаю в отдел. Кстати, что у вас?

— Как что?

— Ну любовный роман, небось?

— Нет, — совершенно искренно возмутилась я, — терпеть не могу сладкие слюни. Детектив, конечно.

— Ага, — кивнул охранник, — значит, передам в редакцию криминальных романов. Если их вещица заинтересует, вам позвонят. Вернее, позвонят в любом случае, если рукопись не подойдет, заберете ее у меня...

— Но мне хотелось поговорить, узнать впечатление...

— Издательство не комментирует свои решения!

— Значит, вы меня не пропустите?

— Никогда. Только если прикажут.

— Нет, уж такие условия мне не подходят, — в крайней озлобленности прошипела я и вновь села в «Жигули».

Узнала по платной справке телефон «Астры», позвонила и, услыхав интеллигентный женский голос, произнесший «Алло», сказала:

— Добрый день.

— Здравствуйте.

— Скажите, пожалуйста, у кого можно узнать адрес Сергея Сомова?

— Кто это такой?

— Ваш автор, писатель.

— А в каком жанре работает?

— Фантастика.

— Минуточку подождите.

Послышалась противная, заунывная музыка, потом другой голос, тоже женский, но более жесткий, спросил:

— Вам кого?

— Мне необходим телефон Сергея Сомова.

— Это кто такой?

— Прозаик, написал повесть «Разговор со стальной крысой», вы ее выпустили в 97-м году.

— Извините, — вежливо, но категорично ответила сотрудница, — но мы не имеем права сообщать координаты авторов.

— Но мне очень хотелось поговорить с ним, выразить свое восхищение...

— Напишите нам письмо, его обязательно передадут прозаику.

В ухо полетели гудки. Прозаик! Сразу вспомнился услышанный невесть где анекдот. В роскошный «шестисотый» «Мерседес» врезается, как водится, старенький, грязный «Запорожец». Братки в кожаных куртках подлетают к «запору», распахивают дверцу и видят на водительском месте худенького, тщедушного мужичонку в огромных бифокальных очках.

— Ну, — говорит один из бандитов, — попал ты, дядя. Гони баксы, все, что есть.

— Что вы, мальчики, — лепечет незадачливый

шофер, — нету у меня денег. Уж извините, писатель я, прозаик.

— А вот сейчас поглядим, про каких заек ты пишешь!

Но в «Астре» трепетно оберегают покой тех, кто ваяет романы про «заек». Я принялась в растерянности оглядывать улицу. Приходится признать, что в издательстве отлично вымуштрованный коллектив. Ладно, телефон Сомова я все равно узнаю, поеду, например, в Союз писателей. Я включила мотор, потом снова выключила. Совсем рядом с входом в «Астру» бойко торговал газетный ларек, пойду куплю «Скандалы», страшно забавное издание. Газета! Я вновь схватилась за телефон.

— Издательство.

— Еженедельник «Библиофил».

— Вас соединить с пресс-службой?

— Будьте любезны.

На этот раз ответил мужчина. Не давая ему опомниться, я затарахтела:

— Добрый день, еженедельник «Библиофил». Наши читатели страшно хотят узнать поподробней о фантасте Сергее Сомове. Очень надеемся сделать с ним интервью.

— Вы можете перезвонить через пару минут?

— Конечно, — обрадовалась я и пошла за «Скандалами».

Спустя примерно четверть часа я в великолепном настроении катила в сторону метро «Аэропорт».

Сомов оказался дома и, пытаясь скрыть радость, сказал мне:

— Если хотите, можете приехать прямо сейчас.

Сергей оказался совсем молодым, на вид не старше Аркашки. Но, когда мы из полутемной прихожей прошли в огромный, захламленный кабинет, стало понятно, что парню хорошо за тридцать. И красавцем он не является. Тщедушная фигурка, мелкие черты лица и буйные кудри светло-каштанового цвета, спадавшие все время на его изможденную мордочку.

Очевидно, он жил один, потому что даже я, более чем спокойно относящаяся к беспорядку, не потерпела бы такой бардак. Все пространство комнаты было завалено книгами. Они не только теснились в бесчисленных полках, висевших даже над входной дверью, но и лежали повсюду пыльными стопками: на полу, подоконнике, столе, в кресле... На спинке стула висела, наверное, вся одежда литератора: джинсы, брюки, рубашки, куртка, на полу валялись какие-то тряпки, оказавшиеся при более детальном рассмотрении носками, и повсюду стояли грязные чашки и переполненные пепельницы.

— Очень хорошо, что вы заглянули, — радовался Сергей, — сейчас, секундочку.

Быстрым движением он открыл бар, вытащил оттуда бутылку «Гжелки» и коробочку зефира в шоколаде. Затем привычной рукой наплескал в хрустальные фужерчики прозрачную жидкость и сказал:

— Ну, со свиданьицем.

Мне стало грустно. Алкоголизм — профессиональная болезнь российских литераторов. Не надо думать, что поголовное пьянство свойственно было только мастерам социалистического реализма. Отнюдь. Приложиться к бутылке любил и великий баснописец Крылов, и сатирик Гоголь. Не раз видели в хорошем подпитии и Тургенева, воспевавшего красоту чувств. Чего уж тогда было ждать от «глашатая революции» Максима Горького? Говорят, находясь подшофе, он обожал напевать своим внучкам, Марфе и Дарье, песенку собственного сочинения:

> Диги-диги-дигли
> Диги-диги-талис
> Вот мы и достигли,
> Вот и долетались.

Вспоминая, наверное, в этот момент своего Буревестника. Запои Алексея Толстого, прогулка по Москве голого Есенина... Все это хорошо известно в определенных кругах. В писательском городке Переделкине есть небольшой магазинчик, дружно называемый всеми «Фадеевка». Именно в нем пропил известный советский писатель Александр Фадеев гонорары за романы «Молодая гвардия» и «Разгром», кстати, и Государственная премия осталась здесь же. Говорят, его мучила совесть, якобы по ночам он видел тени писателей, отправленных им в лагеря и тюрьмы. Завершилось все, как известно, плохо, Фадеев покончил с собой на переделкинской даче, и некоторое время дом стоял пустой. Потом в него, не побоявшись, въехал прозаик W.

Однажды утром он вылетел с криком на улицу и понесся к своему соседу, писателю Аркадию Николаевичу Васильеву.

— Что случилось? — удивился Васильев, увидав синего W. — Ты заболел?

— Нет, — забормотал тот, — ко мне пришел Фадеев, страшный, в халате...

— Ты уверен? — спросил недоверчиво атеист Аркадий Николаевич. — Ничего не перепутал?

— Нет, — лязгал зубами W, — в халате, с бутылкой.

— Ну раз с водкой, — вздохнул непьющий Васильев, — то это точно он, сомнений нет.

Сомов крякнул и, отвернувшись, закашлялся. Я быстро вылила водку в открытую дверцу письменного стола и, мило улыбаясь, взяла зефирку.

Примерно полчаса Сергей рассказывал о себе. Приводить тут его слова не имеет никакого смысла, суть их была проста. Он, Сомов, гениальный, талантливее всех ныне живущих и умерших. Но, к сожалению, сейчас все решают деньги, поэтому его печатают редко и неохотно. Надо бы раскрутиться, но все журналюги такие сволочи и требуют за каждую публикацию баксы. А где их взять, коли гонораров кот наплакал?

Страстная речь прерывалась время от времени звяканьем бутылки и лихим опрокидыванием рюмки. Я старательно отправляла свою дозу спиртного в стол.

Наконец Сергей слегка успокоился. Один из моих бывших мужей, Генка, был алкоголиком. Вся его жизнь — это сплошной запой с короткими светлыми моментами, когда мужик изо всех сил пытался найти денег на очередной ящик водки. Люди покупают спиртное бутылками, а Генасик брал ящиками... Так вот, прожив с ним жуткий год, я хорошо теперь знала, что у пьянчуг случаются разные стадии опьянения. Сначала они безудержно жалуются на жизнь и окружающих врагов, следом их охватывает чувство глубокой любви ко всему человечеству, затем наступает пора фразы «ты меня уважаешь?» и завершается все либо разудалой песней, переходящей в молодецкий храп, либо дракой, в свою очередь плавно перетекающей в тревожный сон.

Сомов явно начал испытывать ко мне самые светлые чувства. Посчитав момент подходящим, я вытащила из сумочки книжонку и попросила:

— Поставьте автограф. Это мое любимое произведение.

Глава 27

Сергей с готовностью схватил ручку, раскрыл «Разговор с крысой», наткнулся глазами на строчки и побледнел.

— Откуда у вас эта книга?

— Из магазина, — пожала я плечами.

— Не может быть, — возразил Сергей, — я дарил ее одной женщине.

— Дайте-ка, — велела я и выхватила покет, — ой, простите! Перепутала! Надо же, они рядом стояли на полке!

— Кто вам дал ее? — не успокаивался прозаик.

— После смерти Беллы Марковой я собирала в санатории ее вещи и оставила себе на память о ней книжку.

— Вы знали Беллочку? — тихо спросил Сомов.

— Нет, просто работала тогда в «Зеленом саду» кастелянщей. Кстати, я вас сразу узнала. Видела, как вы проходили к ней во второй коттедж, тайком, через калиточку.

Сергей кивнул.

— Было дело, приезжал.

— Что же не через центральный вход?

Сомов налил себе еще рюмку, но пить не стал.

— Она просила сохранять тайну, замужем была, не хотелось ей скандалов или каких других неприятностей.

— Странно как-то, — деланно удивилась я, — вроде в актерской среде никто особо не придает значения внебрачным связям, да и к разводу относятся легко...

— Беллочка была не такая, — пояснил Сергей, — светлый, чистый человечек, вы можете мне не верить, но мы не были любовниками в полном смысле этого слова. Просто сидели ночами рядом и беседовали о жизни. Беллочку окружала тьма народа, но поговорить по душам ей было не с кем. И потом, у нее был имидж, привычная маска для почитателей: счастливая во всех смыслах женщина, радостная и приветливая.

— А что, это не так?

— Абсолютно доволен собой может быть только кретин, — воскликнул Сергей. — У Беллочки случались резкие скачки настроения, иногда ее охватывало отчаяние, казалось, что плохо сыграла, фильм провалится. При всей известности и успешности она была крайне неуверенна в себе, даже застенчива... И потом, ее муж... Отвратительный тип!

— Ну все дамы рассказывают своим любовникам о том, какие монстры их супруги!

— Я не был ее любовником! Я любил ее.

— Уж извините, — фыркнула я, — но я работала в санатории кастеляншей, при постельном белье находилась. Нудная работа, грязное в стирку, чистое в номера... Иногда простынки от Марковой попадались, многое понятно становилось!

Сомов побагровел.

— Всего раза два и случилось, Беллочке секс удовольствия не доставлял, она не из страстных женщин. Хотя, оно и понятно, с таким мужем...

— Вас послушать, так он просто крокодил!

— Хуже, — рявкнул Сергей.

— Да ну? Почему?

Писатель «скушал» водочку и сообщил:

— Три года прошло со дня ее смерти. Все забыто и быльем поросло. Милиция особо не разбиралась, решила, что это был несчастный случай. Плохо с сердцем стало, в речку упала, плавать не умела... Только неправда все. Ее Андрей убил.

— Кто?

— Муж, Андрей.

— За что?

Сергей вытащил сигареты, медленно закурил и пояснил:

— А за что он всех остальных придавил, Синяя Борода?

— Кто?

Сомов глянул на меня.

— Хотите изумительный материал для очерка на криминальную тематику? Вы, насколько я понял, недавно занимаетесь журналистикой?

— Конечно, хочу, — обрадованно воскликнула я.

— Ладно, только два условия...

— Какие, — подпрыгивала я от нетерпения на грязном, обтрепанном, воняющем рыбой кресле, — говорите скорей, я на все согласна!

Сергей противно захрюкал.

— Ага, зацепило! Да уж знаю, для репортера хорошая тема — главное. Значит, так. Вы ни в коем случае не станете упоминать моего имени в связи с этой публикацией. Мне еще жить хочется. И гонорар пополам. Написать-то статейку всякий дурак сможет, а вот фактики раскопать...

Я вытащила кошелек и бросила на стол сто долларов.

— Могу заплатить прямо сейчас.

— Отлично, — ответил Сергей, хватая купюру, — слушай тогда сказочку о Синей Бороде на новый лад.

Изабелла Маркова познакомилась с Андреем в момент болезни. У актрисы неожиданно выросла на плече какая-то шишка. Изрядно перепугавшись, она бросилась к врачу, но тот ее успокоил. Ерунда, жировик, надо быстренько удалить, и дело с концом. Чтобы не пошла волна слухов, Беллочка пошла в самую простую больницу, где ее и прооперировали без всякой помпы и шума. Не желая привлекать к себе внимание, Белла легла в клинику по паспорту своей домработницы. Непонятно, отчего ей пришла в голову подобная блажь, но прооперировали ее плохо, началось воспаление.

Разгневанные родители мигом забрали глупую дочь домой и оборудовали палату в квартире, наняв врача Андрея и трех медсестер.

Андрей мигом поставил Беллу на ноги, и через полгода они поженились.

Против этого брака восстала мать Беллочки, но поделать ничего не смогла. Дело в том, что Андрей собирался идти в загс в третий раз. Он был старше Беллы, имел двенадцатилетнюю дочь Веронику. Но не присутствие девочки пугало будущую тещу.

Узнав, что дочь влюблена и собирается бежать под венец, мать навела справки о будущем зяте и пришла в ужас.

Первая жена Андрея, мать Ники, скончалась на даче при странных обстоятельствах. В дом влезли грабители и убили женщину, которая пыталась вызвать милицию. Все произошло чуть ли не на глазах у десятилетней девочки, которую спасло только то, что воры, не собиравшиеся затевать «мокруху», убежали, не став обыскивать дачу.

Через год Андрей женился вновь, приведя в дом другую жену. Ровно через двенадцать месяцев Ирина подцепила грипп и скончалась от сердечного приступа все на той же пресловутой даче. Андрея не было дома, он, как всегда, дежурил в любимой клинике.

Ника спала на втором этаже. Бедному ребенку пришлось пережить вновь шок, когда во время обеда девочка, удивленная, что Ира не спускается к столу, заглянула в спальню к мачехе...

Следующие полгода ребенок провел под наблюдением психотерапевта, а Андрей, спешно продав злополучный дом, переселился на Николину Гору. По странному совпадению обе умершие супруги были более чем обеспеченны. После Насти, мамы Вики, осталась гигантская квартира и целый ящик драгоценностей. Анастасия обожала побрякушки, понимала в них толк. Кстати, ее покойный отец был одним из лучших столичных ювелиров, и цацки, которые он дарил дочери, чаще всего оказывались раритетными. Злые языки поговаривали, что, именно продав большую толику брюликов, Андрей сумел после смерти Насти создать частную клинику, превратившуюся очень быстро в хорошо преуспевающее предприятие. Правда это или нет, точно неизвестно, но на Ирине никто никогда не видел ни антикварных серег с удивительно чистыми камнями «голубой воды», ни изумительного колье из сапфиров, ни платиновых браслетов десятисантиметровой ширины, выполненных в египетском стиле... Может, их и не было, а может, Ирина просто не желала носить вещи предшественницы, пусть даже уникальные, эксклюзивные...

Впрочем, Ирина могла сама купить себе что угодно. Доктору удивительно везло на состоятельных спутниц жизни. Ирочка была модной художницей. Ее незатейливые картины, изображавшие животных на залитых солнцем полянках, настоящий китч, по мнению «серьезных» живописцев, уходили из салонов влет, хорошо продавались за границей. Ирочка отнюдь не бедствовала. После ее скоропостижной кончины осталась увесистая сумма в валюте, роскошная, новая иномарка и дача в поселке Салтыково.

По Москве змеями поползли слухи. Безутешные родители Ирины, кстати, весьма уважаемые люди, требовали разобраться в ее смерти. Но сотрудники правоохранительных органов не обнаружили ничего криминального. Ирина подцепила грипп, какой-то жуткий, с высокой температурой. Две недели ртутный столбик не опускался с отметки 39, вот сердце и не выдержало. К тому же

Ирочка была слабенькой, худенькой, абсолютно неспортивной, физически малоактивной...

Как и в случае с Настей, завещание было оформлено по всем правилам, единственным наследником оказался Андрей.

Понимаете теперь, отчего мама Беллочки категорически запретила дочери даже думать об Андрее? Эпитет «роковая», как правило, соединяется со словом «женщина». Но, очевидно, встречаются и роковые мужчины. Андрей был одним из них. Влюбленная Белла, разругавшись в пух и прах с родителями, пошла под венец.

На свадьбу сбежалась вся Москва. Уж больно хотелось людям поглядеть на ненормальную, которая не побоялась дурной славы жениха.

Как назло, через год после бракосочетания Беллочка закашляла и свалилась с высокой температурой. Тусовка загудела. Мать Изабеллы явилась к зятю и чуть ли не открыто стала обвинять его в убийстве. Но вопреки всем прогнозам, Беллочка благополучно выздоровела и вновь поругалась с матерью.

Сергей познакомился с актрисой на вечеринке у общих знакомых. Он как раз только что выпустил свою первую книгу и таскался по приемам и фуршетам, переживая сладкие минуты славы. Беллочка понравилась ему чрезвычайно, и он сделал все, чтобы сойтись с ней поближе. Посещал те же компании, что и она, безостановочно говорил комплименты... Но один раз Белла прямым текстом сказала:

— Извини, Сережа, я счастлива в браке, и между нами не может быть никаких взаимоотношений, кроме приятельских.

Сергею страшно не хотелось терять Беллу, и он превратился в ее лучшего друга, всегда готового прийти на помощь.

Весной 97-го года, а точнее в апреле, Беллочка неожиданно приехала к Сомову домой. Села в продавленное кресло и заплакала.

— Что, что, что? — бестолково засуетился мужик.

До сих пор он всегда видел Маркову веселой, улыбающейся, в тонусе... И вдруг слезы!

Белла рыдала так горько, что у Сергея переворачивалось сердце. Наконец, высморкавшись в последний раз, она выбросила скомканный платок и горестно сказала:

— Ужасно!

— Объясни наконец, что происходит!

Беллочка принялась выплескивать информацию.

Андрей очень переменился к ней, постоянно отсутствует, ссылаясь на невероятную занятость в клинике. Иногда он даже остается ночевать в своем кабинете. Видятся они теперь очень редко. Беллочка тотально занята на съемках нового сериала... Да еще в конце мая супруг собрался в Англию, на конгресс хирургов.

— Мне очень не хочется оставаться одной с Никой на даче, — бормотала Белла, — у Вероники какое-то запоздалое развитие. В 13 лет вела себя как ангел, а сейчас, когда исполнилось 15, просто с катушек съехала. Грубит, дерзит. Чуть что, кричит: «Ты мне не мать». Очень тяжело.

— Это пройдет, — попробовал утешить женщину Сергей.

Белла только качала головой.

— Ох и не знаю. Я сама никогда так безобразно себя не вела... Как к ней подступиться, не знаю, а жили ведь как две подружки.

— Тоже мне, проблема! — фыркнул Сергей. — Года через два купишь ей квартиру и отселишь!

Изабелла вздохнула.

— Андрюша не захочет, он ее обожает до потери пульса! Боится девочке лишнюю травму нанести, закормил пирожными и обвесил золотом. Ты бы знал, как мне тяжело!

— Разведись! — посоветовал Сергей.

Беллочка грустно улыбнулась.

— Не поверишь, мне самой уже такие мысли в голову приходят, но не могу.

— Почему? — изумился друг.

— В моем контракте с киностудией, снимающей сериал «Слезы счастья», специально оговорено, что я не имею права менять свой супружеский статус, пока все 147 серий не пройдут на экране, причем два раза.

— Что за глупости, — взвился Сомов, — его же даже еще не досняли!

— Вот именно поэтому, — принялась объяснять Беллочка.

Телевидение очень потратилось на рекламу и теперь желает получить огромные дивиденды. Много статей о новом сериале напечатано по страницам самых разнообразных изданий. Пиарщики старательно создали образ милой, счастливой молодой женщины, обожаемой мужем и падчерицей. Хитрые психологи подсчитали, что именно такая актриса в роли главной героини привлечет к сериалу максимальное количество зрительских симпатий. Расчет оправдался. Очевидно, россиянки устали от потока негативной информации, и милая, улыбчивая, абсолютно счастливая Беллочка быстро превратилась в звезду. Разрушить столь удачно найденный образ было просто невозможно по коммерческим соображениям.

Сергей выслушал Беллу и возмутился:

— Что же, теперь тебе всю жизнь из себя изображать нечто?

Она устало ответила:

— Ну по крайней мере ближайшие несколько лет точно никуда не деться, да и не готова я еще, по правде, к радикальным решениям. Знаешь, в браке случается всякое, как в море: приливы, отливы.

Сергей смолчал, а потом проводил успокоившуюся Беллочку до машины.

Потом она позвонила из санатория, попросила приехать, но пройти не через центральный вход, а через заднюю калитку.

— Тут идиотов полно, — объяснила она свою просьбу, — мне лишние разговоры не нужны.

Там же в санатории они и стали любовниками, но как-то второпях, без упоения. Сергею даже казалось, что Белла просто выполняет какую-то роль. Ей на самом деле больше хотелось поговорить по душам, чем ложиться в кровать. Несмотря на всенародную известность и более чем бурную светскую жизнь, Белла оказалась невероятно одинока, все ее подруги были, по сути, только хорошими знакомыми, с матерью особой близости не было... А мужа Белла стала бояться.

— Понимаешь, Сережка, — говорила она любовнику, — взгляд у него такой нехороший, тяжелый... Может, и не зря про Настю и Ирину болтали...

Сергей замолчал и вновь налил себе водки. Я сидела тихо-тихо, боясь спугнуть его желание продолжить рассказ. Но, очевидно, алкоголь наконец добрался до его мозга. Сомов раскраснелся, речь его стала терять четкость.

— Говорю тебе, слышь? Говорю...

— Слышу, слышу, — успокоила я, — можешь продолжать спокойно.

— Так вот говорю, он ее убил, даже знаю как, — бормотал заплетающимся языком писатель.

— Ну и как?

— Просто, — хрюкнул литератор, — ручонками пихнул, знал, гад, что Беллочка плавать не умеет... Довели сначала до приступа, а потом...

Он плохо слушающейся рукой взял пустую бутылку «Гжелки» и тупо уставился на нее.

— А где водяра?

— Ты ее выпил!

— Да? Ну так у нас еще запасец есть, как же без ханки, — пробубнил Сергей и сунул руку куда-то под стол.

На свет явилась еще одна опорожненная тара, на этот раз на этикетке стояло «Стрелецкая».

— И тут ничего, — протянул Сомов.

Пошатываясь, он добрел до бара, выудил красивый штоф, потряс им в воздухе и сообщил:

— Здесь коньячок, желаешь?

Не дожидаясь моего ответа, он плохо слушающейся рукой наполнил рюмки. Судя по запаху, повисшему в воздухе, «коньячок» был сделан на заводе лакокрасочной продукции и хранился до бутилирования в цистерне, которую плохо помыли после транспортировки нефти.

— По-моему, ты что-то путаешь, — спокойно ответила я, вспоминая передачу Филатова, — супруг Беллы в момент ее смерти находился за границей и спешно прервал командировку, когда узнал о несчастье!

Сомов хрипло рассмеялся:

— Ну и наивняк! Зачем же самому мараться! Нанял он человечка, такого маленького, глупенького, девочку-идиотку...

— Кого?

Сергей проглотил очередную порцию коньяка, потом положил грязную, растрепанную голову на руки и зевнул. Понимая, что через пару минут его свалит сон, я потрясла «гения» за костлявые плечики.

— Эй, ты что имеешь в виду?

Сергей разлепил веки и забормотал:

— Горничная там работала, идиотка. Белла ее боялась, говорила, что та следит за ней. Придет в коттедже убирать и застынет с раскрытым ртом. Все вещи перекладывала, во все нос засовывала. Вот ей Андрей заплатил, чтобы Беллочку спихнула. Небось пошутить предложил, ты ее подтолкни, в спину... Много ли дуре надо, а?

Он вновь начал закрывать глаза.

— Откуда ты знаешь? — принялась я трясти его. — Говори, откуда?

Сергей принялся ворочать непослушным языком:

— Так я был там!

— Где, — заорала я, теряя всякое терпение, — где?

— В санатории, в комнате, — бубнил мужик, — в дверь постучали, эта идиотка пришла, а Беллочка комнату закрыла, чтобы она меня не увидела...

— Ну, дальше...

— Чего-то она ей сказала, а Белла вошла в спальню, взяла плед и говорит: «Полежи пока тут, Сержик, мне кое с кем потолковать надо по секрету».

— И что?

— Все, ушла. Я прождал часа два, потом уехал, обиделся на нее. Ночевать она мне никогда не разрешала оставаться, машины у меня нет, пехом до станции переть приходилось. Ну деньги, правда, на такси она мне давала... Обозлился и ушел около одиннадцати...

— Почему же ты ничего не рассказал милиционерам?

Сергей противно захихикал.

— Белку-то не вернуть, а муженек ее человек влиятельный. Ничего бы я не доказал. Ну пришла горничная, и что? Эка невидаль! Это уж потом я сообразил...

Он внезапно громко икнул и, опустив голову на стол, шумно засопел. Я с брезгливостью осмотрела прозаика. Наверное, рыжеволосой Беллочке и впрямь было жутко тоскливо и одиноко, коли связалась с таким кадром. Неужели она не видела, что представляет из себя ее любовник? Трус! Испугался, что муж Беллы, серийный убийца, не остановится перед очередным преступлением. Да если бы я оказалась на его месте...

Внезапно Сергей поднял голову, обвел комнату мутным взглядом и неожиданно сообщил:

— У него все жены мерли как мухи! А последняя совсем недавно, пару дней назад! Правда, бывшая. Но, думаю, и тут дело нечисто!

— Кто? — оторопела я. — Кто умер пару дней назад? Этот Андрей что, еще раз женился?

— Ага, — бормотнул Сергей, — на пиранье!

— На ком?

— Наши в тусовке ее пираньей зовут, только они развелись. Она у него много чего оттяпала, дачку на Николиной Горе, к примеру, и снова замуж вышла...

— Да кто она?

— Ритка Назарова, — икнул Сергей и вновь засопел.

На секунду мне показалось, что в уши засунуты огромные куски ваты, потом в висках быстро-быстро застучали молоточки, в глазах замелькали птички. В комнате писателя стояла неимоверная духота. К тому же он, без конца прикладываясь к бутылке, не выпускал изо рта сигарету...

Чувствуя, что от волнения и невыносимой жары сейчас грохнусь в обморок, я принялась изо всех сил тормошить хозяина.

— Фамилию, быстро скажи фамилию.

— С-с-сомов.

— Да не твою, а мужа Беллы, как зовут мужика?

— А-а-андрей...

— Дальше.

— А-а-андрей...

— Это я уже слышала, фамилия его как!

— А-а-андрей В-в-владимирович...

— Ну, говори же!

В нетерпении я затрясла Сергея так, что у алкоголика застучали зубы. Наконец он собрался и сообщил:

— Чванов, Андрей Владимирович Чванов.

От неожиданности я разжала руки. Голова Сомова упала в коробку с зефиром.

Глава 28

Домой я вернулась в ажиотаже. Пронеслась вихрем через холл, взлетела молнией к себе в спальню, схватила трубку и, услыхав мелодичное «Слушаю», закричала:

— Слышь, Ксюша, что ты знаешь про Чванова?

— Во-первых, здравствуй, — спокойно ответила подруга, — а во-вторых, зачем тебе Чванов?

— Ну очень надо! Расскажи все, что слышала!

— Ничего особенного. Довольно хороший хирург, который, создав свою клинику, ухитрился войти в моду. Врачи, как артисты, вроде и поют одинаково, но один за концерт десять тысяч имеет, а другому и ста долларов не предложат. На мой взгляд, в центре у Чванова неоправданно завышенные цены. Мы ту же операцию в десять раз дешевле сделаем, а руки у нас не хуже, и уход хороший. Правда, у него палаты шикарные и кормежка, как в ресторане.

— А что он оперирует?

— Так то же, что и я, щитовидную железу. Сейчас она у каждого второго сбой дает. Только я считаю, что можно и избежать операции, пролечить гормонами, но наши люди при слове «гормо-ны» массово падают в обморок, — оживилась, оседлав любимую тему, Ксюта. — «Ой, доктор, только без гормональной терапии!» Просто идио-тизм! По часу трачу, объясняя ошибочность такой позиции... А у Андрея Владимировича другая ме-тодика, он считает: нет органа, нет и проблемы. И быстренько выковыривает железу, несмотря на то что вмешательства можно избежать. Еще мне не нравится, как он производит разрез, отгибает...

— Погоди, — прервала я подругу, зная, что сейчас она начнет сообщать кучу малоаппетитных деталей, — а про жен правда? Ну то, что все его супруги умерли?

Ксюша вздохнула.

— Знаешь, я ведь не слишком интересуюсь сплетнями, до меня последней все сведения дохо-дят: кто, кого, с кем, где... Но про Андрея Влади-мировича одно время много шушукались. Просто рок какой-то над мужиком висел. Первую жену вроде бандиты убили, подробностей не знаю, вто-рая от сердечного приступа скончалась, третья, актриса эта знаменитая, господи, ну как ее звали...

— Изабелла Маркова!

— Точно. Утонула вроде. Одним словом, стран-но очень. Но еще более странно другое.

— Что?

Оксанка засмеялась.

— Ты бы пошла замуж за парня с такой репу-тацией?

— Маловероятно.

— А у Чванова недостатка в супругах нет. Он потом еще, по-моему, пару раз женился и развел-ся. Сейчас у него Лена Воробьева в женах, сотрудница наша, бывшая моя аспирантка, молоденькая девчонка, тридцати еще не исполнилось. Польстилась, дурочка, на обеспеченную жизнь. Я ее предупредила:

— Знаешь, как его наши кличут? Синяя Борода.

А Ленка только отмахнулась:

— Ерунда все, Оксана Степановна, просто Андрюше не везло, я-то умирать не собираюсь, у меня здоровья на троих!

Швырнув трубку на диван, я забегала по комнате. Так, убийца найден, это Чванов. Как все теперь легко объясняется.

Чванов — частый гость на конезаводе Верещагиных, он обожает лошадей, часто ходит на конюшни и, естественно, знает о втором выходе на улицу. Более того, животные Верещагиных привыкли к Чванову, и Лорд, конечно же, не испугался, когда Андрей Владимирович вошел к нему в денник...

А потом он убил Назарову, небось, баба сама преспокойненько впустила его в квартиру, бояться бывшего мужа ей просто не пришло в голову. Я мало знала Риту, но от нашей единственной встречи осталось впечатление бесшабашной дамы...

Дело за малым. Узнать, почему милейший Андрей Владимирович всех убивает? Ну, предположим, с супругами понятно. Глупые тетки составляли в его пользу завещание и мигом отправлялись в мир иной... Но чем ему помешала Наташа Кабанова, прикидывавшаяся Леной Артюхиной? И почему он убрал Назарову уже после развода? За какие услуги Беллочка Маркова отдала Кабановой деньги? Десять тысяч долларов — ощутимая сумма даже для популярной актрисы. Насколько я знаю, гонорары у них невелики, тысяч по пять зеленых за серию максимум, а вероятнее всего, три... И уж самая загадка в том, каким образом она сумела передать баксы Наташе спустя почти три года после своей кончины?

Внезапно у меня разболелась голова, а в желудке заурчало. Время подбирается к девяти вечера, а я, кроме наспех проглоченного за завтраком тостика с паштетом, больше ничего не ела.

Столовая поразила меня безлюдностью. Тут только до меня дошло, какая поразительная тишина стоит в доме. Ни в одной из комнат не работает телевизор, не вопит Маня, не бурчит Аркадий, не ругаются Севка с Носом...

— Ира, — крикнула я, — куда все подевались?

Домработница всунулась в комнату.

— Не знаю. Сначала сидели, чай пили, потом Тузик дал Хучику жвачку, а Аркадий Константинович стал ругать Марусю...

— За что?

— Она пузыри из резинки выдувала. Действительно некрасиво, он совершенно прав. Сидит за столом такая взрослая девочка и безобразничает...

Ирка продолжала бубнить, я послушала несколько минут и прервала ее:

— Ну хорошо, одна выдувала пузыри, другой ругался, третий кормил мопса жвачкой, словом, ничего особенного, но куда они исчезли?

— Понятия не имею, я пошла в подвал белье из стиральной машины вынимать.

Ира вновь начала выкладывать ненужные детали.

Сначала она положила чистые простыни в корзину, потом оттащила их в гладильную комнату, затем пошла выпить чашечку чаю. И вот как раз в тот момент, когда домработница шла по коридору, в столовой раздался дикий крик.

— Просто нечеловеческий, — вещала Ирка, — люди не умеют так орать, пароходная сирена да и только, я жила маленькой у пристани, и там...

— Ира! Что было дальше!

— Ничего, — обиженно протянула домработница, — все вылетели во двор, Аркадий Константинович, Зайка, приятель ваш, Сева, нес на руках Машу, а Тузик прямо плакал. «Ой, — говорил, — как бы не скончалась по дороге».

А затем они по машинам расселись и умчались.

— Куда? — плохо слушающимися губами спросила я. — Куда?

— Так разве ж в этом доме кто скажет о своих планах? — завелась Ира. — Все не как у людей...

Но я, уже не слушая ее, схватила телефон и набрала номер Марусиного мобильного. Вежливый женский голос сообщил:

— Абонент отключен или временно недоступен, попробуйте позвонить позднее.

Аркашкин телефон тоже не работал, а набрав Зайкин, я мигом услышала резкий звонок, идущий из кресла. Отодвинув подушки, я увидела ее «Эрикссон». Ольга забыла аппаратик дома. Что было уже совсем пугающим. Зайка работает на телевидении и, даже ложась спать, никогда не отключает сотовый, ей просто запрещено это условиями контракта. Правда, невестку сейчас временно отстранили от эфира, но телефончик всегда при ней. Зайка скорей забудет надеть туфли, чем прихватить мобильный. Господи, что же у нас еще стряслось?

— Почему в доме такая тишина? — раздался знакомый голос, и в столовую, обвешанный кульками, вошел Дегтярев. — Что у вас случилось? Отчего никто не ругается? Кстати, Дашутка, знаешь, что вышла новая Маринина? Ну-ка крэбс, фэкс, пэкс...

Жестом фокусника он вытащил из одного пакета толстый том в глянцевой суперобложке и протянул мне.

— Держи, наслаждайся. А где все? Только не говори, что дети загрызли друг друга. Хучик, мальчик, иди сюда, и вы, ребятки...

Полковник, находящийся в великолепном настроении, принялся раздавать членам стаи специально купленные в магазине для животных палочки из прессованных жил. В другое время подобное внимание, а среди подарков, сваленных на столе, виднелись коробочка с пирожными, явно корзиночками с белковым кремом, еще несколько томов в ярких обложках и бутылка полироли для автомобиля, заставило бы меня умилиться, но сегодняшний день оказался слишком тяжелым.

— Чего явился? — рявкнула я, плохо сдерживая раздражение.

— Так пятница же, — растерянно ответил приятель, — я всегда стараюсь с вами выходные провести. А ты чего такая злая?

Я не успела достойно ответить на выпад, потому что во дворе захлопали дверцы машин, потом послышались голоса.

— Неси ее на диван, — сказал Кеша.

Дверь в столовую распахнулась. Первым шел Лазарев, тащивший на руках бледную Марусю. Манюнечка у нас девочка крепко сбитая, весит она почти шестьдесят килограммов, поэтому Севке было очень тяжело. Подойдя к дивану, он плюхнул ношу в подушки. Я ожидала, что дочь завопит по обыкновению что-то типа: «Нельзя ли поаккуратней!» Или: «Зачем швырнул меня, как тряпку...» Но Маруська не издала ни звука.

— Вот, — возвестила растрепанная Зайка, — вот к чему приводят глупости!

— Чуть сам не умер, — влез Тузик, — какой кошмар.

— Говорил же, — подхватил Кеша, — не выдувай пузыри, нет, баловалась, как маленькая...

Манюня, всегда мигом отвечающая своим обидчикам, отчего-то упорно молчала.

— Отвяжитесь от ребенка, — велел Севка.

— Что случилось? — хором спросили мы с полковником.

— Марья, — велела Зайка, — а ну покажи, давай, давай!

Девочка покорно открыла рот... Я чуть не упала в обморок, Александр Михайлович присвистнул и поинтересовался:

— А что это у тебя такое там внутри черное и жуткое?

— Язык, — сердито ответил Кеша, — это ее глупый болтливый язык!

— Вот так штука, — удивился Александр Михайлович, — она его дверью прищемила?

Маруськины глаза начали медленно наполняться слезами.

Я наконец обрела способность говорить и налетела на Кешу:

— Говори быстро, что ты с ней сделал!

— Вот здорово, — обозлился Аркашка, — нашла виноватого.

— Он ни при чем, — устало сказала Зайка, — если бы ты только знала, как все перепугались! Жуть, она так орала, а потом язык опух и почернел...

— Я думал, отвалится, — сообщил Тузик.

— Не надейся, — фыркнул Кеша, — не будет нам такой радости.

— Ну-ка, — велел Дегтярев, — быстро, четко и по порядку излагайте факты...

— Значит, так, — завела Зайка. — После ужина Маруська вытащила из кармана жвачку «Биг баббл» и с наслаждением выдула пузырь. Аркадий, допивавший чай, возмутился:

— Немедленно прекрати!

— Почему? — спросила Маня и быстро выдула следующий, больше предыдущего.

— Смотреть противно!

Маруся ловко щелкнула шар, соскребла с носа и щек розовые, липкие ошметки и заявила:

— А ты не смотри.

— Прекрати.

— Ни за что.

— Иди к себе в спальню, там и безобразничай.

— Еще чего, где хочу, там и сижу.

— Перестаньте оба, — велела Зайка.

— Отвяжись от ребенка, — приказал Севка.

Маруся, почуяв, что общественное мнение на ее стороне, ухмыльнулась и радостно «оживила» еще одно жвачное чудовище. Кеша, решивший дать наглой сестрице подзатыльник, протянул руку... Маруська быстро раскрыла рот и втянула внутрь розовый шар. Но не успела девочка сомкнуть губы, как ее лицо побелело.

— Что случилось? — удивилась Ольга.

— Небось подавилась, — хмыкнул Кеша.

Аркадий нежно любит Манюню. Когда она была маленьким толстощеким младенцем, вопившим часами по ночам, сын мог качать до утра коляску, а потом, зевая, идти в школу. Я совершенно спокойно оставляла мальчика с ребенком, великолепно зная: ровно в восемь Кеша даст ей ужин, потом помоет и уложит в кроватку. Обязательно расскажет сказку, а то и споет песенку. Маня в свою очередь обожала старшего брата, и долгие годы, примерно лет одиннадцать, он был для нее непререкаемым авторитетом во всем. Мне доставались вторые роли. Кеша лучше всех заплетал ее косички, внимательней выслушивал жалобы, частенько баловал и ходил в школу разбираться, когда парочка наглых третьеклассников побила в буфете нашу первоклашку. И вообще он был дома чаще, чем я, озабоченная вечными поисками заработка. Аркашка никогда не был особым любителем прогулок и игр в футбол. И частенько, вернувшись домой, я находила их, сидящих рядышком и мастерящих очередную модель самолета. К слову сказать, Кешка никогда не сердился, если Манюня проливала клей или неловким движением ломала почти готовую конструкцию.

А первые заработанные деньги он потратил на покупку отвратительной куклы Барби. Маня же была уверена: Кеша самый умный. Даже то, что он совершенно не разбирается в математике, не поколебало этой уверенности... Появление Зайки никак не нарушило взаимоотношений, просто в доме возник еще один человек, которого Манюня стала любить. А уж близнецов, своих племянников, она обожает. Но няня Серафима Ивановна не подпускает никого к детям на пушечный выстрел, каждый раз торжественно возвещая:

— В городе грипп! Еще заразите проказников.

Впрочем, сейчас Анька, Ванька и Серафима гостят в Киеве, у Зайкиной матери.

Одним словом, все у нас было хорошо. Но примерно год тому назад Маруся плавно въехала в подростковый возраст, и началось!

Любые, даже самые невинные замечания она воспринимает в штыки и по любому поводу затевает свары. Кеша искренне не понимает, куда подевалась его любимая сестричка, и по привычке пытается руководить Манюней: «Не ешь столько на ночь», «Не надевай эти обтягивающие штаны», «Выключи свет, завтра в школу»! Машута гневно фыркает, и вспыхивает скандал. Мы-то с Зайкой понимаем, что через годок-другой все утрясется, но Аркашка переживает и скрывает под маской ехидства истинные чувства любви, огорчения и обиды.

И он перепугался до ужаса, увидев, во что внезапно превратилась физиономия сестры. Потом понесся дикий крик. Маша топала ногами, трясла головой, по щекам девочки градом текли слезы.

— Что, что? — бестолково суетились все вокруг нее, но она упорно молчала, а потом вдруг упала в обморок...

Кеша схватил ключи от машины, Севка подхватил Марусю, и они ринулись в джип. Зайка и Тузик вскочили в «Фольксваген». Кеша погнал в Филатовскую больницу с жуткой скоростью, нарушая по дороге все правила. К приемному покою сын добрался, побив рекорд, всего за десять минут. За ним, воя сиренами, влетели две патрульные машины, гнавшиеся за нарушителем от Тверской улицы. Естественно, Зайка безнадежно отстала. Когда она наконец добралась до больницы, Аркашка бегал по длинному, плохо покрашенному коридору. Мани не было.

— Ну что? — кинулась Ольга к мужу.

— Ты только прикинь, какой ужас, — закричал супруг и рассказал, в чем дело. От удивления у Зайки открылся рот, такого она даже и предположить не могла.

Оказывается, когда Маня, испугавшись разгневанного Аркадия, спрятала в рот пузырь из жвачки, на него именно в этот момент села оса. Девочка, не увидав насекомое, втащила его в рот.

Оса, обозленная непонятной ситуацией, не растерялась и мигом укусила ребенка под язык, в то самое место, куда врачи предписывают положить таблетку, чтобы лекарство быстрее попало в кровь...

— Какой ужас! — закричала я, кидаясь к Марусе. — Тебе больно? Ну скажи хоть словечко!

— Она не может говорить, — пояснил Севка.

— Надеюсь, промолчит полгода, — фыркнул Кеша.

— Манечка, — суетилась я, подсовывая девочке под спину подушку, — деточка, ну не расстраивайся.

Манюня молча кивнула. Вид у нее был жалкий, растерянный и жутко несчастный.

— Съешь корзиночку, — предложил Дегтярев, — твои любимые купил, с белковым кремом.

Он сунул девочке под нос роскошную тарталетку из песочного теста, наполненную светло-бежевой массой и увенчанную виноградиной. Глаза Манюши быстро налились слезами.

— Ты ее нарочно дразнишь! — возмутился Кеша. — У нее же во рту все распухло, она есть не может...

— Извини, маленький, — смутился полковник, — я хотел как лучше.

Невероятная злоба вперемешку с отчаянием ударила меня в голову.

— А вышло как всегда, — налетела я на полковника, — додумался предложить ребенку, у которого во рту жуткая боль, пирожное скушать. Зачем ты их вообще купил!

— Но, — принялся оправдываться приятель, — ведь я не знал... А корзиночки все любят...

— Все ты виноват, — шипела я, — ты...

— Да в чем же? — подскочил Дегтярев. — Что я не так сделал-то?

Я попыталась взять себя в руки, молчи, злоба, молчи, но язык не хотел останавливаться:

— Много чего сделал! У нас одни несчастья. Зайку от эфира отстранили, у Кешки джип украли, Тузик подцепил насморк, и вообще они с Севкой чуть не утонули. Хучик попался в ловушку, «Форд» въехал в «Фольксваген», Катерина обожглась, СВЧ-печка сгорела, холодильник сломался, а теперь еще и эта оса! А все ты виноват!

— Но, — забормотал Дегтярев, — но, ей-богу, это же несправедливо... Ну при чем тут я?

— А кто обвинил Михаила Каюрова в убийстве, — заорала я, — из-за кого он нас проклял, а?

Александр Михайлович уставился на меня, раскрыв рот. Чувствуя, что сейчас разрыдаюсь, я выскочила в коридор и прислонилась к стене. Молчи, злоба, молчи.

За дверью столовой стояла тишина. Потом раздался голос Александра Михайловича:

— Какая муха ее укусила?

— Не обращай внимания, — ответил Кешка.

— Климакс начинается, — пояснил Севка, — вот за что баб не люблю. Вечно у них гормональные проблемы. То раз в месяц бесятся, на всех кидаются, потом беременеют и людей вокруг со свету сживают, а затем у них климакс начинается. Нет, хуже баб — только обезьяны!

Глава 29

Утром я вышла из спальни рано. Часы показывали полвосьмого. Если что и ненавижу, так это вскакивать по будильнику ни свет ни заря. Получив в руки богатство, я стала спать до десяти, с ужасом вспоминая то время, когда выбегала из дома в семь пятнадцать, боясь опоздать на занятия. Но сегодня нужно сделать очень много и залеживаться под пуховым одеяльцем не было никакой возможности.

Дом мирно спал. Никто из родственников и друзей даже не пошевелился, пока я кралась по коридору к лестнице, ведущей на первый этаж. Вокруг стояла мирная тишина, прерываемая только мощным храпом. Это Снап и Банди выводили носами рулады. Черри и Жюли спят тихо, а Хучик похрапывает нежно, как-то деликатно.

Ира и Катерина тоже еще лежали в кроватях. В субботу, когда Маньке не надо в школу, а Аркадию с Зайкой на работу, прислуга встает в девять. Даже кошки мирно дрыхли в холле, зарывшись в диванные подушки.

Но не только мои родственники любят поспать в выходной. Я подъехала к «Зеленому саду» в начале девятого, но на территории не нашлось ни одного человека. А у входа в корпус мирно спала на кушетке женщина. Услышав стук двери, она подняла всклокоченную голову и, близоруко щурясь, хриплым голосом поинтересовалась:

— Кто там?

— Анна Касьяновна, кастелянша, к девяти придет? — вежливо спросила я.

— Выходной сегодня, — зевнула дежурная, — Анна Касьяновна отдыхает.

— Где?

— Дома, конечно. Если вам белье поменять, то несите сами, горничных тоже по субботам нет.

— Анна Касьяновна далеко живет?

— Рядышком, — ответила женщина, приглаживая волосы, — по тропиночке мимо коттеджей пойдете и аккурат в нашу пятиэтажку и воткнетесь. Мы там все и живем, спасибо Максиму Ивановичу.

— Кому? — не поняла я.

— Супонову Максиму Ивановичу, нашему прежнему директору, построил дом, переселил народ из бараков. Вот уж руководитель был, просто Суворов, пока последний солдат не поужинает, сам спать не ляжет. Разве Алла Михайловна...

Но я уже не слушала раздраженное бормотание бабы. Ноги сами побежали к выходу.

Возле блочной пятиэтажки с уродливыми черными швами, несмотря на ранний час, прогуливалась пожилая женщина с детской коляской. Очевидно, молодые отец с матерью, решив хоть на время избавиться от двух вечно кричащих объектов: бабули и новорожденной, выставили обеих во двор.

— Не подскажете, Анна Касьяновна в какой квартире проживает? — обратилась я к старушке.

— Это кто же такая? — удивилась бабуся. — Касьяновна? В первый раз слышу!

— У нее дочь Вера, горничной работает, такая не очень чтобы сообразительная.

— Ах Анька, — обрадовалась бабулька, — только кто же ее по отчеству кликать станет? Анька из двадцать пятой, и все тут. Лезь на третий этаж. Тоже придумала, Касьяновна, смех один!

Кастелянша распахнула дверь сразу, очевидно, в этом доме не боялись ни воров, ни насильников. Увидав меня, она удивилась.

— Вы? Что случилось? Если с бельем, так это надо в санатории Елену найти и...

— Нет, — ответила я, довольно бесцеремонно

вталкивая хозяйку в глубь квартиры, больше напоминавшей кофейную чашку, чем место для проживания, — нет, мне вы нужны...

— Зачем? — испугалась Анна.

— Затем, — ответила я и, не давая несчастной опомниться, приказала: — Ведите в комнату. Где у вас тут сесть можно?

Анна Касьяновна поддерживала в доме хирургическую чистоту, и мне было слегка неудобно идти в ботинках по блестящему полу. Но я собиралась прикинуться сотрудницей правоохранительных органов, а люди из этих структур никогда не снимают у входа обувь. Они вваливаются в ваш дом как вестники несчастья и мигом начинают вести себя по-хозяйски: закуривают, не спросив разрешения хозяйки, топчут вычищенный ковер и безапелляционным тоном заявляют: «Немедленно уберите собак!»

Старательно создавая нужный образ, я нагло плюхнулась на стул, закурила и сердито произнесла:

— Однако, Анна Касьяновна, давайте теперь знакомиться, майор Васильева, Дарья Ивановна, с Петровки.

— Но, — заблеяла кастелянша, — вы же вроде во втором коттеджике поселились.

Я презрительно ухмыльнулась.

— Оперативная необходимость, однако нехорошо у нас получается, Анна Касьяновна...

— Что, — прошептала кастелянша, — случилось-то что?

— А совесть ничего вам не подсказывает? — применила я любимый прием Дегтярева.

Как-то раз, посмотрев очередной детектив, Александр Михайлович выключил телик и сказал:

— У меня бы эта тетка мигом все рассказала.

— Ну и интересно, каким образом ты добиваешься откровенности? — хмыкнул Кеша. — Держишь в столе «малый набор палача»? Иголки, щипцы и железную дубинку?

— Ты великолепно знаешь, — вспылил полковник, — что ни я, ни мои люди ничем таким не занимаются.

— Прямо-таки, — издевался Аркадий, — а почему некий Бойков оказался в СИЗО с мордой, похожей на кусок сырого мяса, а? Он, правда, упорно говорит, что упал в отделении на пол сам, очень уж у вас линолеум склизкий, прямо каток. Вот шел Бойков и падал, девять раз, пока рожу вконец не разбил!

Дегтярев налился синевой.

— Ну Бойков... Тут ребята перенервничали, ты же в курсе, где его взяли.

Аркашка кивнул.

— В родильном доме, с двумя младенцами в руках...

— Месяц ловили, — кипел Александр Михайлович, — сволочь, подонок! Над детьми измывался, ну и не стерпели ребята, приложили его пару раз. Но других и пальцем не тронули.

— А вы никого не имеете права трогать, — пояснил Аркадий, — закон на то и закон, что на всех распространяется. Бойкова же имеет право признать виновным только суд...

Мне надоело слушать их перебранку, и я спросила:

— Ну и как заставить свидетеля разговориться?

Полковник охотно сменил скользкую тему на более спокойную:

— Элементарно. Главное, дать понять человеку, что знаешь все, а с ним разговариваешь просто для проформы. Очень здорово действует фраза типа: «Ваша совесть ничего не подсказывает?»

Анна Касьяновна нервно затеребила край платка, накинутого на плечи.

— Если вы по поводу пропажи пяти новых комплектов белья, то поинтересуйтесь лучше у Елены Борисовны. Она его от директора получила, а уж каким образом новые простынки вмиг стали старыми...

— Нет, Анна Касьяновна, Петровка драными пододеяльниками не занимается, — прервала я кастеляншу, — дело куда более серьезно.

— Господи, да что?

— Ну и совесть ничего не подсказывает?

Но Анна Касьяновна упорно молчала.

— Помните Изабеллу Маркову, ну ту актрису, что во втором коттедже жила?

— Так она же умерла!

— Ее убили, сейчас дело отправлено на доследдование, и выяснились кое-какие жутко неприятные для вас детали. Вера...

— Ну? — севшим голосом поинтересовалась кастелянша. — Вера-то тут при чем?

Я намеренно не торопилась с ответом.

— Да скажите наконец, — закричала женщина, — ну при чем тут Верочка?

— Оказывается, вечером, когда Изабелла отправилась посидеть на косогор, она сделала это не по своей воле. Ее позвали.

— Кто?

— Ваша Вера.

— Вы с ума сошли, — зашептала кастелянша, — понимаю, конечно, что стрелочника ищете, но девочку-то пожалейте. Она при чем? И с чего вы взяли, будто кто-то вызывал Маркову?

— Анна Касьяновна, — тихо сказала я, — вам ужасно не повезло в тот день, в спальне у Изабеллы находился молодой человек. Актриса не хотела, чтобы кто-нибудь видел его, а в особенности Верочка. Ваша дочь простодушна и болтлива. Поэтому, когда Белла, спросив, «кто там», услыхала из-за двери: «Откройте, горничная», она мигом закрыла дверь, чтобы мужчина не попался на глаза Вере. Но он отлично слышал, как Маркова шепталась с ней о чем-то, а потом ушла.

— Это ошибка, — твердо сказала кастелянша, — во сколько часов стучали к Марковой?

— Ну между семью и восемью вечера...

— Такое невозможно, — отрезала кастелянша, — мы с дочерью уходим в четыре домой, всегда вместе.

— Она могла без вас дойти до санатория, тут дороги на три минуты.

Анна Касьяновна тяжело вздохнула.

— У Верочки разум пятилетнего, ну ладно, девятилетнего ребенка. Прежде чем куда-либо выйти, она всегда спрашивает разрешения. И потом, ну зачем ей звать куда-то постоялицу?

— Наверное, предложили денег на конфеты, а она польстилась.

Анна Касьяновна встала и распахнула дверь в

соседнюю, совсем крохотную комнатенку. У небольшого стола, придвинутого вплотную к окну, сидела, согнувшись, Верочка.

— Котик, — спросила кастелянша, — что ты делаешь?

— Картинку складываю, мамуля, — с готовностью ответила та, — уже почти всю сделала, ты мне потом новую купишь, ладно? Ту, с большим мишкой...

— Хорошо, моя радость, — кивнула кастелянша, — а теперь покажи нам свою копилочку.

Вера моментально встала и протянула матери железную коробку из-под печенья.

— Вот.

Анна Касьяновна приподняла крышку и сказала:

— Тут две тысячи триста двадцать рублей.

— На велосипед собираю, — бесхитростно пояснила Вера, — все-все денежки, которые получаю, сюда складываю, ну кроме тех, что на конфеты трачу.

— Ты умница, — сказала мать и прикрыла дверь. — Когда Верочка получает хоть какие-нибудь рубли, она мигом несет их в свой «банк»... И потом, ну подумайте сами, кто же станет связываться и просить об услуге женщину, которая слегка не в своем уме...

Я уже понимала, что Анна Касьяновна права, бедная Верочка тут ни при чем, но все равно возразила:

— Может, ей и не дали ни копейки, а просто предложили пошутить, мол, толкни эту тетеньку в спину, когда она на косогор поднимется, вот весело будет!

Анна Касьяновна тяжело задышала.

— Да как только у вас язык поворачивается такое произнести! Креста на вас нет! Оно и понятно, зачем настоящего преступника искать, когда легче всего на беззащитных свалить! Только имейте в виду, я за своего ребенка бороться до последнего вздоха стану, всем глотку перегрызу, а я...

— Тише, тише, — забормотала я, — вижу, что ошибалась! С каждым может случиться... Свидетель-то хорошо слышал, как сказали: «Горничная пришла!»

— Так это кто угодно мог быть! — выкрикнула Анна Касьяновна. — Этот мужчина видел Веру?

— Нет, — растерянно ответила я, — только слышал.

— Убирайтесь, — прошипела кастелянша, — уходите вон, а то я сейчас вас ударю.

В полном отчаянии я села за руль и покатила в сторону Ложкина. Домой не хотелось, там сейчас полно народа — Севка, Тузик, Дегтярев... Честно сказать, никого из них видеть не хочется... Выехав на Ленинградский проспект, я проскочила площадь Марины Расковой и чуть не закричала от радости. Оксанка! Буквально в двух шагах отсюда квартира моей подруги. Мигом перестроившись в левый ряд, я развернулась над туннелем и понеслась по улице Алабяна. Оксана, вот кто мне сейчас нужен. В небольшой квартирке мне сейчас мигом положат на тарелку вкусной еды и ни за что не станут приставать с расспросами. Лучшего места для отдыха и не найти.

Я всегда забываю код, но квартира подруги на первом этаже, а форточка у нее открыта.

— Ксюта, — заорала я, стоя под подъездом, — открой дверь.

В ту же секунду железная дверь лязгнула, и во двор выскочила Ксюня, на ходу натягивавшая куртку.

— Ты куда? — изумилась я.

— Ленка Воробьева умирает, сослуживица, — пробормотала Ксюня, — только что звонила, с сердцем у нее плохо, вот бегу, здесь рядом, на Песчаной.

— Садись, — велела я, распахивая «Жигули», — показывай дорогу.

«Шестерка» резво понеслась по улицам.

— Ей бы в «Скорую» позвонить, — сказала я.

— Здесь тормози, — попросила Ксюта и ринулась в подъезд огромного серого дома, мрачного, похожего на Петропавловский каземат.

— Да вызвала она «Скорую». — бормотала Ксюха, — только когда они еще подъедут, а я в двух минутах.

Она позвонила в дверь и одновременно стала долбить по ней ногой.

— Может, ей так плохо, что и встать не может? — предположила я.

— Там Ника есть, — ответила подруга и еще сильней заколотила в дверь.

Сочетание имен Лены и Ники показалось мне странно знакомым. Кто-то недавно говорил об Елене Воробьевой. Я не вожу дружбу с Оксаниными сослуживцами, но о Воробьевой слышала, но вот в какой связи...

Дверь распахнулась. На пороге появилась стройная девушка с испуганным лицом. Короткие светлые волосы легким облаком обрамляли бледное личико с огромными, просто бездонными карими глазами. Наверное, в обычные дни ее щеки покрывает нежный румянец, но сейчас ото лба вниз ползла нездоровая синева, губы утратили яркость... Девушка была худенькой, просто прозрачной, самая настоящая Твигги, талию ее можно было запросто обхватить четырьмя пальцами. Из такой девочки могла выйти манекенщица, вот только рост явно подкачал, метр шестьдесят от силы.

— Где? — выкрикнула Оксана.

Девушка молча ткнула рукой куда-то в глубь коридора.

Ксюта понеслась в указанном направлении, я за ней. Миновав роскошно обставленные гостиную, кабинет и столовую, мы ворвались в спальню. Даже мне, не имеющей никакого медицинского образования, стало понятно, что молодой женщине, лежащей на кровати, дурно, вернее, совсем плохо, так, что хуже некуда.

— А ну быстро, стаскивай ее на пол, — велела Оксана.

Понимая, что подруга знает, как поступить, я мигом ухватила несчастную за плечи. Несмотря на хрупкое телосложение, дама оказалась каменно-тяжелой, неподъемной.

Отойдя в сторону, я наблюдала, как Ксюта ритмично нажимает на грудь бедолаги, время от времени наклоняясь к ее лицу. Потом подруга отрывисто велела:

— В пакете шприц и две ампулы, быстро приготовь укол.

Я принялась неловко отламывать длинные

горлышки и тыкать внутрь ампул иголкой... Оксана выхватила у меня шприц, и тут появились два мужика в голубых халатах.

— Что у вас, коллега? — спросил один, мигом признав в Оксане врача.

Ответы Ксюни я не услышала, потому что второй парень весьма бесцеремонно вытолкал меня за дверь. Постояв пару минут в коридоре и послушав непонятное звяканье, раздававшееся из-за плотно прикрытой двери, я побрела искать девушку, открывшую нам дверь.

Она нашлась на большой, забитой электроприборами кухне. Сидела за круглым столом и рыдала, положив голову на сложенные руки.

Я погладила ее по спине, ощущая под ладонью хрупкие, какие-то цыплячьи позвонки.

— Не плачь, твоя мама еще молода, а рядом отличные врачи...

Девушка подняла вверх прелестное заплаканное личико и пролепетала:

— Это не моя мама, Лена — папина жена. — Потом она вновь залилась слезами.

Да уж, не зря говорят: не та мать, что родила, а та, что вырастила! Вон как убивается по мачехе.

— Все обойдется, — утешала я отчаянно рыдающую девчушку, — сейчас людей с того света вытаскивают.

Ребенок зарыдал еще пуще. Чтобы хоть как-то успокоить ее, я спросила:

— А что случилось с твоей мачехой?

Неожиданно девушка вполне спокойно пояснила:

— Лена сегодня на работу не пошла, плохо

себя чувствовала, грипп у нее, наверное, начинался, ну знаете, насморк, кашель, горло зацарапало... Ну легла она в кровать, а я ушла в институт, в медицинском учусь, на втором курсе, пришла к обеду, гляжу, она такая бледная, ну накапала ей валокордин, дала и пошла на кухню чай заварить...

Она снова захлюпала носом. Тут в коридоре послышался шум.

— Вот видишь, — обрадовалась я, — уже все в порядке, как тебя зовут?

— Ника, — прошептала девушка, — Вероника.

— Ну успокойся, Никочка, — завела я, но тут в кухню вошла Оксана и молча поманила меня пальцем.

Я вышла в коридор и спросила:

— Ей лучше?

— Лена умерла, — устало сказала Ксюня.

— Как? — остолбенела я. — Но почему вы перестали ее оживлять?

— Реанимационные мероприятия в течение получаса не дали результата, — сухо ответила Оксана.

— И что?

— По истечении тридцати минут они прекращаются!

— Почему? — закричала я.

— Кора мозга погибла, — пробормотала Ксюта, — иди и сядь с Никой, как бы ей плохо не стало! Иди, иди, мы тут все сделаем, и милицию вызовем, и перевозку.

— Милицию-то зачем?

— Так положено, — буркнула Ксюня и втолкнула меня в кухню.

Я лихорадочно попыталась согнать с лица ужас.

— Что там стряслось? — тихо спросила Ника.

— Э-э, ничего, — забормотала я, — сейчас еще другие врачи приедут, но лучше тебе не выходить пока...

— Почему? — шептала Ника, глядя на меня. — Почему?

Ее огромные несчастные глаза ощупывали мое лицо.

— Ну, носилки понесут, коридор узкий!

— Она умерла, — выкрикнула Вероника и рванулась к двери, — нет, Леночка, о нет!

— Стой, стой, — попыталась я ухватить ее за руки, — стой!

Ника послушно замерла, потом странно всхлипнула, закатила глаза и медленно навалилась мне на грудь.

— Эй, — завопила я, — Ксюня!

Влетела Оксанка. Вдвоем мы кое-как отволокли Нику на диван.

— Просила же, — бубнила подруга, — осторожно! У девочки и так не жизнь, а сплошной стресс. Ну, ну, Никуля, открой глазки...

В этот момент прозвенел телефонный звонок, резкий, пронзительный, требовательный. От неожиданности я подскочила на месте и стала искать глазами трубку. Внезапно послышался треск, потом ровный женский голос произнес:

— Вы позвонили в квартиру Андрея Владимировича Чванова, сейчас, к сожалению, никто не может подойти к телефону, оставьте сообщение после гудка.

От изумления я замерла на месте, потом просипела:

— Почему Чванова?

Оксана легонько похлопала Нику по щекам.

— Лена — жена Чванова, помнишь, я тебе рассказывала? Ну Лена Воробьева, моя сотрудница, которая вышла замуж за Андрея Владимировича...

Чувствуя, что сейчас упаду без чувств возле Ники, я переспросила:

— За Андрея Владимировича Чванова, за Синюю Бороду? За того, у которого жены как мухи мрут?

Ксюта кивнула и, увидав, что несчастная Никочка наконец открыла глаза, сказала:

— Деточка, давай мы тебя уложим в кровать.

Ника пошатываясь двинулась к двери. Оксана бережно поддерживала ее за талию. Дождавшись, пока они исчезнут, я схватила свою сумочку, вынула телефон и велела:

— Ира, позови Дегтярева.

Минуты текли томительно, ну что она ползет в гостиную? Или они все в столовой?

— Слушаю, — рявкнул полковник, — Дегтярев.

— Немедленно приезжай на квартиру к Чванову Андрею Владимировичу, пиши адрес.

— Зачем? — изумился приятель.

— Во-первых, тут труп, — ответила я, — а во-вторых, теперь я точно знаю, кто убил Лену Артюхину и Риту Назарову. Это господин Чванов.

Глава 30

На следующий день я сидела в кабинете у Дегтярева и методично рассказывала о своих «следственно-оперативных мероприятиях». Надо отдать должное Александру Михайловичу, он великолепный слушатель, никогда не прерывающий рассказчика. Просто в процессе вашего монолога он чиркнет пару раз ручкой по бумаге, а потом, когда вы иссякнете, начнет задавать возникшие вопросы. Мне подобный метод нравится, я всегда теряю нить, когда меня перебивают.

Искурив целую пачку «Голуаза», я наконец завершила повествование. Приятель вытащил из сейфа огромную банку с чаем, сахар и какие-то жуткие лежалые сухарики. Самое смешное, что он держит харчи в железном ящике, вместе с бумагами. А знаете, почему не оставляет их открыто на подоконнике? Да очень просто, голодные сослуживцы мигом растащат по кабинетам. Хотя полковник не жадный и, ежели попросить, всегда угостит, если захочет...

— Понимаешь, Дашутка, — завел Александр Михайлович, щедро насыпая заварку в сомнительной чистоты кружку, — конечно, мне не слишком нравится, когда ты вертишься под ногами, изображая из себя Ниро Вульфа...

— Он был пожилой толстый мужик, — возмутилась я.

Дегтярев вздохнул.

— Иногда, ей-богу, очень хочется тебя треснуть по башке, еле сдерживаюсь, даже давление подскакивает. Но, с другой стороны, понимаю, тебе скучно, заняться нечем, а тут такие приключения! Авантюристка ты, Дарья. Просто Феликс Круль!

Я уставилась на приятеля во все глаза. Ну кто бы мог подумать, что он помнит мои лекции по истории зарубежной литературы? В свое время, обнаружив, что студенты, вернее, курсанты Академии МВД, практически ничего не знают о прозаиках и поэтах, живших в странах Европы, я взяла за правило минут пятнадцать из каждого занятия отводить на рассказ о том или ином писателе. Причем это были не только великие французы: Гюго, Бальзак, Буало, Золя, Аполлинер... Мы говорили о Томасе и Генрихе Маннах, о Гейне, Гете, Шиллере и Карле Ментосе... Как-то раз я поведала о книге «Приключения авантюриста Феликса Круля». И мои милиционеры массово двинули в библиотеку, желая прочитать эту интересную повесть.

Надо же, оказывается Дегтярев не растерял знаний, вбитых мною в его голову...

— Некоторые люди, — спокойно продолжал полковник, — прыгают с моста, привязавшись резинкой за ногу, адреналина им не хватает, а ты лезешь в расследования, но... — Он сделал паузу.

— Но что? — поторопила я.

— Но иногда, — вздохнул приятель, — вынужден признать, ты проявляешь чудеса ловкости, изобретательности и даже изворотливости... Некоторым моим сотрудникам фору дашь! Такая работоспособность! Знаешь, не всякий способен целыми днями напролет носиться по улицам...

Я смущенно улыбнулась. Приятель практически никогда не хвалит меня. Последний раз доброе слово от него в свой адрес я услышала... Дай бог памяти, когда же это было? Лет пять тому назад... Тогда в Москву по линии Интерпола прибыли французские полицейские, и Дегтярев попросил меня поработать переводчицей. Естественно, «ажаны» приняли меня сперва за парижанку, а потом, когда недоразумение выяснилось, начали расточать комплименты, хором воспевая мое удивительное знание французского языка. И вот тут-то Александр Михайлович улыбнулся и сказал:

— Да уж, наша Дашутка молодец, она еще и по-немецки может, и по-английски, и по-испански...

Хорошо хоть китайский сюда не приплел, которым я владею так же «отлично», как и всеми остальными вышеперечисленными языками... Впрочем, кое-как изъясниться на немецком я могу... «Ich heisse...» Но английский, испанский!

— Правда ты, мой котик, ездишь в удобном... «Форде».

— Сейчас в «Жигулях»!

— Ну это временно, и не слишком думаешь о том, как заработать на хлеб насущный. Проблем у тебя никаких, чем же еще заниматься? Вот только... жаль, душенька, — откровенно заухмылялся Дегтярев, — что ты каждый раз тычешь пальцем в небо, а вернее, с упорством вычисляешь не того, кого надо...

— Погоди, — забормотала я, — ты хочешь сказать, будто Чванов ни при чем?

— При чем, — преспокойненько ответил полковник, — но не убийца, хотя и сознался во всех преступлениях!

— Как?

— Просто. Дал показания, что заманил Елену Артюхину, или, что более правильно, Наталию Кабанову с преступными целями на конюшню, где и нанес последней удар, повлекший за собой сначала временную потерю сознания, а затем...

— Стой, — закричала я, — так и было!

— Да? — усмехнулся Дегтярев. — А зачем Андрею Владимировичу убивать ее?

— Я догадалась только сегодня ночью! — выпалила я. — Наталия Кабанова каким-то образом узнала, думаю, от Риты Назаровой, что Чванов убил Беллочку Маркову. Не сам, конечно, он нанял киллера... Наша Наташенька, больше всего в мире хотевшая разбогатеть, решила шантажировать врача. Он дал ей аккордно десять тысяч долларов, а потом начал выплачивать по «куску» в месяц... Потом ему надоела шантажистка, и он избавился от нее и Назаровой. Наверное, у Риты имелись какие-то доказательства...

Дегтярев крякнул.

— Анекдот знаешь?

— Какой?

— «Трех слепых подвели к слону. Один ощупал хобот, другой хвост, третий ногу. Потом первый сказал:

— О, слон — чудище, длинное и толстое.

— Нет, — возразил другой, — слон, согласен, длинный, но тонкий, похож на веревку.

— Вы чего, ребята, — засмеялся третий, — слон подобен колонне...»

— Ты это к чему рассказываешь? — нахмурилась я.

— Слепые оказались правы, — спокойно продолжал Дегтярев, — только они видели слона «по кускам», целиком картинку сложить не могли. Вот так и ты. Узнала кучу деталей, но вместе их не соединила... Слон не получился. Убийца не Чванов, хотя мотив верен. Кабанова действительно шантажировала доктора. Только тот, более чем обеспеченный человек, предпочел платить не слишком для него крупную сумму в тысячу баксов. Очень уж он не хотел скандала, хотя, повторяю, он не убивал Маркову, Кабанову...

— Беллочку?

— Нет.

— Наташу?

— Нет.

— Лену Воробьеву, свою последнюю жену!!!

— Говорю же, нет, впрочем, и других супружниц тоже! На Чванове крови нет. Хотя он покрывал убийцу изо всех сил!

— Ничего не понимаю, — удрученно пробормотала я, — кто же тогда?

Дегтярев, словно актер МХАТа, замолчал и выдержал паузу. Повисла тишина.

— Говори скорей, — не утерпела я.

— Дашутка, ты знаешь, что такое бартерная сделка?!

Я окончательно растерялась.

— Вроде да. У меня есть нефть, а у тебя сыр. Вот мы и меняемся, без денег, природное ископаемое на продукцию животноводства. Но при чем тут бартер?

— Имеется у меня сотрудник, — как ни в чем не бывало сказал приятель, — Веня Комаров, отличный парень.

— Ну и что?

— Жениться собрался, — вздыхал Дегтярев, — только, сама понимаешь, денег на свадебное путешествие нет, вот, собрали отделом немного, на билет до Парижа хватит!

Я усмехнулась.

— Без вопросов. Твой Веня может жить у нас в доме сколько угодно.

— Сколько угодно не получится, у него отпуск десять дней...

— Ладно, — вздохнула я, — хорошо, меняемся. Веня Комаров поедет с молодой женой во Францию, в гости к нам, а ты прямо сейчас расскажешь мне все! Но только в подробностях.

— Идет, — мигом согласился полковник, — но бога ради, не перебивай меня! Терпеть не могу твою дурацкую манеру влезать с вопросами!

— Давай, давай, — велела я и обратилась в слух. Начал Дегтярев издалека.

Андрей Владимирович Чванов, впрочем, в те годы мужика никто не звал по отчеству, прибыл в Москву из городка Расплетово, затерянного в Уральских горах. Честолюбивый мальчик, обладатель золотой медали, хотел во что бы то ни стало попасть в столичный вуз. Андрей видел себя медиком, обязательно хирургом. Экзамен паренек сдал легко и был зачислен на первый курс. Шесть лет Андрюша упорно трудился и в результате получил направление в аспирантуру. Когда же еще через три года диссертация была написана и близилась защита, перед будущим кандидатом наук встала нешуточная проблема. Московской прописки в паспорте нет, а по распределению отправят в какую-нибудь тмутаракань, где придется одному отдуваться за всех: рвать зубы, вправлять вывихи, принимать роды, вырезать аппендицит.

Андрюша же хотел остаться в Москве. Кандидатская его была посвящена щитовидной железе, более того, заведующий отделением одной из городских больниц собирался взять молодого, перспективного хирурга к себе... Весь вопрос упирался в прописку.

Андрюша не долго колебался, он решил вопрос традиционным для провинциала путем: женился на москвичке. Чванов-то и сейчас еще ничего, а в 25 лет был просто красавцем, по парню вздыхало пол медицинского института, но он выбрал не медичку, а Настю Карамзину, дочку более чем обеспеченного ювелира.

Уж не знаю, как с ее стороны, но с его брак был заключен по расчету. Да Андрей этого особо и не скрывал, но, как это часто случается, супружество, основанное не на чувствах, а на разуме, оказалось крепким. Через несколько лет Андрей даже начал испытывать к жене нечто, похожее на любовь. Тем более что она родила существо, которое Чванов начал обожать сразу, только взяв в руки кулек с младенцем. Наверное, потому он назвал дочь Никой, именем богини победы и удачи.

С раннего детства Никуша вертела папой. Она одна могла рыться у него на письменном столе или в шкафу. Услышав ее голосок в трубке, Чванов мигом выгонял из кабинета всех, чтобы решить проблемы дочери: рассказать, как пишется правильно слово «бюллетень», пообещать оформить реферат по зоологии...

Ника, со своей стороны, обожала отца. Все свои обиды и тайны она доверяла ему, а не матери. Честно говоря, Настю дочь недолюбливала, ревновала к папе...

В доме Чвановых существовала незыблемая традиция. Ровно в десять вечера, несмотря ни на что, Андрей Владимирович ложился в кабинете на диван, Ника забивалась к нему под плед и целый час, а иногда и больше, рассказывала о своих делах. Небо могло рухнуть на землю, но доктор ни за что бы не отменил разговора с дочерью. Все знакомые знали: бесполезно просить Андрея посидеть еще за столом. Ровно в полдесятого он поднимется и уедет. Отправляясь в загранкомандировки, Чванов в урочный час звонил Нике. Потом приходилось оплачивать километровые счета, но Андрею было наплевать на деньги, главное — дочь услышала его голос, она знает, что папочка скоро вернется и решит все проблемы...

Когда Никуша пошла в первый класс, отношения между родителями начали стихийно портиться. Настя упрекала мужа в отсутствии внимания, скандалы стали вспыхивать по любому поводу. Никочка всегда оказывалась на стороне папы... Так прошло несколько лет.

Летом, когда Нике исполнилось десять лет, они с мамой дико поругались. Ссора началась из-за пустяка и переросла в жуткий скандал. В пылу битвы Ника, особенно не стеснявшаяся в выражениях, полностью потеряв над собой контроль, выкрикнула:

— Чтоб ты сдохла! Нам с папой без тебя только лучше будет!

Настя схватилась за сердце, Ника опрометью кинулась в свою комнату. Правда, через минут десять, остыв, девочка стала испытывать угрызения совести. Все-таки нехорошо так говорить маме. А Никочка, хоть и избалованная без всякой меры, была девочкой совестливой, да и мама уж не настолько плоха... Конечно, папа лучше, да ведь и мамочка родная...

Промаявшись какое-то время, Ника решила идти к маме с повинной. Время приближалось к часу ночи, ругаться они начали где-то в полдвенадцатого. Собственно говоря, весь сыр-бор загорелся из-за того, что Настя велела Нике идти спать...

Девочка спустилась вниз, заглянув сначала к маме в спальню. В гостиной на полу она обнаружила убитую Настю. Сквозь раскрытое окно в комнату влетал ветер...

Врагу не пожелаешь испытать то, что пережила Ника. На следующее утро она из десятилетней девочки превратилась в сорокалетнюю тетку, обремененную глубочайшим комплексом вины. Ведь это она, Ника, пожелала маме в сердцах сдохнуть, а всевидящий господь взял да и выполнил окаянную просьбу. А теперь — плачь или не плачь, но поделать уже ничего нельзя, маму-то не вернуть.

— Грабителей поймали? — спросила я.

— Нет, — ответил Дегтярев, — они, введенные в заблуждение темнотой окон дачи, влезли в гостиную, а там на диване тихо сидела Настя, глубоко переживавшая из-за поведения дочери...

Похоже, что бандитов было двое. Они не сразу заметили Настю, а та, погруженная в свои мысли, увидела их только тогда, когда один начал снимать со стены картину... Наверное, они не хотели убивать женщину. Домушники редко идут на «мокруху». Просто один из воров сразу выпрыгнул из окна в сад, а другой оттолкнул Настю, которая с силой вцепилась в рукав его рубашки. Эксперт потом вынул из судорожно сжатых пальцев трупа клочок полотна в серо-синюю клетку. Настя не удержалась на ногах и, падая, ударилась головой о маленькую скамеечку, стоящую у камина. Перелом шейных позвонков. Рок, карма, судьба... Единственно, что утешало, женщина скончалась мгновенно, не мучаясь...

Андрей похоронил жену, погоревал для приличия год, а потом женился на Ире Молокан, молодой талантливой художнице. Через двенадцать месяцев произошло другое несчастье. Веселая Ирочка подцепила грипп, две недели провалялась в постели и внезапно умерла от сердечной недостаточности. Может быть, случись все в городе да еще в присутствии мужа... Но, как назло, Ира лежала на даче. У Ники как раз были каникулы, и мачеха, которой для работы требовались только мольберт и краски, решила перебраться с падчерицей на дачу. Андрей Владимирович терпеть не мог в доме посторонних людей, и у Чвановых работала только одна прислуга, которая, переделав все дела, уходила в пять. Ни няни, ни гувернантки у Ники не было. Во время школьных занятий Чванов сам отвозил девочку в колледж, а вечером ее доставлял домой шофер Андрея. Летом же она жила на даче, сначала с матерью, потом появилась Ира...

Художница умерла почти на глазах у Ники, которая, растерявшись, не сумела вызвать «Скорую помощь». Впрочем, неизвестно, успели бы врачи приехать вовремя, чтобы оказать помощь.

Андрей Владимирович, ставший к тому времени хозяином собственной клиники, опять стал вдовцом. И уж совершенно случайно и Настя, и Ира оставили завещания, по которым Чванов получал их имущество и деньги.

Профессор продал злополучную дачу, купил другую, на Николиной Горе, и опять женился, на этот раз на Изабелле Марковой. Через три года случилась новая трагедия...

Кличка Синяя Борода прилипла к Чванову навсегда, и женщины шушукались, когда врач появлялся на тусовках не с дамой, а с подросшей Никой.

Девочка, пережившая так много в детстве, производила самое благоприятное впечатление — умная, воспитанная, немногословная...

— Теперь, — шипели сплетники, — не жениться больше Андрею...

Но дурная слава не испугала Риту Назарову, большую охотницу до чужих капиталов. Риточка согласилась стать супругой Чванова, они прожили вместе полгода, а затем разбежались... К общему бескрайнему удивлению, Ритуля осталась живехонька-здоровехонька и оттяпала у профессора дачу и новую иномарку.

— Ну надо же! — восхищалась жена банкира Колосова. — Мне из моего Игоряши и после пяти лет брака таких отступных не выбить. Как у Ритки такое получается, небось заговор какой знает...

Рита и правда знала, только к колдовству и магии эти знания не имели никакого отношения... Назарова была далеко не дурой и, оказавшись в доме у Чванова, сопоставила кое-какие детали, понаблюдала внимательно за людьми, бывающими в доме, и поняла, кто помог отправиться на тот свет ее предшественницам. А потом Ритуся прямо заявила профессору:

— Не желаю оказаться следующей и, если хочешь купить мое молчание, вот списочек...

Чванов же, больше всего боявшийся, что правда вылезет наружу, моментально переписал загородный дом на Риту. Более того, он до самой ее смерти давал бабе ежемесячную мзду.

Дегтярев остановился и забарабанил пальцами по столу.

— Ну, — осипшим голосом поинтересовалась я, — и кто же их убил?

— Не поняла?

— Нет.

— А почему Чванов после развода с Ритой несколько лет и не думал о женитьбе? Отчего решился на новый брак только пару месяцев назад? Ну кого он так усиленно покрывал? Кого любил больше всех?

— Ты хочешь сказать... — забормотала я, — невероятно.

— Именно так, — кивнул полковник, — это Ника.

— Ну нет, — замахала я руками, — не могла же девочка лишить жизни мать!!!

— Настю и впрямь убили грабители, — пояснил полковник, — но именно эта жуткая травма и оставила кровоточащий след в душе девчонки.

Ника поняла, вместе со смертью заканчивается все. Нет человека — нет проблемы. Жуткий вывод для десятилетнего ребенка! С одной стороны, кончина матери была тяжелым ударом, но с другой... Ника обожала папу, и он стал принадлежать только ей. Больше никто не стоял между отцом и дочерью... Однако потом появилась Ира.

Накануне свадьбы Ника закатила истерику. Андрей Владимирович, как все медики, трезвый и циничный, спокойно провел с дочерью беседу, объяснив той суть брачных отношений между мужчиной и женщиной.

— Я всегда буду любить тебя больше всех, — пообещал он Нике, — но ты не сможешь заменить мне жену во всех смыслах.

— И у вас родятся дети, — прошептала Ника.

— Никогда, — твердо сказал Чванов, — ты будешь всегда единственной.

Ника кивнула и изо всех сил попыталась быть любезной с Ирой, но не выдержала и отравила женщину.

— Но как? — воскликнула я. — Что за яд такой хитрый?

— Чванов владеет клиникой, — спокойно пояснил Дегтярев, — у него был заключен договор с фирмой «Нью-Йорк фармакологи» на апробацию нового лекарства для гипертоников под названием «Дредал». Знаешь, что такое апробация?

Я кивнула.

— Конечно. Условно говоря, больных делят на две группы. Одной дают новое средство, другой старое, потом сравнивают результаты...

— Точно, — кивнул полковник, — именно так.

В клинике Чванова начались испытания дредала, и несколько больных погибли. Симптомы у всех оказывались одинаковыми. Сначала резко повышалась температура, потом начинался насморк и накатывал сердечный приступ. Естественно, апробацию тут же прекратили. Дело замяли, представив его так, что больные, тяжелые гипертоники, просто подхватили грипп, а сердечная мышца не выдержала... Сколько денег потратила «Нью-Йорк фармакологи», чтобы «умаслить» родственников, неизвестно, но скорей всего речь шла о сотнях тысяч долларов, потому что никто из близких умерших не затеял судебные разбирательства. Но Чванов знал точно — дело в дредале. А Никочка, от которой в доме не существовало секретов, была в курсе того, где у папочки в кабинете хранятся злополучные таблетки.

Девчонка приехала в клинику, украла упаковку и целую неделю подсыпала отраву Ире в кофе.

— Жуть, — прошептала я, — это какой же надо иметь характер! Неделю!!! Ладно бы один раз!

Дегтярев вздохнул.

— Ну недаром Лев Толстой писал: «Никто так не жесток, как дети». А Ника с одним отцом жила как в раю, и никого не хотела туда пускать. Вот уж действительно — исчадие рая.

Ира умерла, и у патологоанатома не возникло сомнений: грипп, а на фоне вирусной инфекции осложнение на сердце...

Следующей дредал получила Белла...

— Погоди, погоди, — забормотала я, — она же утонула...

— Правильно, — кивнул полковник, — ты не дослушала. Ника старательно кормит Беллу дредалом, но у той сильный, здоровый организм, а дредал все-таки не отрава, а лекарство, кое-кому он помогает. Скоро Ника понимает, что Беллочку извести уже один раз примененным способом нельзя. И тогда она едет в санаторий, предварительно переодевшись под юношу. Хрупкой, тонкокостной Нике без труда удается сойти за одного из отдыхающих в «Зеленом саду» парней. Она стучится в дверь к Белле, прикидываясь горничной...

— Господи, — не вытерпела я, — Маркова не хотела оставаться с Никой на даче один на один...

— Может, заподозрила что, — вздохнул Дегтярев, — мы этого никогда не узнаем... Известно другое. Белла отчего-то не пожелала впустить падчерицу в номер...

— У нее сидел в спальне любовник Сергей Сомов...

— Белла и Ника пошли на берег реки. Свидетелей их беседы нет. Ника утверждает, что в какой-то момент Маркова схватилась за сердце и упала на траву. Девочка, испугавшись, убежала... Но, думается, она столкнула ненавистную жену отца с крутого косогора вниз...

Но опять все сходит малолетней убийце с рук. Даже Чванов ни о чем не догадывается. Он, естественно, заметил отсутствие дредала, но ему и в голову не приходит, что препарат сперла любимая дочурка! Глаза Чванову открывает Рита.

— А как она-то узнала правду?

Дегтярев вздернул брови.

— Просто. Поймала Нику, когда та подсыпала ей в еду лекарство.

Назарова не растерялась и стребовала с Чванова все, что можно, за молчание. Андрей Владимирович начинает платить мзду и больше не женится, он ждет, пока Ника вырастет, надеясь, что дочь повзрослеет и перестанет его ревновать. И тут начинается совсем другая история.

Глава 31

— Какая? — спросила я.

— А та, которую ты раскопала, — совершенно спокойно ответил приятель, — с Кабановой и Артюхиной.

Наташа Кабанова, всю жизнь мечтавшая об огромных деньгах, близко дружит с Назаровой. Как-то раз Риточка, хорошо выпив, принялась по обыкновению, учить младшую подругу жизни. В какой-то момент, расслабленная выпивкой, она рассказывает Наташе о Нике и Чванове. Кабанова мигом смекает, что в этой ситуации есть чем поживиться, и начинает шантажировать доктора. Тот предпочитает платить, стараясь сделать все, чтобы оградить Нику от неприятностей...

Потом Михаил Каюров предлагает своей любовнице занять место Лены Артюхиной. Кабанова тут же соглашается. Лену отправляют в Вешкино, где за ней в оба глаза приглядывает Клавдия. В дело еще вовлечен брат Наташи Сергей, который получает за «работу» квартиру и машину.

Начинается светлая полоса финансового благополучия. Каюров оказывается предприимчивым мужиком, он основывает выгодный бизнес, они с Наташей покупают шикарную квартиру, дачу, машину, лошадей...

И тут судьба словно в насмешку сводит Наташу с Чвановым. Впрочем, Кабанова не боится, хоть и получает от Андрея Владимировича регулярно деньги. Ей так долго хотелось иметь много-много тысяч, что, даже став богатой, она не хочет отказаться от долларов, которые можно стребовать с Чванова. Но лично с доктором она не встречалась ни разу, контакт происходит через абонентский ящик на почте. Раз в месяц Чванов кладет туда конверт, а Наташа забирает его. Жизнь теперь кажется ей замечательной. Михаил, правда, мигом сделал так, что львиная часть состояния перешла в его владение, Наташе принадлежит только одна шестая всего, да и то Каюров велел Кабановой оформить завещание, где он назван единственным наследником...

Дегтярев остановился, отхлебнул противный, остывший чай и спросил:

— А почему ты заподозрила, что Артюхина не Артюхина?

Я пожала плечами.

— Как-то одно к одному сошлось. Домработница Каюровых, Марийка, рассказала мне, что Лена — подкидыш. Кабанова сказала девочке, что ее нашли на вокзале, под скамейкой. А директриса детского дома сообщила совсем другое. Артюхину подкинули на крыльцо. Потом, Кабанова, получив приглашение на 50-летие, воскликнула, по словам Марийки:

— Не пойду, там одни воры сидят!

И опять неправда. Этот интернат резко отличался от всех остальных, детей там не обижали, и Лену Артюхину, естественно, тоже.

Александр Михайлович кивнул:

— Верно, а Кабанова-то об этом не знает и выдает стандартную реакцию человека при упоминании сиротского приюта.

— Она, по-моему, была жутко противной, — не выдержала я, — просто отвратительной! Так обмануть родную мать: соврать пожилой женщине о своей смерти. Да и братец ее хорош! Мало того, что тоже согласился участвовать в мерзком обмане, так еще не дал Раисе Андреевне номер своего телефона, побоялся, что начнет старуха трезвонить, приставать с просьбами. Омерзительные люди! А уж хитрые! Наташа даже, прикидываясь представительницей благотворительного фонда, сходила в детдом и на всякий случай стащила там фотографию Лены. Вот одного не пойму, как она узнала, что в интернате есть такая «выставка»?

Дегтярев улыбнулся.

— Ну, во-первых, не особо Кабанова и умна. Показала директрисе свое подлинное служебное удостоверение... А насчет фото... Михаил Каюров рассказал, что в письме, содержащем приглашение на пятидесятилетие детдома, оказалась еще и бумажка с просьбой принести новые фото для обновления экспозиции, вот они и решили подстраховаться. Кстати, ты знаешь, что весь этот хитроумный план они придумали совершенно зря?

— Почему?

— Ну зачем Каюров «менял» Артюхину с Кабановой?

— Хотел получить деньги, причитающиеся Лене. Артюхина-то невменяема! Наркоманка со съехавшей крышей! Даже если бы Михаилу удалось хоть как-то обмануть сотрудников ингорколлегии, ну накачал бы Лену бог знает какими лекарствами... Потом-то что? Она же не могла распоряжаться деньгами. Понятное дело, Михаил хотел перевести капитал на свое имя, только знаешь сколько бумаг для этого требовалось с подписью Артюхиной? Сумасшедшим-то наркоманам деньги по завещанию не положены!

— Сумасшедшим наркоманам деньги по завещанию не положены, — фыркнул приятель, — вот-вот, налицо полная юридическая безграмотность. И Михаил так же решил. Нет бы сходить в консультацию да поговорить с адвокатом, глядишь, и не понадобилось бы сыр-бор городить! Но наши люди не имеют привычки консультироваться со специалистами, разбирающимися во всяких законах...

— Михаил мог получить деньги законно?

— Естественно, — пожал плечами полковник, — следовало официально заявить: Артюхина недееспособна. В таком случае суд назначает опекуна, как правило, из числа ближайших родственников. В нашем варианте это Михаил, ему и вручили бы право распоряжаться денежками. Кстати, завещать капитал можно кому угодно, хоть черепахе, и никто не имеет права лишить черепаху звонкой монеты. Просто ей назначат опекуна... Дошло наконец?

Я кивнула.

— Но Михаил, — спокойно продолжил Дегтярев, — только услышал про деньги, мигом перепугался, а ну как богатство отнимут? И взялся за постановку «спектакля».

— Значит, капитал останется у него? — глупо спросила я.

— А почему нет? — ответил Дегтярев. — Оформит опекунство над женой, слава богу, та жива — и все дела.

Бедному Каюрову вообще жутко не везет по жизни. Единственная удача — неожиданное наследство. Но судьба подбросила подарок только раз, потом вновь повернулась задом. Причем, будучи злой шутницей, она сталкивает Назарову и Каюрова в ювелирном магазине.

Риточка — большая любительница богатых мужчин — моментально делает стойку. Сначала она отправляется с Михаилом в ресторан, где мигом узнает, что кавалер женат. Надо сказать, что Наташа Кабанова предупредила Риту о своем превращении в Артюхину, но Назарова до сих пор ни разу не встречалась с Каюровым. Поняв, что ей понравился супруг близкой подруги, Риточка только посмеивается. Разгорается роман. Каюров, до сих пор не встречавший таких женщин, как Назарова, очарован и мигом укладывается с ней в постель. Наташу Кабанову он совершенно не любит. Нет, их связывали до получения наследства тесные отношения, Кабанова по сравнению с настоящей Артюхиной казалась мужику просто Мэрилин Монро... Но Рита Назарова мигом переплюнула Наташу, такие бабы, существующие за счет мужиков, роковые светские красавицы, ни разу не попадались на пути Михаила. Он просто вращался в другом социальном слое, там, где подобные экземпляры не живут!

Но вот парадокс! Риточка, спокойно высасывавшая из всех мужей деньги, не постеснявшаяся шантажировать Чванова, спокойно молчавшая об убийствах и ставшая поэтому косвенной виновницей смерти последней жертвы, Лены Воробьевой, Рита, у которой вместо сердца был бумажник, неожиданно влюбилась.

Михаил не прочь завести с Назаровой необременительный роман, но вот жениться на бабе он совершенно не собирается. Каюров не такой идиот, он понимает: брак с Ритой — это жизнь с бомбой, которая в любую секунду может взорваться. Сейчас она его обожает — через неделю, добившись своего, возненавидит... Но Назарову словно зациклило. Чем больше Миша сопротивляется, тем сильней Рита настаивает. Ей еще ни разу не довелось испытать разочарования, до сих пор мужчины бросались на колени и предлагали руку, сердце и, что более приятно, тугой кошелек... Однако Михаил ведет себя по-иному...

Каждый раз, когда любовница заговаривает об оформлении отношений, он несет чушь. Говорит, что деньги у жены, врет, будто та смертельно больна... Ему просто не хочется менять спокойную Кабанову на взбалмошную Риту. Иметь Назарову в любовницах он рад, но жениться на такой особе? Увольте! И тут Ритуся делает красивый жест. Пишет завещание в пользу Каюрова. Абсолютно ничего не значащий жест, который бесит до потери сознания бывшего супруга Риты Рифата Ибрагимова... Эффектная проделка! Завещание-то элементарно можно переписать! Михаил колеблется, и, чтобы подтолкнуть его, Рита звонит Наташе и сообщает всю правду про себя и Михаила.

Кабанова приходит в ужас. Она понимает, что выполнила свою миссию и просто больше не нужна мужику. Почти все состояние переведено на имя Каюрова. Наташе достанется лишь крохотная часть. Впрочем, год тому назад эта сумма показалась бы ей сказочным богатством, но теперь она привыкла распоряжаться другими деньгами... Сначала Наташа делает вид, словно ни о чем не подозревает. Но в конце концов обида берет верх, и тут бедняжка совершает глупость.

Боясь, что очень скоро она вновь станет нищей, а ничего на свете Кабанова не страшится так, как бедности, звонит Чванову и требует у того... пять тысяч долларов в месяц за молчание.

Андрей Владимирович растерян. Эта сумма слишком велика. Профессор пытается договориться с шантажисткой, но та, совершенно обезумев, заявляет:

— Ничего, найдешь, Ритке-то кучу денег платишь!

Чванов мигом понимает, кто навел на него жадную бабу. Пообещав Кабановой все, что та хочет, он звонит Рите и устраивает скандал. Дескать, деньги берешь, а язык за зубами не держишь. Андрей Владимирович потихоньку перестает бояться. Со дня смерти последней жертвы прошло уже три года. Назарова может идти в милицию и говорить все, что угодно. Ее слова сочтут местью обиженной бабы, улики давно уничтожены, дела погребены. Осмелевший Чванов заявляет бывшей жене:

— Все дорогая, кошелек лопнул! Иди куда хочешь, хоть к министру МВД. Очень уж вы жадные со своей подругой.

Рита, поняв, что Кабанова вошла в долю, в бешенстве соединяется с Натальей и визжит:

— Дрянь, присосалась к моим деньгам! Теперь забудь дорогу ко мне! Имей в виду, я все расскажу Михаилу!

Разговор происходит буквально в момент выезда Каюровых на конную прогулку. Михаил уже сидит в машине и поджидает Наташу, чтобы отправиться к Верещагиным. Кабанова, кипя от злобы, добирается до конезавода, и тут ее нервы

не выдерживают. Она устраивает на поляне в лесу
дикий скандал. Михаил, еще не успевший решить, как ему поступить, пытается успокоить Наташу...

Кабанова, чувствуя себя отвратительно, идет
на конюшню покормить Лорда...

Дегтярев замолчал.

— Ну, — запрыгала я на стуле, — ну? И кто же
ее убил?

Александр Михайлович тяжело вздохнул.

— В том-то и дело, что никто.

— Как это? — заорала я. — Как?

— При вскрытии, — спокойно объяснил приятель, — у Кабановой была обнаружена аневриз-
ма сосудов головного мозга, скорей всего, врож-
денная. Организм просто не выдержал перенесен-
ного стресса, произошло кровоизлияние в мозг,
и... мгновенная смерть. Наташа рухнула на соло-
му, а Лорд, не понимая, что случилось, шарахнул-
ся в сторону и задел копытом ее лицо, вернее,
даже наступил хозяйке на голову...

— Но все вокруг твердили, что лошади акку-
ратны...

Дегтярев развел руками.

— Я не могу тебе объяснить, что чувствовал в
этот миг конь. Но факт остается фактом — Лорд
наступил копытом на лицо Кабановой, наверное,
случайно, может, его испугало ее неожиданное
падение прямо ему под ноги, и он дернулся от
страха... Но она уже была мертва в тот момент.
Кстати, Михаил ни на секунду не сомневался, что
именно Лорд умертвил Кабанову. Поэтому он и
спрятал жеребца у себя в Вешкине, объявив,
будто пристрелил его.

— Зачем?!

— Неписаные правила лошадников велят убивать животное, которое уничтожило своего хозяина. Михаил не хотел этого делать, он любил Лорда и решил до поры до времени убрать его с глаз долой. Скорей всего, он потом продал бы его под чужим именем. Жеребец дорогой, но со славой убийцы его никто не приобретет... Опять глупый поступок. Правда выяснилась тут же. Михаил перевозил лошадь в фургоне, принадлежавшем его фирме. Вызвал шофера с машиной ночью. Естественно, как только сотрудники милиции пришли к водителю, тот все и рассказал. Дальше события начинают разворачиваться самым невероятным бразом. Рита мигом узнает о смерти Наташи и... звонит Чванову. Назарова ни на минуту не сомневается: Кабанову убрал он.

Напрасно Андрей Владимирович уверяет, что даже не знает имени шантажистки... Нет, Рита нагло говорит:

— Плати, а то худо будет.

Чванов уже совсем собирается послать обнаглевшую бывшую жену на три буквы, как та сообщает:

— А то расскажу все о Нике. Кстати, недосуг было тебе сообщить, у меня имеются потрясающие доказательства ее вины.

— И какие же?! — обалдевает Чванов.

— Видеокассета, например, — бросает Рита.

Это чистый блеф, но профессор напуган и готов вновь отдать любые деньги, чтобы обезопасить дочь. Часы показывают полтретьего ночи. Назарова только что вернулась из гостей, из Ложкина, где на нее налетел обезумевший от ревности

Рифат Ибрагимов... Но Чванову наплевать на время.

— Сейчас приеду, привезу деньги, готовь кассету, — говорит он.

Рита довольно хихикает. Ровно без пяти три раздается звонок. Зная, что это Чванов, Назарова распахивает дверь, не глядя в глазок. Но на пороге стоит озлобленный до последней стадии... Рифат Ибрагимов, пришедший покарать гадкую бабу. Рита в ужасе бежит к себе, Рифат за ней. Стаффы, великолепно знающие Ибрагимова, думают, что это игра... И тогда мужик убивает сначала собак, а потом и бывшую жену. Рифат решил просто: если мне не досталось, то и другой не получит. При всей своей образованности и денежности Ибрагимов обладает менталитетом пещерного жителя. Ему везет. Он уходит незамеченным. Консьержка на тот момент мирно спит. Чванов, приехавший буквально через пятнадцать минут после убийства, не смог даже попасть в подъезд. Лифтерша дрыхла без задних ног, а Рита, естественно, открыть не могла.

— Но она же, лифтерша то есть, утверждала, будто видела, как в три выходил из квартиры Каюров. Михаил говорил, что в два, а тетка настаивала:

— Точно знаю: три, часы перед носом!

— Мы тоже сначала не разобрались, — ответил полковник, — а потом сообразили. Именно в эту ночь осуществлялся переход на зимнее время. Каюров переставил стрелки, а консьержка нет. Вот и получилось, что оба говорили правду.

Михаил и впрямь пришел к Назаровой. Открыл дверь своим ключом. Он хотел потолковать с Ритой об их будущих планах наедине. Но Риточ-ки дома не было, мобильный она забыла в гости-ной, позвонить ей Миша не мог. Каюров подо-ждал час, а потом ушел. Он-то великолепно знал, что Назарова способна гулять ночь напролет. Но ему, человеку бизнеса, утром рано вставать...

Каюров спокойно уходит и даже кивает кон-сьержке. Та смотрит на часы — три. Но на самом-то деле два! Рита приезжает в полтретьего, в пять минут четвертого влетает Рифат Ибрагимов, в четверть четвертого в подъезд пытается войти Чванов...

Повисла тишина. Потом Дегтярев спокойно спросил:

— Ну скажи, душа моя, а почему же ты не за-подозрила Ибрагимова? Мужик на твоих глазах закатил потрясающий скандал, грозился убить Назарову, а ты...

— Забыла про него, — прошептала я, — ну просто из головы вылетело... А Лену Воробьеву что, тоже Ника?

Дегтярев кивнул.

— Девочка выросла, превратилась в девушку, но жен отца она ненавидела по-прежнему... Смерть Лены целиком на совести Чванова, он ведь знал, что дочь — серийный убийца, маньяк...

— Скажешь тоже, — вздохнула я, — маньяки не такие.

— Да? — изумился полковник. — А какие?

— Ну, это... мужчины нападают на женщин, детей на улице...

— Согласен, — кивнул полковник, — женщи-ны среди маньяков редкость. Только человек, одержимый манией, убивает, как правило, однотипно. Ну, допустим, душит только девушек в красных пальто или девочек, которые носят длинные волосы... Почему так трудно поймать того, кто является просто серийным убийцей. Тот же Оноприенко, например. Его действия не поддавались логике. Он убивал просто первого встречного в тот момент, когда ему «ударяло» в голову. А Ника именно маньяк. Она маниакально ненавидит всех жен своего отца и будет убивать их. Иссякнут запасы украденного лекарства, придумает иной способ. Но, надеюсь, ее не скоро освободят.

— А что ей грозит?

Дегтярев поглядел в пустую чашку.

— Не знаю. Случай непростой. Ведь первые убийства она совершила, будучи ребенком, а, насколько я знаю, в нашей истории был только один случай, когда расстреляли 14-летнего подростка...

— Да ну? — ужаснулась я. — Ребенка?

Дегтярев кивнул.

— В 1964 году был казнен Аркадий Нейланд, четырнадцатилетний подросток, за убийство женщины и ребенка, совершенное с особой жестокостью. В Уголовном кодексе тех лет возрастной ценз приговоренных к смертной казни был обойден молчанием. Кстати, и формулировки «высшая мера», «смертная казнь» встречались только в газетах. На языке юристов это звучало как «высшая мера социальной защиты», что, конечно же, не меняло сути дела. Однако теперь времена другие, и что грозит Нике, я не знаю.

Воцарилось молчание. Потом я робко спросила:

— И где Каюров?

— Он на свободе, кстати, очень благодарил меня за хорошо проведенное расследование.

— Ты можешь привести его завтра к нам?

— Зачем?

Я помялась.

— Пусть снимет проклятие...

Александр Михайлович начал расплываться в улыбке, но потом, поглядев на мое лицо, сказал:

— Ладно, так и быть.

ЭПИЛОГ

Забегая вперед, скажу, что Чванов боролся за дочь до конца. Употребив все свое влияние, использовав все связи и деньги, он добился того, что Нику признали душевнобольной и отправили не на зону, а в спецбольницу. Михаил Каюров оформил опеку над Леной и получил в свое распоряжение все деньги. Рифат Ибрагимов ждет суда в «Матросской тишине». Раисе Андреевне Кабановой не стали сообщать правду, просто Сергей соврал матери, что тело наконец-то доставлено в Москву, и бывшая учительница смогла поплакать на могиле. Галя и Леша Верещагины вновь обросли клиентами. Галка пыталась отдать мне Каролину, но я воспротивилась, и кобыла осталась дома. Иногда я приезжаю в Зыбкино и приношу ей бородинский хлеб с солью. Чванов по-прежнему держит там своих лошадей, но я больше никогда не встречалась с Андреем Владимировичем, по большому счету мне его ужасно жаль, равно как и всех его несчастных жен. У сказочки про Синюю Бороду оказался, как и положено, печальный конец.

Но в тот день, когда Александр Михайлович привез к нам в Ложкино Каюрова, я еще не знала ни о судьбе Ники, ни о том, как сложится жизнь остальных участников этой истории.

— Да я просто так ляпнул «проклинаю», — оправдывался Михаил, — ей-богу, поверь, совершенно не умею колдовать!

— Теперь так же просто скажи «снимаю проклятие», — велела я.

— Ладно, — согласился Миша, — если тебе от этого станет спокойней! Значит, так: я, Михаил Каюров, снимаю проклятие с Дарьи Васильевой, ее друзей и родственников.

В ту же секунду зазвонил телефон.

— Дашка, — вопила Зайка, — прикинь, меня только что вернули в эфир. Любовница спонсора полностью провалилась! Врубай телик в 18.00 и любуйся на меня!

Я уставилась на аппарат. Однако какое мгновенное действие!

Минут через десять, когда все сели пить чай, ворвался Тузик с радостным криком:

— Все, конец!

— Что такое? — испугался Дегтярев, наблюдая, как гость носится по столовой.

— Конец, — ликовал Тузик.

Он схватил Михаила за руку.

— Так, мыло «Фа», гадкое и отвратительное, одеколон «Мияки», гель для душа «Сейфгардт». Вы ведь этим пользуетесь?

— Да, — ошарашенно пробормотал Каюров.

— О-о-о, — вопил Тузик, — мой нос стал еще лучше, чем был. Хучик, Снап, Банди, Черри, Жюли, идите сюда, мои детки, я буду вас нюхать.

Легким танцующим шагом, прихватив с блюда несколько кусков сыра, он выбежал в холл. Собаки, поняв, что сейчас начнется раздача обожаемого ими «Эдама», бросились гуртом за ним.

— Он ненормальный? — спросил Каюров.

— Есть немного, — ответил полковник.

Мы занялись печеной картошкой. Ирка притащила потом блюдо с пирогами. Меняя тарелки, домработница бормотала:

— Вот бред так бред.

— Ты чем-то недовольна? — поинтересовалась я.

— Бред, — воскликнула Ирка, — Катерина только что случайно включила старую СВЧ-печь, ну никак руки не доходили доходягу выбросить, а та работает как новая, словно и не горела никогда.

Я встала из-за стола. Надо сходить в гараж и посмотреть, не отрос ли у «Форда» новый капот? Со всеми перипетиями мне все недосуг было заняться починкой инвалида.

— Мусечка, — донесся со двора абсолютно счастливый вопль, — Мусечка, бегите все сюда скорей!

Самое удивительное, что эти слова кричала не Маша. Девочка преспокойно ела кусок торта. Голос принадлежал Кеше, а тот никогда не зовет меня «мусечка», предпочитая обращаться коротко и торжественно — «мать».

Поняв, что происходит что-то необычайное, мы побежали во двор. Собаки галопировали впереди. Хучик присел прямо посередине дорожки и мигом наложил кучку. Но его сегодня даже не стали ругать. От большой машины бежал Аркашка. Перешагнув через безобразие, которое устроил мопс, сын спросил:

— Видите?

— Да, — хором сказали мы с Маней, — твой джип!

— А какой? — ликовал Кеша.

Я присмотрелась и ахнула.

— «Линкольн-Навигатор»!

— Нашелся, — радовался Аркадий, — в целости и сохранности, нет, такого не бывает!

Я схватила Каюрова за рукав.

— Миша, вы экстрасенс! Все ваши слова мигом сбываются.

Каюров рассмеялся.

— Раньше не замечал. Ну что ж, пусть у вас теперь все будет отлично, и пусть у тех, кто когданибудь желал вам зла, сломаются ноги!

— Да у нас нет врагов, — влезла Маня, — одни друзья.

— Хороший джип, — продолжал Михаил, обращаясь к Кеше, — можно заглянуть внутрь?

— Пожалуйста, — разрешил сын и протянул ключи, — если хотите, сделайте круг по поселку.

— Вот все сомневаюсь, не купить ли такой, — говорил Михаил, шагая по дорожке.

Внезапно я ощутила легкую дрожь и неизвестно почему крикнула:

— Миша, стой.

Каюров повернул голову на возглас, машинально шагнул вперед, наступил правой ногой в «визитную карточку» Хучика и рухнул на дорожку, издав дикий крик. Лицо его посерело, на лбу выступили капли пота. Все кинулись к несчастному.

— Не трогайте меня, — прохрипел Михаил, — я, кажется, сломал ногу!

Поднялась суета. Кеша вызывал «Скорую», Тузик безостановочно заламывал руки и стонал:

— Ужас, ужас, это так же страшно, как и насморк.

Севка обмахивал упавшего газетой, Ирка отгоняла волнующихся собак, Александр Михайлович помчался за коньяком...

— Мусечка, — зашептала Маня, — нас в Ветеринарной академии учат, что больное животное надо приободрить. Скажи Мише что-нибудь приятное.

— Э-э-э, — протянула я, — ну во всем плохом есть свое хорошее.

— Да нет, Мусечка, что-нибудь радостное, приятное, — бубнила Маня.

— Что же хорошего ты увидела в этой ситуации, — поинтересовался синий от боли Каюров.

Я перевела глаза на его испачканный башмак и радостно сообщила:

— Наступить в собачье дерьмо к большим деньгам, есть такая замечательная примета.

Литературно-художественное издание

Донцова Дарья Аркадьевна
ХОББИ ГАДКОГО УТЕНКА

Ответственный редактор *О. Рубис*
Редактор *Т. Семенова*
Художественный редактор *В. Щербаков*
Художник *В. Петелин*
Технический редактор *Н. Носова*
Компьютерная верстка *Е. Попова*
Корректоры *З. Белолуцкая, Н. Хасаия*

Подписано в печать с готовых монтажей 21.01.2003
Формат 84×108¹/₃₂. Гарнитура «Таймс».
Печать офсетная. Усл. печ. л. 20,16.
Доп. тираж 12 000 экз. Заказ № 3312.

ООО «Издательство «Эксмо».
107078, Москва, Орликов пер., д. 6.
Интернет/Home page — www.eksmo.ru
Электронная почта (E-mail) — info@eksmo.ru

Отпечатано с готовых диапозитивов
в полиграфической фирме «КРАСНЫЙ ПРОЛЕТАРИЙ»
127473, Москва, Краснопролетарская, 16

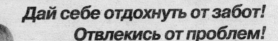